受益一生的经典微型小说
职场卷
zhichangjuan

陈永林　方　圆◎主编

人民日报出版社

图书在版编目（CIP）数据

受益一生的经典微型小说.职场卷 / 陈永林，方圆主编.—北京：
人民日报出版社，2013.11
ISBN 978-7-5115-2123-1

Ⅰ.①受… Ⅱ.①陈… ②方… Ⅲ.①小小说—小说集
—中国—当代 Ⅳ.①I247.8

中国版本图书馆 CIP 数据核字(2013)第274953号

书　　名：	受益一生的经典微型小说·职场卷
主　　编：	陈永林　方　圆
出 版 人：	董　伟
责任编辑：	陈　红
封面设计：	艺海晴空
出版发行：	人民日报出版社
社　　址：	北京金台西路 2 号
邮政编码：	100733
发行热线：	(010) 65369527　65369846　65369509　65369510
邮购热线：	(010) 65369530　65363527
编辑热线：	(010) 65369844
网　　址：	www.peopledailypress.com
经　　销：	新华书店
印　　刷：	北京鑫瑞兴印刷有限公司
开　　本：	700mm×1000mm　　1/16
字　　数：	252 千字
印　　张：	17
印　　次：	2014 年 1 月第 1 版　2014 年 1 月第 1 次印刷
书　　号：	ISBN 978-7-5115-2123-1
定　　价：	28.00 元

目 录
CONTENTS

第一辑
天亮是因为你的脚步

003　崔　立　那年夏天的知了
006　一　冰　永不丢失的公文包
009　罗世容　空瓶子
011　孙智慧　邻家女孩
013　金　波　经　验
016　厉剑童　天亮是因为你的脚步
019　孙淑兰　丑女如花
022　高玉芳　最后的夜班
025　张殿兵　给　力
028　丁　丽　明天更美好
031　罗世容　多爬几层楼
034　邓晓燕　对不起，你落聘了
036　王祥英　十八岁那年
039　罗　翔　明天来上班
041　龙　瑰　迂回求职
044　李桂芳　应　聘

第二辑
价值九十九万美元的诚信

049　周海亮　最后一位客户
052　海棠依旧　给我的工资少一点

054　杨汉光　做一回经理
058　凤　凰　赖掉人生
061　王祥英　价值九十九万美元的诚信
063　张明源　诚信测试
066　刘吾福　诱　惑
069　刘兴华　简单规则
071　黎　庶　二十年前的收据
073　朱奂莊　第九次面试
076　刘黎莹　云姐的秘密
080　凤　凰　人生不是演习
083　佘显斌　手模王艺
086　李　均　忠诚是打开求职大门的钥匙
088　王世虎　成功，没有秘诀
091　李代金　五百元的人生

第三辑
春天就在拐角处

097　海棠依旧　一枚硬币的故事
099　李　沫　重金悬赏
101　何一飞　介绍信
103　龙　瑰　鲜花的功劳
106　王伟锋　你不是乞丐
109　吴志强　粗心的代价
112　高炯森　一张欠条
115　徐全庆　试用期
118　舒仕明　动人的一幕
120　李旭东　春天就在拐角处
123　谢庆浩　一路贵人
125　吴志强　反思的力量

127　李伶伶　捐　款
130　李代金　错的是一味地行走
133　金　波　细节决定成败
136　傅友福　急躁失去好工作
138　龙　瑰　弄拙成巧
142　沈岳明　遭遇搅局

第四辑
沉默的老鹰才能飞得更高

147　张颖异　漏水的勺子能舀大鱼
150　陈亦权　把功劳让给别人是智慧
152　游本章　每天都是试用期
155　积雪草　土豆开花
158　张颖异　别把刘三不当皇帝
161　向　东　卫生区
164　张颖异　随和不是随便
166　凤　凰　通向未来的梯子
169　张颖异　老总不是包青天
172　顾晓蕊　用别人的眼睛看世界
174　张颖异　沉默的老鹰才能飞得更高
177　傅友福　请你做好最后一天
180　张颖异　小病号不要送到大病房
182　汤小小　你是职场垃圾桶吗
184　张颖异　好马别卖个驴价钱
186　厉周吉　都是因为职业好

第五辑
紧闭的门儿没上闩

191　谢素军　请对手吃一块狼肉

193　黄　胜　成败关键

195　孙瑞林　生命的撞音

199　万　芊　温柔的陷阱

202　菊韵香　托时代

206　黄　胜　加不得的工资

209　张道余　紧闭的门儿没上闩

212　倪西赟　办公室里养狼

216　金　波　借　力

219　杨永汉　与对手竞争

222　黄非红　商业时代的爱情

225　羊　白　心腹心患

228　渔　火　最佩服的人

231　海棠依旧　炒人风俗

第六辑
在指甲缝里淘金

237　尹成荣　寿司店的贴心服务

239　孙玉亮　机遇从何而来

242　霍伟华　背水一战

246　睿　雪　黑暗餐厅

249　菊韵香　在指甲缝里淘金

251　陈亦权　财富是爱心生花

253　李良旭　伊特纳火灾的商机

255　立　夏　不一样的砝码

258　夏艳平　世上没有冤枉路

260　贺清华　把木梳卖给和尚

264　徐树建　最合算的协议

职场卷

第一辑

天亮是因为你的脚步

那年夏天的知了

崔 立

那个夏天,是我生命中最黑暗的一个夏天。

当我信心满满地想在公司做出一番大事业时,却被突然告知我被解雇了。面对这突如其来的打击,我忽然有种要崩溃的感觉。但事已至此,我捏着公司补偿的一个月的违约金,欲哭无泪。

开始的几天我是茫然的。我试着向几家早就心仪的公司投去了简历,谁知道投出去后就再没有任何的回音。

我明白,这样坐以待毙是不行的。我上了招聘网,将我的简历撒花一样地投了出去。这样海投的效果还是明显的,很快我接到了一家公司的电话,让我去面试。

去了才知道,那是一家广告公司。我通过了面试,被告知下周一来上班。我的职务是业务推广员。我知道,所谓的业务推广员就是推销员,是属于被保安被门卫像苍蝇一样赶的人。这样的职业一直是我所不屑的。

要不要去呢?我犹豫着。直到周日晚上,我才决定下来。去!即便不成功,也算是一种尝试吧。

周一,我和一群同期进入的新员工接受了领导的培训。领导说了我们的待遇,底薪八百加业务提成。也就是说,如果一个业务完不成,就只能拿八百块钱。

我听着,甚至有些灰心了。就这么点儿钱,根本不够我花的。我从没做过推销,而且以我的性格,推销并不适合我。我想好了,每天早上报个到，然后就回家睡大觉。结了这个月的工资，就等着被公司开除吧。

那个夏天确实热，热到坐在房间里若不开空调都没办法待。

连着这么混了半个月，我一个客户都没约，自然没签到单。那一天，和往常一样，十点就开完了例会，我背着包又装作要出门跑业务了。一个同事突然拉住我，说一起走。我推托着，说，我一会儿还要去一个地方。同事却说，没事，我陪你一起吧。

实在推不了，便只好一起走了。夏天的街上真的是热浪滚滚，没走几步路，我就有些熬不住了。反观那个同事，尽管脸晒得黑黑的，却显得很有精神。我知道这个同事，连续几个月签约量都是全公司排第一的，是个绝对的牛人。可看他的长相，看上去四十多岁了，极为其貌不扬，尽管穿着西装又打着领带，却总让人感觉土里土气的。我有些无法理解，就这么一副尊容，居然能跑出那么多的业务来。

同事似乎察觉了我在看他，不由朝我轻轻笑了笑，然后向我伸出了手，说，重新认识下吧，我叫王新根。我有些不好意思地笑了，笑着握住他的手。脑子里却在想，怪不得那么土气啊，连名字都那么土。

王新根似乎看出我的心思，问我，是不是觉得我的名字和长相一样，都特别老土呢？

我忙摇头，否认着。

王新根却朝我淡淡一笑，说，知道吗？我被无数公司拒绝过，甚至来这个公司，我都没通过面试。我应聘的是推广经理，我请他们把我留下，我甚至可以不要底薪。我只想证明自己给他们看。

我大吃一惊。

同事接着说，我的长相给了我许多无形的阻碍，但我一直把它当作一种挑战和鞭策。我用更多的时间和努力来完成我的目标，而现在，我都做到了。从下个月开始，我就是推广经理了。

我听着，愣了好久。

王新根还说，知道吗？这个月，总经理还给了我一个任务，让我自己找有潜力的同事下个月进我的新推广部，我第一个就想找你加入。

我苦笑。我甚至想告诉他我这半个月根本就没跑过客户。

王新根却笑着说了一句令我瞠目结舌的话，我明白，你今天不是去跑业务，而是要回家。

　　同事指了指那树上不停叫唤着的知了，说，其实大家都讨厌知了那无休无止的叫声，那叫声确实让人听着心烦。可知了还是不停不歇地去叫，其实，这叫，就是知了的一种坚持。做人，也贵在坚持。

　　那一刻，给我的震撼太大了。我的心头突然涌出了异样的勇气，而这勇气，是我从未有过的。我忽然有了种试一试的冲动。

　　那个夏天，我的皮肤被晒得黑黑的，甚至还被晒脱了三次皮。

　　我不止一次遭到白眼，甚至被人赶出门去。我毫不气馁，放下了所有的包袱和顾虑。我的眼前只有那不停叫唤的知了。

　　我的坚持有了令人振奋的结果：我们那个新成立的推广部签约量不可思议地遥遥领先于另几个经验丰富的推广部。

　　我当月的工资破万。

　　我永远感谢那只知了。

永不丢失的公文包

一 冰

我大学毕业后就进了这家策划公司，三年没挪过窝儿。最近有个消息，说老总要去另一个城市创建分公司，要找一个得力的人接替他。同事们私下里互相打趣，说我也是内定人选之一，我一笑了之。

大家都瞄着那个位置，但都知道自己不可能，因为那个位置差不多已经有了人选，是策划天才高雪峰。他一来我们公司，就以过人的天赋、非凡的创意，做了几单让大家瞠目结舌、望尘莫及的大业务，老总的位置，非他莫属。

这天早上，我早早就来上班了，因为上午有一笔生意要谈。这单业务的策划方案是我做的，马上就要正式跟客户签合同了。我估计老总已收拾好准备出发，顺手一摸桌上却摸了个空，再一看，头顿时就大了——我的公文包不见了！公文包里都是很重要的东西，有记事本，有各种文件，最要命的是，有今天要用的策划方案和合同书。

我疯了一样在办公室里翻找，可一无所获，我想，可能是丢在出租车上了。这时，老总在外面叫我出发，我看了看表，离约定的时间只有半个小时了，而这正好是我们的车程所用的时间，甚至连打开电脑的空余都没有。而且，这事一定不能让老总知道。在这个节骨眼上，如果他知道我把公文包弄丢了，后果就不用说了。

我硬着头皮跟上老总，边走边强迫自己冷静下来想对策：请出租车司机把公文包送来？根本不可能，何况还不知道是不是忘在出租车上呢！

别的东西丢了就算了，但目前必须立即补救的是策划方案和合同。坐到车上，我已经想出了办法——在签合同之前，我有四十分钟的时间来讲解策划方案，而现在我只有脱稿讲出来，然后，找一个同事把策划方案和合同打印一份给我送过来。这是唯一的办法了。

我立即编了一条短信发给我一个同事，让她把我电脑里的策划方案和合同打印一份给我送来。我在做这些的时候，还得应付老总的提问，他问我准备好没有，我说都准备好了。

上了谈判桌，所有人都从公文包里拿出了纸和笔，只有我面前空空如也。我双手交握放在桌上，尽量使自己平静下来，因为我要背出那长达一万多字的策划方案。虽然那一万多字都是我亲笔写出来的，但我还没尝试过背下那些内容，可现在我别无选择。

我讲了一段话之后，对方一个副总发现了问题，他问我："你的策划方案呢？"

"在我脑子里。"我微笑着说，"我今天决定脱稿把我们的策划方案讲出来，表示我们对这单业务胸有成竹、志在必得。"

也许是他的疑问激发了我的思维，我口若悬河，妙语如珠，谈判桌上一改往日的沉闷，变得活跃轻松起来。在我快讲完时，我看到同事的身影在外面闪现，然后我身边的一个同事出去了，拿来了新打印的策划方案和合同，我的心终于落下来。

合同顺利签了。中午的宴会上，对方的老总特意走到我和老总面前，向我敬酒。他说："你知道吗？我们本来想给你们再压压价的，因为另一家公司做的策划也不错，而且报价比你们低三成。如果你们不同意我们的价格，我们就会找他们。但是你今天精彩的陈述打动了我，那一万多字你能一点儿不差地背下来，说明你对工作非常尽心。"

宴会结束，我和老总一行坐车回去。老总在口袋里摸了摸，递给我一串钥匙，说："这是我办公室的钥匙，你明天就可以搬过来了。"

我愣住了，老总嘉许地说："我的意思是，你就是公司总经理的接任者。"

我不由自主地问："为什么？"

"因为你今天杰出的表现。"

"可我——"我忍不住说出了实话,"这真是阴差阳错,总经理,您不知道,我今天能这样,都是被逼的,是因为我的公文包突然丢了。"

"不!你的公文包没丢!"老总指了指我的胸口,说,"你的公文包一直在你心里,能把公文包装在心里的人,就是个了不起的人,就是做大事的人。"

说着,他从座位底下拿出了一样东西,居然是我的公文包。他说,今天早上他路过我的办公室,见我不注意,就顺手拿走了我的公文包,有意考验我的应对能力。

后来我才知道,老总的这个考验方法来源于策划天才高雪峰。前几天,老总正想把自己的位置让给高雪峰的时候,高雪峰的公文包忽然丢了,他立即面色苍白,两腿发软,连路都走不了了……

老总说:"高雪峰只是个很优秀的业务员,但你却是个很优秀的老总。"

空瓶子

罗世容

大学毕业后，我每天都在人才市场奔波找工作。尽管我的要求并不高，但是要找一份称心如意的工作还是很难。很多招聘单位一看我是应届毕业生，便将我的简历放在一边，显然，我被淘汰了。就这样，我在人才市场跑了好几天，却是一无所获。

这天，我依然怀着希望来到人才市场。在一家公司的招聘处，我送上了自己的简历。没想到负责招聘的那位主管看一眼我的简历便笑了："空瓶子！"我莫名其妙，看着那位主管一脸的不屑忍不住问他："空瓶子是什么意思啊？"

"空瓶子就是没有价值的人。你没有工作经验，对于公司而言，就是一个空瓶子。没有价值的空瓶子，只有被淘汰！"主管笑着对我解释道，"你应该清楚，每个人喝完水之后，都会将手中的空瓶子扔掉。所以，你被淘汰了！"

听完主管的话，我神思恍惚，我终于明白为什么这么多天我一无所获了，原来在大家的眼里，我是一个空瓶子，是人人都恨不得扔掉的空瓶子。

我踉踉跄跄地走出人才市场。在回家的路上，我看到有好几个人将手中的空瓶子扔进垃圾桶。那一刻，我觉得自己也是垃圾，永远都得不到重用，心瞬间流血。

以后的几天，我不再去人才市场找工作。我知道去了也是白去，便成天把自己关在屋里上网玩游戏。尽管我知道这不是长久之计，可是我没有办法。我想谁都没有办法。

母亲见我成天待在屋里，大门不出，二门不迈，便问我到底怎么了。我告诉母亲，我是一个空瓶子。"空瓶子？这是什么意思啊？"母亲显然也是第一次听说。我便将人才市场那位主管的话告诉了她。

母亲听后笑了笑，说："原来别人把你当成了空瓶子，可是空瓶子也并非一无是处啊。空瓶子可以装水，还可以装酒。是有许多人将空瓶子扔掉，可是也有人去捡起来，并且拿去换钱。不是吗？"我点了点头。

母亲又说："空瓶子并不永远都是空瓶子。今天的空瓶子，可能明天就会装上一瓶水，所以，空瓶子依然会有人喜欢。你知道应该怎么做了吗？"我点头说："知道了。"

第二天，我又怀着希望踏进了人才市场。在投简历的时候，依然会有人说我是空瓶子，但是我没有因此而灰心丧气。终于，三天之后，我被一家公司看中，得到了自己想要的工作。

一年之后，我升了职，得到了重用。当然，这时的我不再是一个空瓶子。有一天，我问经理当初为什么就看中了我，因为那时的我是一个空瓶子。经理笑着告诉我说："空瓶子好啊！我需要的就是一个空瓶子，因为它正好可以用来装我所需要的东西。"我笑了，空瓶子果然有空瓶子的价值。

邻家女孩

孙智慧

　　这是一个关于邻家女孩的真实故事。

　　女孩姓柳，去年暑假从北京的一所大学毕业。先考上的大专班，后因成绩优秀又被学校推荐上了学校的本科班，这可是我们村出来的第一位在首都北京上学的女大学生。女孩的父母高兴坏了，点了一挂一万头的鞭炮以示庆贺。谁知一毕业，女孩径自回了家。女孩的父亲开口大骂：我供你上完大学，你不想法留在城里，回到咱乡下能干个啥？原来女孩不顾家人的反对要回家就业。我们这儿还很贫穷，离县城二十多里，县城里有家长城食品厂，是县里的龙头企业。女孩在这家厂里找了个工作，和那些村里的小姑娘没什么两样。村里的大娘大婶们动不动就拿女孩打比方，说，你看，上学有什么好处？老柳家好不容易培养出个大学生，还不是和我们娃儿一样？听说现在也不分配了，上学没什么用喽。村里陆续有大批辍学的小女孩进城打工。

　　女孩一回乡打工，着实让村里的其他姑娘舒了口气，以前她们动不动被拿来跟女孩比，现在倒要反过来笑话女孩了。

　　女孩在厂里干活很踏实，按点工作，按点下班。如果一直这样平淡地过下去，也就没故事可讲了。偏偏在这个时候发生了一件事情：这天，快下班的时候，女孩看到厂里管电脑的刘主任在大院里像只热锅上的蚂蚁踱来踱去，就过去问了一声，刘主任，您怎么了？刘主任看到她没好气地说，咱厂里的电脑出毛病了，我基本上是个电脑盲，正不知如何是好呢！

女孩说，赶快去找老师修啊。刘主任苦笑道，人家欺负咱不懂，要的价太高啊。女孩吃了一惊说，他们怎么能这样做，不耽误事啊。刘主任搔搔头，头上仅有的几根头发也快掉了。女孩说，那让我看看呗。刘主任没办法，就让女孩去看，权作死马当活马医了。女孩到电脑房里看了看，检查了一下电线，又调试了一下，脸上绽开了笑容说，没事，刘主任，小毛病，重启一下就好了。果然，电脑很快恢复了正常。刘主任看着女孩，像看个外星人。不知何时，后面站着的一个人说话了：你是谁啊？女孩说，我是咱这儿的职工啊。好了，你明天就来这上班吧。女孩扭头一看，吓了一跳，是董事长。董事长问女孩：你懂电脑？女孩脸红了，说，我上学学的就是电脑。你是个大学生啊。一下子，女孩从普通车间调到了董事长办公室。

厂里的电脑在女孩的操作下没出过问题。有一次，董事长问女孩：要说大专生没什么稀罕的，我想让你去进修一下，好挑更重的担子，你愿意吗？女孩粲然一笑说：我已经是本科生了呀。哦！董事长牢牢地记住了这个女孩。董事长去大学招大学生一个也没招来，女孩是厂里的宝贝哩。没多久，女孩成了厂里的一名车间主任。又过没多久，女孩被评为县里的拔尖人才，奖品是一辆桑塔纳轿车。

每次女孩坐自己的车回村里，村里所有的人眼都直了。女孩说：得让村里的孩子上学呀，没知识怎么能改变自己的命运呢？虽说现在上大学不分配工作了，可找准自己的位置还是能实现人生价值的，是金子总会发光的。

从此以后，再有人对自己的父母说不想上学想早点儿找个事儿挣钱时，父母就都举起了巴掌：你怎么不学学你柳姐？你想一辈子给人当苦力啊？

经 验

金 波

阿愣参加面试，最害怕的就是人家提"经验"。人，五官端正，没得挑儿；学历，虽不高也不低，一点儿也不妨碍工作需要；笔试，马马虎虎，都能过关。然而，就是缺少经验。阿愣多次求职失败，软肋就是这可恶的"经验"。"人一出生就有经验？大学刚毕业，哪里有经验？"招聘单位无一例外地回答："对不起，我们不是培训机构。一个萝卜一个坑儿，招一个人就要顶一档子事。"

经验！经验！真是害死人啊！

阿愣想：学历可以造假，脸蛋可以造假，唯有这经验，造假不了，干一天就会露馅儿。然而，到哪里去寻找"经验"呢？如果永远被企业拒之门外，就永远没有经验；如果永远没有经验，求职者也就永远被拒之门外。哎哟，可怕的恶性循环！这不是把人往死路上逼吗？想到这里，阿愣的头都大了。

虽然没有"经验"，但这"试"还是要"面"，工作还是要找。没办法，长着一个吃饭的肚子呀！万一运气好，碰上一个"二百五"企业不要"经验"呢？

"嗯，你的学历还可以。"

面对这家企业的人事经理，阿愣正襟危坐，一声不吭，手心脚底却冒着冷汗。心里想：我的学历本来就可以，没有一家企业认为我的学历不可以，但学历不是主要因素。

"你的笔试也不错。"经理接着说。

阿愣还是一声不吭。他参加的所有笔试都不错——没有这一把刷子也敢应试？然而，这还不是主要的因素。

"你正年轻，对你的目测也无可挑剔。"经理又说。

阿愣还是不动声色。没有一家企业嫌他长得丑，嫌他五官不正，嫌他三级残废——本来他就是一表人才嘛。有他漂亮的女朋友为证。可是，这仍然不是主要因素。阿愣知道。

阿愣等的就是主要因素，害怕的也是这主要因素。别看人事部经理会绕弯子——先夸夸你的长处，让你美滋滋的，以为胜券在握，然后话锋一转，将你扔进万丈冰窖里。

"就是、就是……"经理果然话锋一转。虽然这是意料中的事，阿愣仍然吓得捂起了耳朵。他知道，经理的话锋一转，就意味着他被一票否决了——又白忙了一场。所以，他怕那两个字，恨那两个字；一听到那两个字，他就发憷，就发抖，就条件反射，就本能地抵触，就崩溃，就号啕痛哭！

"就是、就是……"经理一边看着阿愣，一边寻找适当的词汇。

"别说了！"阿愣实在忍无可忍了，把桌子一拍，火山爆发般地吼道，"我知道你想说什么，你不就是想要经验吗？"

"哇，你知道？你真聪明，我还没有开口，你就知道了。你怎么这样有经验？"经理喜出望外。

"我太知道了！我阿愣求职无数，参加了几十家企业的面试，没有一家是不问经验的，没有一家不是因为缺少经验才把我枪毙的。"阿愣呜呜咽咽地说。

"你都参加了几十家企业的面试？"经理站了起来。

"这还用得着欺骗您吗？谁不想说一应聘就被录取了呢？谁不想说自己被人抢着要呢？那样脸上多有光彩！可我的确已经参加了几十家企业的应聘。第一家说我没有工作经验，第二家说我缺少工作经验，第三家说我毫无工作经验，第四家……第五家……别提了，都别提了。如果您不信的话，有我风尘仆仆的面容为证，有我快要绝望了的眼神为证，有我快要跑断了的双腿为证……"阿愣满腔悲愤,一口气说下去。

"那你怎么还说你没有经验?这恰恰说明你有经验啊,而且还是丰富的经验呢。"经理笑了。

"经验?这也算是经验?"阿愣愣住了。

"这当然是经验!你怎么骑着千里马还说自己没有好马呢?请抬头看看我们的企业名称。"

企业名称?对啊,阿愣虽然来应聘了,却不知道这家企业的名称。不是不想知道,而是懒得知道。想当初,他走出校门时,踌躇满志,雄心勃勃,连企业名字都挑剔,不是带"国"字的企业不进,不是带"外"字的企业不进,不是大企业不进,不是地处繁华路段的企业不进,不是月薪好几千的企业不进……而如今,只要能给个饭碗,就是"火坑企业有限公司",也只好往里跳了。

阿愣顺着经理指的方向一看,墙上用艺术体写着"就业前培训指导服务公司"的字样,不由得眼前一亮,从座位上跳起来。

"看明白了吧?"经理哈哈大笑,"我们的企业就是专门培训'经验'的,各行各业的培训项目一应俱全。我们招聘你的目的,就是请你担任指导教师,为想获得工作经验的求职者传授相关经验。你的求职经验,难道不是一笔宝贵的财富吗?正好派上了用场,明天来上班吧。"

"天啊,我终于有经验了!我终于有经验了!"阿愣奋力冲出门外,仰天长啸,放声痛哭。

天亮是因为你的脚步

厉剑童

他求职遇挫的故事和报刊、电视上看到的无数大学生的求职经历几乎没什么两样。

那年,他从职业技术学院毕业后,怀着对未来美好的向往,到南方一座经济发达城市找工作。在接二连三碰壁之后,他才明白,现实远没有自己想象的那么好,甚至有些残酷。那些把他拒之门外的单位,不是嫌他学历不高,也不是因为他在大学没获过奖,更不是因为他长得不够帅,而是因为他没有多少实践经验。偶有愿意接纳他的单位给的工资太低,低得连他基本的生活都维持不了。

怀着失望,甚至是绝望的心情,他垂头丧气地回到老家,回到父母的身边。他是村里走出的第一个大学生,是全村人仰视的对象。灰头土脸地回来,他觉得无颜见江东父老。那些日子,他躲在家里,不是唉声叹气,就是埋头睡觉。就这样一天到晚无所事事、百无聊赖地打发着漫长而苦涩的日子。

第一场雪到来的时候,他在家里已经闷闷地度过了一个月。他已经到了崩溃的边缘。他埋怨天埋怨地,埋怨老天爷对他不公,当然也埋怨父亲的无能。

他的父亲曾当过多年民办教师,后来上头一个文件就把他们这些大半辈子献给教育的人给辞退了。父亲没有多少怨言和牢骚,平静地回到家当了农民,很快成了种田的好手,看上去跟普通农民没什么两样。当民办教师留给父亲的唯一爱好是晨跑,那是几十年养成的习惯。

在他回家的一个月里,父亲曾不止一次劝他想开点儿,多向前看,大不了回来跟自己种地,当农民。每次父亲这么说,他都从心里涌起一股强烈的反感,恨不能和父亲结结实实吵一架。

那天早晨,他和往常一样还在蒙头大睡。父亲把他叫起来,让他跟自己一起出去跑步。在父亲喊了他十几遍之后,他才很不情愿地从被窝里爬起来,跟着父亲出去。

时间是五点半左右,外边黑乎乎一片,几步之内看不清人面。开始,父亲和他并排跑。其间父亲几次想跟他说话,他都懒得搭理。无奈,父亲干脆撂下他,一个人在前面跑,他跟在后面。

天一点点亮起来。跑着跑着,他自言自语道,我每跑一步,天就亮一点点,跑一步天亮一点,这老天爷可真是听话啊!要是我的求职之路也能这样就好了。

他的话父亲听得清清楚楚。父亲眼前一亮,故意放慢脚步,接过话茬,说,是啊,跑步就是这样。乍看周围一片漆黑,仿佛没有光亮,没有希望,看不清路在哪里,是弯还是直,但你只要一直跑下去,天就一点点亮起来,跑一步亮一点,直到你跑得足够远,天也就大亮了。这世间很多事和跑步一个样。

这么说,天亮,是因为我的脚步?他疑惑地看着父亲。

父亲重重地点点头。

他一言不发,沉思良久。眼前仿佛一道闪电划过,他隐约看到一条路,一条从没走过的路。

当天,他擦干泪痕,收拾行囊,昂首挺胸,一个人去了另一座城市。在这里,他遭遇了和先前那座城市几乎一样的境遇,但他记住了父亲那句话:天亮,是因为你的脚步。一个月后,他找到了一份销售工作。他埋下头,心无旁骛地做下去……

二十年后,他成了一个小有名气的推销师,经常应邀到一些著名学府给即将走出大学校门的学子们做指导求职的报告。每次他都会讲到那次和父亲一起跑步的经历,讲到自己的感悟,讲到自己的求职经历……他每次讲完自己的求职故事之后，都不无感慨地说，世上从来就没有随随便便的成功，困难和挫折在所难免，这并不要紧，要紧的是永远都不要停止你的脚步，天往往在你迈出下一步的时候豁地一下就亮了，你也就看清了自己正在走的路和以后要走的路……

报告进行到最后一句的时候，他总是习惯性地把手用力一挥，大声说：天亮，是因为你的脚步！这是我一生的体悟，是我的独创！

那时他的父亲已经去世。他永远也无法知道，自己为之得意的那句"天亮，是因为你的脚步"并非自己的独创，而是父亲当年被辞退后在一次晨跑中悟出的道理。那次父亲要他起来跑步其实就是想告诉他这句话。

丑女如花

孙淑兰

如花长得真对不起她这名字。她爹娘当初给她起名字的时候一定怀着美好的愿望，可是造物弄人，越长越让人觉得她与花没什么关系。

所幸上帝也不想太跟她过不去。她自小学习还不错，凭着傲人的成绩，她脸上总有笑意，虽然并不美丽。十几年前，她考上了一所大学，学历史。那时国家还管分配，她觉得凭她的好成绩，分个好单位水到渠成。谁知神使鬼差，她被分到了小镇上的一家企业。

单位不小，但是地处偏远山区。她去单位报到的时候，很是轰动了一阵子，单位职工都争睹她的芳容。

每年这家企业都很慷慨地接纳几个大学生。新分配来的大学生，常常成为当年夏季最热的话题。那年，她与其他五个大学生同时报到，女大学生就她一个。物以稀为贵，更以奇引人。单位上上下下都在交头接耳：快去看看吧，新来的女大学生不会是外星人吧？皮肤黑得那个滋腻不说，还有星星点点的雀斑，真像麻雀屎印在了脸上。这女子哪像大学生啊，都不知道要笑不露齿，一张嘴，上排红色牙龈就不甘寂寞地亮出来透透气。她咋还那么爱笑？嘿嘿，名字更搞笑，叫什么如花，如什么花，狗尾巴花也比她好看！

议论被风吹到耳朵里。她知道自己不好看，自小就知道，所以勤奋好学，弥补不足，成绩盖过了外貌。没想到这个单位的人这么以貌取人。她偷偷地哭，可是哭肿了眼泡，更难看。索性，乐观起来：上帝给我关了外貌这扇门，不是还给我开了才气这扇窗吗？

她是这个单位为数不多的全日制女大学生，但是她不骄傲，有什么资格骄傲？她就是尘埃里的一朵狗尾巴花。她被分到这个单位的最基层，一个规模很小的子公司，做最具体的工作。据说，管人事的领导有言，把她分到基层，是怕她在机关部门影响单位形象。

真也好，假也罢，传言她咽下了。基层有什么不好，最接地气。她白天跟老师傅学手艺，晚上点灯熬油翻图纸。反正，也没有男孩主动约会，她有大把的时间做这些事。

她性格不孤僻。她妈妈一直教导她，礼多人不怪，所以她见谁都爱主动打招呼。面对她热情的笑脸，好的报以微笑，大多数人置之不理，有的甚至从鼻子里哼一声出来。这些统统没有吓倒她，与人为善，没有什么不好，她相信坚冰也怕火烤。她依旧对所有人笑脸相迎，不管她的笑容美不美；对所有人奉献她的劳动和智慧，不管别人领不领情。

慢慢地，对她报以笑脸的人多起来。连最不苟言笑的人事处长，见了热情招呼的如花也开始咧一下嘴巴，甚至很平易近人地过问一下她的工作和生活。大家后来都说，嗯，这女子不错，除了长得丑点儿，没别的毛病。丑也不是她的错。

毕竟是高材生，工作很快上手了。她发现，单位的财务人员学历普遍不高，财务工作捉襟见肘。可惜自己是学历史的，大学里的专业到这里百无一用。何不啃啃财务呢？闲着也是闲着。

一年后，她拿到了会计资格证。脸蛋不好，可是脑子好。她觉得自己蛮幸运。

世事无常。单位忽然垮了，垮了的企业被市里一家集团公司收购，连人一起。

集团公司面向内部人员招聘财务和销售方面的两个主管人员。她想，试试吧，考不上也没什么损失，这张脸，也不怕多见几个人。

集团公司慧眼识才，如花凭她的真才实学，进了总部的财务部，飞出了小山沟。

得志的如花倍加自信起来，恍惚中，觉得自己已经艳若天仙，集团公司上上下下的眼睛仿佛都暧昧地看着她。

不能对不起这吸人眼球的关键岗位。她赶紧捯饬起来，香粉一层层扑到脸上，直到雀斑隐形。眉毛眼睛也照着王熙凤的模子左描右画，一片薄唇涂抹得想流下红油来。同事说，哇，美女。

如花的感觉好极了。拿个小镜子，上上下下地照，心想，终于名副其实了。我如花，的确如花。

自信和乐观使如花神采飞扬，哪还有一点当年丑小鸭的影子？满面春风的如花很快适应了新的工作环境，一贯养成的热情豪爽性格又使她获得了好人缘，无论同事还是领导，都喜欢上了这个山沟沟里飞出来的金凤凰。

被吸引的，还有集团公司办公室的英俊小生白杨。一向以心高气傲著称的白杨，失了矜持，有事没事总往财务部跑。如花没敢想这跟自己有什么关系，直到白杨有一天发短信给她：我这棵大白杨想做护花使者，可以吗？

如花终于被白杨牵起了手。走在一起，大家都说：女才男貌，绝配绝配。

被事业浇灌、被爱情滋养的如花真的娇艳如花了。

最后的夜班

高玉芳

吃过科里姐妹的送行饭，伊航回到医院内科病房，值下岗前的最后一个夜班。

下午她接到人事部通知：她被除名了。这对她无疑是当头一棒，好半天缓不过神来。要知道就在上午，她还作为模范护士在全院大会上介绍救护经验呢。拿着除名通知，她含着眼泪询问究竟。人事主任告诉她，开除她是院长亲自决定的，住院病人对她印象坏，况且她还弄坏了仪器。伊航知道，在民营医院，老板院长说了算，已无挽回的余地。刚才吃送行饭时，内科主任罗大姐叹息说，麻烦的是，反映她的病人是老板的好朋友，生意上的合作伙伴。老板脾气向来说一不二，这会儿正气头上，谁说什么也没用，等过几天，一定把情况跟老板说清。护士长李姐气得摔筷子："忘恩负义的臭流氓，做贼不成反咬一口，不得好死！"说着，趴在饭桌上大哭起来。好像开除的不是伊航，而是她自己。伊航倒反过来劝她，几个人泪流满面。

上了夜班，伊航在值班室清点药品、器械。想起"弹劾"她的五号房病人，恨得牙根疼。二十天前，院长亲自送来一个病号，得的是急性哮喘加心衰。人已昏迷，嗓子里像卡住什么东西，拉风箱般呼噜呼噜大喘气。院长说，华总是医院的投资人、公司副董事长，要千方百计把他抢救过来。他住进五号豪华单间，实行特级护理。伊航是负责护士，她接连几个夜班没休息，隔两小时用吸痰器为他吸一次痰，二十四小时输液，喂水打针，擦屎接尿，终于把他从死神那儿拉了回来。几天后，华总稳定了病情，看着像个健康人了。

大概伊航救他有功，华总对伊航另眼相看。每次来病房输液、送药，总是留她多待一会儿。

伊航对待这位四十多岁的经理像对待长辈，热心服务、有求必应，包括帮华总掐掐头、砸砸腿什么的。当然她也有自己的原则，对方送的礼物，手表、MP3，一概谢绝。伊航察觉到，她弯腰给华总输液的时候，他的手会为她理理散下的头发，仿佛不经意地轻轻蹭过她的脸颊。后来，趁给他打针时，还攥住她的手抚摸。伊航脸一热，连忙说："哎呀，放手！要扎出血了。"听了伊航的话，华总不但没放手，反而攥得更紧了。

"流氓！"伊航心里骂了句，扔下针管跑了出去。

前几天伊航夜班，深夜输完液，她去拔针头。正当她低头给针眼贴白胶布时，他一下子紧紧抱住了她："小丫头，好好陪陪我！"充满烟酒气的大嘴吸盘一般吸住她的小嘴，让她喊不出声。她翻腾着挣扎，争斗中，踢翻了输液架，摔碎了输液瓶，砸毁了吸痰器。这时，值班医生推门进来，伊航哭着跑了出去。

念他是医院的投资人，内科医务人员没有声张这事。没想到，他坏事没得逞，倒恶人先告状，找院长砸了她的饭碗。

铃铃铃铃——值班室响起求救的信号。伊航看了看显示器红灯，正是五号病房发过来的。伊航气不打一处来，又是你，深更半夜想干吗？又想找机会给女护士耍流氓！你甭做梦！伊航坐着没动。

五号病房的呼救铃声又响起来。莫非他真不舒服？活该！反正我明天就卷铺盖走人了。你这个流氓，就欠病拿着你，本姑娘今天偏不伺候你！

五号病房的铃声变得微弱、断断续续。像一个危重病人在倒气。伊航像战士听到冲锋命令一般，箭也似的冲向五号病房。

这时的华总，脸憋得紫红，喉咙里又拉开了风箱。两只大手伸向天空，像要抓住什么，他仿佛在和死神做拼死的争斗。污浊的眼睛，向伊航投来求助、绝望的眼神。

"危险！卡住痰了！"伊航明白，不把痰吸出来，病人一分钟之内，就有憋死的危险。必须马上吸痰！她下意识地找吸痰器。一下想起来，那天她与他争斗时，吸痰器被砸坏了。怎么办？情急之下，顾不得羞怯，和他脸对着脸，嘴贴着嘴，使劲为他人工吸痰。吸一口，吐一口，直到吸完为止。华总的呼吸平稳了，但不知为什么，他嘴角哆嗦起来，两眼使劲颤抖地紧闭，也挡不住两行清亮的泪水，顺脸颊慢慢淌下。

早晨八点交完班，伊航悄悄回到单身宿舍，凄凉地打点行装。这时，内科罗主任和李护士长推门进来，二话不说，把她的行李又铺开了。伊航懵了。护士长笑着告诉她，不知怎么回事，大清早，院长就来电话，说你必须想尽一切办法留住伊航，否则，护士长别干了。伊航这才扑到床上，号啕大哭起来。

给 力

张殿兵

"明天就是这个月的最后一天了,你明天把相关工作交接给你们组长赖源,领了工资,你就可以走了。"这是今天下午顾正亮回到办公室后,经理吴永成向他发出的最后一道"指示"。顾正亮的脸红一阵白一阵,但最后不得不回答道:"那,好吧……"

顾正亮没有想到,自己离开大学校园进入这家隶属于一个大商场的家电批发公司刚半年,就被辞退了。他心里五味杂陈,但是,他没有任何怨言。其他业务员每个月的销售额都在六十万元以上,可是半年过去了,他的月销售额仍没有突破三十万;虽然他工作很卖力,每个月的销售额都有进步——第一个月是八万、第二个月是十一万、第三个月是十五万、第四个月是十七万、第五个月是二十二万、第六个月是二十八万,但是他却一直远远地落在别人的后面。让他离开,他能说什么呢?

这一夜,他躺在床上辗转未眠,思索着"为什么半年内都没能赶上去"这个问题。直到天快亮了,他才得出一个结论:虽然他工作很卖力,注意听取客户意见和收集相关信息,工作之余,他看的最多的就是销售方面的书报,可是自己经验确实太缺乏了,因此销售额难以很快上去。

但是,第二天早上,他依然吃饱饭,穿戴整齐,精神饱满地去公司。上午,他整理了相关票据以及客户信息资料,全部交给了组长赖源。下午,他刚到办公室,会计就让他去领最后一个月的工资。他签完字领了工资,赖源说:"你如果没其他事,就可以走了。"顾正亮问:"你们发给我的是一整月的工资吗?"赖源说:"你什么意思?当然是啊。"顾正亮说:"那么,今天还没到下班时间,我既然足额拿了公司这个月的工资,就应该到下班时间才能走。"赖源说:"那好吧,你自便。"然后就离开了。

电话铃响了,顾正亮习惯性地要去接,这时会计已迅速跑过来接了。可是很快,会计就把电话递给了顾正亮,说:"找你的。"

顾正亮接了电话。是他的一个离城十多公里远的乡镇客户——一家家电零售店的邱老板打来的,邱老板说,一台洗衣机刚卖出去,因质量问题消费者又拉了回来,他也觉得有问题,让顾正亮去看看。顾正亮本想说他已被辞退了,但想到还没到"下班时间",他放下电话就去了。顾正亮到后发现,这台洗衣机根本没有问题,是顾客操作不当,他很快就把正确的操作方法教给了这位顾客和邱老板。这时已是晚上七点了,公司下班时间是六点,他超了一个小时。他想,自己对得起这份工作和公司给他的足额工资了!

随后,他用手机把这个情况报告给了赖源。赖源没有想到顾正亮会这么做,一时很感动,说:"谢谢你啊!"

转眼,六年过去了。

这一年,国内一家著名家电制造公司在省城召开全省销售大会,吴永成应邀参加。顾正亮和吴永成在这个场合见面了。这时,吴永成仍是那家家电批发公司的经理,而顾正亮则是这家著名家电制造公司省分公司的副总经理。

吃饭的时候,吴永成主动提起了六年前的事:"你知道我当初为什么辞退你吗?"

顾正亮爽朗地笑了笑,说:"因为我的业绩差啊……"

吴永成说:"不是这个原因!是因为你是一个优秀的人,而且很年轻……"

顾正亮盯住了吴永成,听他往下说。

吴永成继续说:"任何人刚参加工作时,都不大可能很快做出突出的成绩,因为经验很缺乏。但是,你是一个有强烈自尊心的人,每个月月底我批评你时,你都没有找任何借口,默默地接受了我的批评,之后你会在下个月更加努力地工作,这种自尊心是最宝贵的;同时,你工作中善于听取客户的意见,注意收集相关信息,工作之外你还努力学习营销知识,这表明你有强烈的进取心;对待公司和客户,你都很负责,你最后一天的工作就是最好的证明——你去乡镇给消费者排除问题的事赖源也告诉了我,这说明你是一个有高度责任感的人。一个有强烈自尊心、进取心和高度责任感的人,必然会有出息的。如果我留下你,我相信你的工作一定会越干越好……"

"那,你为什么还是辞了我呢?"

"正是因为你是一个应该有更大出息的人,我才辞退你的!你当时很年轻,年轻人有闯劲,我辞退你的目的,就是想让你在年轻的时候多接受一些人生历练,去更大的空间寻找梦想,这样对你的将来更有益处,才会取得更大的成绩!我们公司是一个地方性的小公司,如果你留在那里,时间一长,尤其是结了婚有了孩子以后,就不一定还有闯劲了,你的发展空间也许就很难有大的增长了……"

"那,你为什么没有离开,去更大的空间发展?"

"我刚参加工作时,是在一个小县城里。一位老领导对我说,我还年轻,应该去更大的地方发展。于是,我就到了市里,通过打拼,成了分公司的经理。后来,随着结婚生子、抚养孩子,年轻时的闯劲渐渐就被消磨掉了,就乐于按部就班地工作了……所以,你要吸取我的教训,在年龄还有优势时,鼓舞自己的斗志,向更高的目标去攀登。"

这时,顾正亮才明白当年吴永成对他的良苦用心。

又过了五年,顾正亮由于工作出色,被调到了公司总部,担任了总部营销公司的副总经理。但是,每年春节,他都会给吴永成打个电话,问候一声"新年好"。

明天更美好

丁　丽

跟我同时被通知面试的是五个同龄人。

主考是一位元老级的大姐，姓田；陪考的是一位面相稳重又和蔼的中年人。

第一项是让各人谈谈自己的工作设想。那个苗条利落的女孩率先发言："我建议把业务部的员工分成两组，形成对比和竞争。每月由经理和老总考评一次，业绩差的扣资金，由全组人均摊；连续三个月落后的组，主管要负直接责任。"

田大姐的脸立即拉得老长，陪考的中年人却微微颔首。

应试者都谈了自己的看法后，两位考官当场轻声合议，看得出他们意见有分歧，但中年人还是郑重地宣布："袁慧、辛亚迪留下来，参加第二轮面试。"袁慧是那个苗条女孩，她一拢反翘的短发，笑了。辛亚迪是我，我这个唯一的男应试者入围了。

走出公司大门时，田大姐在后面叫住我："这个袁慧是不是有人指示，来跟我叫板的？当着老总的面对业务部含沙射影。"

我说："我不认识她。"

原来陪考的中年人就是老总！业务部主管田大姐和业务经理矛盾很深，员工们自然分为两派，那业务经理刚刚调到别处。袁慧应试的话，得罪了田大姐，也就得罪了她那一派。面试第一关，就遇到这样的事，我真为那女孩捏一把汗。

第二天的面试考场在业务部，我们被指定在两台电脑上办公。我和大家点头招呼后，坐下整理材料。袁慧进来，热情地向满屋问好，屋里的两派都没人应声。她明显被孤立了。环境异常，她什么也没说，只是摇摇头笑着打开电脑。随着开机音乐，袁慧发出一声恐惧的尖叫。我忙跑过去看，只见屏幕上一条可怕的毒蛇，在对着她一伸一缩地吐着血红的信子。"这是怎么回事？公司的电脑都这么可怕吗？"她叫道。

没人应声。这种冷场，像软刀子伤人无形。袁慧眼圈红了，泪光闪闪。我什么也不说，三下五除二卸载了那个软件。当我坐回自己位置上时，我感觉到几丝冷冷的眼光瞟了瞟我。我请坐在前面的一位男士把一沓文件传给我，他头也不回，随手一递。我的手还没触到文件，他已松手，文件"哗啦"一声落到地上。我非常生气，但又无可奈何，弯腰去捡。

袁慧不知什么时候冲过来，厉声说："是你松手在先，请把文件捡起来。"这位男士一愣，但自知理亏，一边捡，一边挤出笑："开个玩笑，干吗生这么大的气？"

"玩笑？你懂玩笑？就这把戏，一点儿也不好玩。"袁慧狠狠地说。

男士递过文件时，反而握了握我的手。

这件事，让我放下种种顾虑，坚持正义。中午吃饭时，我和她坐到一起，表示支持。那位男士也友好地坐过来。

经过一天的努力，下班前的中层领导听证会上，我宣读了根据袁慧创意写的业务企划书。田大姐一帮人听得目瞪口呆。老总笑逐颜开："你们两位大学生，给公司注入了新鲜血液，知识结构和理念更是充满活力。"

我和袁慧走出公司，又有几个人脸上的冰解了冻，跟我们点头告别。

三天后，我们在业务部等候第三轮面试。老总匆匆进来，沉痛地说："东北那边出乱子了，发得好好的调解器，到那边竟成了废品！经济损失我想都不敢想，怎么办吧？"

田大姐马上站起，果断地说："立即追查责任人，再看看是不是运输的错，咱们的损失就会减到最小化。如果是咱们的错，就该严惩不贷，不管他是谁。"大家都应和着。

老总没吱声，像在等待什么。袁慧让我在电脑上提了一份材料给她，这时才说话："我刚才查了一下，这批调节器在保定分公司有存货，保定离东北不远。我的意见是马上从保定调货，在最短时间内，送到客户手中。客户第一，诚信第一，然后才是追究责任。"

"好！"没等袁慧说完，老总就笑着对大家说："刚才只是一个考题，袁慧获得满分。客户的口碑是我们的生命线，失信一次，多少广告投资都无法挽回，他们永远是第一位。我代表公司宣布，袁慧通过面试，成为正式员工，也成为业务部新经理。"

我第一个站起来，鼓起掌，由衷地为她高兴。老总走过来握了握我的手，说："很遗憾，你不能在业务部了。"

我握住他的手："即使不能在这里，我也认为你是个有魄力的好领导，公司的明天会更好。"我从容地关掉电脑，收拾整齐桌子，向门口走去，打开门，回过头来向大家告别。

老总笑着说："你听我把话说完。你也以合作精神通过面试，我聘你为签约员工，到内勤部上班。"

大家一起鼓起掌来，田大姐的脸由红转白，空前孤立。

袁慧走过去，握住她的手："先感谢我们的入门教官。"田大姐也借势笑起来，悄悄转头擦了把眼睛。

多爬几层楼

罗世容

许勇军高中毕业没考上大学，父亲问他想干什么，许勇军说进工厂，父亲不同意，让他去学开车。许勇军想想便去了。学了几个月，许勇军顺利地考到了驾照，父亲便介绍他去了一家快递公司，许勇军爽快地去了。父亲让许勇军以后多跑跑腿，为客户着想，把客户的利益放在第一位。父亲告诉他说，你把客户放在第一位，客户也会把你放在第一位。这话许勇军牢牢地记在了心里。

由于许勇军是新人，公司安排他跟大刘跑一周，先熟悉一下工作。那天一早，许勇军和大刘将要送的快递搬上车，然后大刘便开车出发。车没跑多远，大刘让许勇军取出最上面的两份快递，说马上就到那幢大楼了。然后，大刘掏出手机准备打电话，许勇军告诉他说："不用打电话，我给他们送上去！"大刘一愣："送上去？不用送！打个电话，让他们自己下楼来拿。"大刘告诉许勇军，所有的快递公司都是这样，只送到楼下，然后打电话叫客户来拿。

许勇军说："别人不送上楼，我们为什么也要跟着他们学？客户下楼要耽误工作，我们可以为客户着想送上楼……"大刘笑着说："送上楼？有电梯的倒不算什么，可我们这座城市的楼大都只有七八层，基本上都没有电梯，送上楼，爬上爬下，多累啊，值吗？"这一点，许勇军知道，但他硬是阻止大刘打电话，说让他送上楼，他不怕爬楼，不怕累。大刘笑了："好，你送上去吧。"

到了那幢大楼面前，大刘停了车。许勇军打开车门下车，然后进了大楼往楼上爬。一份快递在四楼，一份在七楼。许勇军来到四楼，找到那间办公室，找到收件人，让对方签收快递。对方一愣，看看许勇军说："你怎么给我送上来？"许勇军告诉对方说，送上楼，他就可以不用下楼，不用耽误工作。对方听了说："能给我你的名片吗？往后有快递我找你。"许勇军说："对不起！这是我第一天上班，还没有名片。不过，我有公司的名片，你需要我们上门取货，可以打公司的电话。"许勇军掏出随身携带的名片递给对方。对方笑着收了名片，问许勇军叫什么名字，又问了他的手机号码。许勇军说了，对方用笔记在名片背面。

然后，许勇军又来到七楼，将快递送到对方手里。对方见许勇军送快递到手里，很吃惊，许勇军告诉对方送上楼，他就可以不用下楼，不用耽误工作。对方笑了，然后也问许勇军要名片，说以后有快递找他。许勇军掏出公司的名片，在背面写了自己的名字和手机号码才交给对方。对方笑着接了名片。

许勇军下楼回到车上，大刘笑着问他："上楼累不累？"许勇军笑着说："不累！爬楼还锻炼身体呢。"然后，许勇军掏出名片，在背面写下自己的名字和手机号码。大刘见了问许勇军为什么这么做，许勇军告诉大刘刚才的客户问他要名片的事。大刘听了笑着说："你傻啊，你留了手机号码，往后他们就不肯上门交货，而会让你上楼取货，到时候你不停地上楼下楼，你会累趴下的！"许勇军说："我不怕！"大刘说："别写了，你这样做会后悔的！"许勇军却我行我素，继续在公司的名片背面写自己的名字和手机号码。大刘见了又是摇头，又是叹息。

一天下来，许勇军爬了近百次楼，送出去近百份名片。

第二天，大刘问许勇军昨天累不累，许勇军说不累，说他还要将快递送上楼。大刘听了直说许勇军傻。许勇军却告诉大刘说，送货上门，这本来就是快递公司应该做的，他只是做了该做的事。

第三天，许勇军还没跟大刘上路，就有客户打电话给他叫他取货。许勇军听了直乐，大刘却说："傻小子，人家让你上门取货你还乐？"许勇军说："客户需要我们，当然应该乐！没有客户，我们就会失去工作，明白吗？"大刘听了没说一句话。

　　一周的时间很快就过去了。这期间，许勇军爬了很多次楼，送出很多份快递，送出很多名片，也收到很多份快递。这一周，许勇军几乎把整个城市跑遍了。经理见许勇军熟悉了工作，第二周便让他单独行动。

　　后来，许勇军送出的名片越来越多，找他上门取货的人也越来越多。每天，许勇军出门载多少份快递，回来也载多少份快递。经理十分高兴，问他怎么会这样，许勇军将一切都告诉了经理。经理听了拍着他的肩膀说："做得好！"

　　一个月后，许勇军领到了第一份工资，他的工资居然比老员工大刘多五百元。大刘找经理理论，经理说："你要是每天都能像许勇军一样载一车快递回来，我保证也多给你五百元钱！"

　　一年之后，许勇军成为这座城市的快递之星，几乎所有的公司都知道有个叫许勇军的快递员。因为许勇军的大名，他所在的快递公司也名气大增，业务量远远排在其他快递公司之上。

　　第二年年底，许勇军受到总公司的表彰。这时的许勇军，名气更是大增。面对越来越多的业务，许勇军还是坚持送货上楼，上楼取货，因为他深深地明白，他有今天的业绩和名气，都是客户给的。为客户着想，多爬几层楼，拔高的无疑是自己。

对不起，你落聘了

邓晓燕

有一家国际大酒店要招聘一名服务员，待遇高，要求也不低。尽管这样，应聘者仍然很多，涌满了整个大厅。经过层层筛选，最后只留下十名应聘者进入面试。女孩就是其中一员。

女孩学历不高，刚刚达到应聘的学历要求，比其他任何一个人的学历都低。看到别的面试者一个个穿着漂亮、气质高雅、满脸自信的样子，女孩再看看自己一身半旧的服饰，虽然还算得体，但只要和她们站在一起，就显得无比寒酸了。女孩不由地自卑起来，但还是想努力一把，因为她的综合成绩是名列前茅的。

面试是单独进行的。一个个被叫到的人都满脸笑容地进去，又愁容满面地出来。有人一出来就开始骂人，肯定是没戏了。女孩暗暗高兴，开始自信起来，因为直到轮到她时，她也没见一个人能笑着走出来。

面对正襟危坐、面无表情的面试官，女孩又开始紧张了，她深呼吸了好几下，才让自己镇静下来。于是，她用标准的普通话开始叙述自己早已准备好的简历。叙述完毕，面试官开始提问题。经过刚才的叙述，女孩已经镇静下来，开始进入状态了，对面试官提出的问题也能应付自如了。就在女孩以为已经胜利在握的时候，面试官突然严肃地说："我觉得你很优秀，但我还是很遗憾地告诉你，你落聘了。"

突如其来的反差，让女孩的泪水都蹦出来了，但女孩还是控制住了自己的情绪，想给别人一个好印象。女孩哽咽地说："虽然没被录用，但我还是谢谢你们给我这次机会，让我知道我和别人还存在差距，还要继续努力。再次感谢你们。"女孩说完，向面试官深深鞠了一个躬，转身走出考场。

这时，台上有人说："等等，如果有兴趣的话，你可以看看后面的应聘者的面试。"女孩当然想看看别人是怎么面试的，于是就留了下来。

下一位应聘者也是个女孩。她镇定自若，自信十足，对答如流。女孩想，她的确很优秀，这次被录用者是她无疑了。不料，面试官却抛出了同样的话："我觉得你很优秀，但我还是很抱歉地告诉你，你落聘了。"面试的女孩一听，面色大变，泪水就出来了，她指着台上的面试官说："我这么优秀还落聘，你们有眼无珠！"说完，哭着离开了考场。

后来又进来了几个应聘者，都一一被面试官礼貌地判了死刑。没有一个应聘者面对最后的判决，能够做到面色不改的，或指责面试官没安好心，或摔门而出。女孩很失望，看来想找份待遇好的工作该是海市蜃楼了。应聘完毕，女孩准备走出考场，面试官却拦住了她，说："我们作为接待外宾的国际酒店，每一个员工的形象都代表着我们国家的形象。刚才你也看到了，他们在听到我说他们落聘了的时候，完全没有了先前的良好形象，甚至出口骂人了。其实，这是我们的最后一道面试题，只有你答对了，所以恭喜你，你被录用了。"女孩又惊又喜，激动得连连道谢。

多年后，已经成为酒店领班的女孩，在每一个招聘来的新服务员面前，都要讲同样的故事。

十八岁那年

王祥英

十八岁那年我高中毕业,很想去学习开车,但是去驾校打听之后才知道,未满二十一周岁根本领不到驾驶证,为了圆开车梦,我就转而去一家特种车辆驾校学习开铲车。

三个月学习期满,我领到了驾驶证和上岗证,同时驾校也兑现了他们当初的承诺,把我分配到市钢铁厂下设的一个车队开铲车。

几天后,我就背着行李去钢铁厂车队报到了,车队队长看着我一脸的稚气未脱,一副不放心的样子,并没有分给我车,而是叫我先打杂。整整两个月后,我才分到了一辆铲车,却是一辆快到报废期的旧铲车,不光车身锈迹斑斑,方向盘也不灵活了,但我还是比较满足,因为毕竟我拥有自己的车了。我将车的里里外外都用布擦了一遍,又认真地打了一遍黄油。

次日,队长来给我们分任务,我的任务是到料场装焦炭,我问清了路线,就兴冲冲地开着自己的爱车向料场进发了。

刚走了一半路,前边忽然出现了一个保安,他打手势示意我停车,我不知出了啥事,忙在路边停下车,然后下车询问。这才知道,原来钢铁厂规定厂内车辆行驶速度不准超过每小时三十公里,而我的速度是每小时三十一公里,按规定要罚款一百元。我忙赔着笑脸说好话,说我是初来乍到,不懂规矩,请他老人家高抬贵手。但是那个保安却根本不听我在说什么,眼皮也没眨一下就把罚单开了,然后将罚单交到我手中,让我在两天内去相关部门交钱。

刚出车就遇到了这么倒霉的事，我有些沮丧地爬上车，发动之后小心翼翼地看着车上的里程表继续往料场走。

料场车多人多，很是混乱，我正很小心地往里走，前边忽然出现了另一台铲车，司机用力地按喇叭，那意思是叫我让路，于是我就往后倒车，但是此时，铲车的方向盘忽然打不动了。一阵手忙脚乱之后，我忽然听见外边传来一声闷响，原来是我的铲车车斗刮上了旁边的一辆卡车。

那辆卡车车身留下了一道深深的划痕。卡车司机骂骂咧咧地从车上蹦了下来，将我拉下车，就给了我一巴掌。我捂着火辣辣的腮帮子，问："你为什么打人？"司机吼道："我打你是让你长长记性。"接着他将我拽到卡车旁，指着那道划痕说："把我的车剐成这样，你说怎么办吧？"这时，旁边车上的司机也纷纷下车，纷纷帮腔，有的说："剐成了这样，给一千块钱都不多！"有的说："别跟他废话，狠狠揍他一顿解解恨！"

没有一个人向着我说话，我就像一片飘在大海中的叶子，孤立无助地在那里任波浪无情拍打。

料场负责人打电话叫来了我们车队的队长，队长来了后先对着卡车司机赔了一会儿小心，接着就对我破口大骂，说我要是不想干，就赶紧滚蛋。

回到宿舍，我一头就扎进被窝，泪水止不住地流出来，好久，我给家里打了一个电话，讲了我的遭遇，说我实在是干不下去了，接电话的是我妈。她心疼地说："孩子，你快回家吧，咱不在那里受那份洋罪了，家里不差你赚的几个钱！"

第二天一大早，我就写了一封辞职信，准备去队长办公室交给他，刚出宿舍，就与一个人撞了个满怀，我一看，来人正是队长。我正想把辞职信交给他，他先说话了："林子，赶紧上张平的车，去二号煤场。"原来，二号煤场是队里的张平负责，岂料今天早上，他家里人打来电话，说他食物中毒，已经送往医院，而队里的人手一直紧张，一个萝卜一个坑，队长不得已，就只好让我先顶上了。

救场如救火，我深知这个道理，我暂时将辞职信揣了起来，然后就上了张平的车，向二号煤场开去。

到那里一看，已经有十几辆卡车在排队等候了，我顾不得喘口气，就开始工作,连续不断地干了三个小时,才将那些卡车都装满了。从车上走下来时,我已经是大汗淋漓,满头满身的全是煤灰,像个非洲人。

这时,几个人朝这边走过来,为首的一个中年男人笑眯眯地递给了我一瓶矿泉水,说:"小伙子辛苦了,今年多大了?"我如实回答,中年男人听罢回头对着众人说:"你们看看,他和我儿子同岁,那小子除了会打游戏,啥都不会!"接着他把头转向我,说:"我刚才在门口观察了你一会儿,发现你年纪不大,技术却很高,好好干,一定有前途!"就这么一句简单的话,使得我的眼泪再一次不争气地流了出来。我给那个中年男人深深地鞠了一躬,说:"谢谢您,谢谢您!"

第二天,我就把那封辞职信撕了,原因是队长把一辆刚购买的福田铲车交给我使用,这使得全车队的铲车司机羡慕得差一点儿把眼珠子瞪出来。我当时也不知道队长是怎么想的,后来才听人说,在二号煤场问我话的那个中年男人竟然是钢铁厂的厂长,他打电话给我们队长,很是夸了我一番。

此后,我安心地在队里留了下来,凭着过硬的技术,我很快就成了队里的骨干。

现在我已经是那个特种车辆驾校的一名铲车教练了,每当给新学员讲课时,我首先给他们讲一讲这一段故事,然后说:"知难而退,困难会永远挡在你面前;知难而进,机遇就在你面前!"

明天来上班

罗 翔

公司招聘两名经理，梅玫一路过关斩将杀入了决赛。进入决赛的有三人，因此公司总经理决定加试并亲自主考。

通知的面试时间眼看就要到了，可总经理还没有抛头露面。梅玫穿着一套乳白色的连衣裙，脑后的头发用发卡盘着，她坐在会议室里静静地等待着。两个小伙子西装革履，风度翩翩，这时有点儿坐不住了，在小声嘀咕着，他们拿眼看着梅玫。其中一个说，看来我和你只是陪衬而已，那小丫头长得那么青春，有哪个总经理舍得放手啊！梅玫似乎听到了他们的议论，望着他俩笑了笑，依旧坐在那儿。你看，她只要笑一下，总经理的魂就会被勾去的。

时间到了，一位男士走进会议室说，对不起各位，总经理这两天要谈项目，没有整天的时间谈你们的事情了，你们直接与总经理联系吧！总经理会通知你们考试事宜的。说完，他递给每人一张纸，上面写着总经理的电话号码。

两天后，两个小伙子结伴来到公司，依旧是西装革履，风度翩翩，只是脸上写满了怒气。他俩已经决定炒掉这家还没有录取他们的公司，今天他俩是来兴师问罪的，总经理耍了他们。连总经理都是一个马虎不负责任的人，想必这家公司也不会有什么发展前途的。

不一会儿，梅玫也来了。还是穿着那套乳白色的连衣裙，只是那盘着的头发像瀑布似的披在了肩上，柔柔的，亮亮的。肩上挎着一个红色的小包。她望着两个小伙子笑了笑,细声柔气地说,你们早啊!

两个小伙子觑她一眼,一个小伙子小声说,我说的没错吧?她肯定录取了。哪个总经理不是色鬼啊,他怎么会放过这么青春的女孩子呢?

还是前天的那位男士走进了会议室,他对梅玫说,梅小姐,接到总经理通知,叫你马上去上班。两位……那位男士忍了好半天才说,两位请回吧。回?一个小伙子站起来,说得轻巧,我们要见总经理,他总得给我们一个说法。那位男士说,那……就请吧!

那位男士把他们带到了总经理办公室,推门进来后,两个小伙子愣了,总经理是一个四十出头的靓丽女人。她看了看两个小伙子,笑了笑,指着沙发说,你们坐。她又看梅玫一眼,点点头,指着办公桌说,这就是你办公的地方,请过来熟悉资料,希望你尽快地进入角色。梅玫说,谢谢总经理。尔后就走过去坐在椅子上,拢了拢头发,放下肩上的小红包,开始翻看办公桌上的资料。

两个小伙子更加愤怒了,他们站起来用手指着总经理,你,你为什么耍我们?你给我们的手机号码停了机,叫我们怎么跟你联系?总经理依然很从容地笑着,小伙子,我没有耍你们啊!你们看,这桌上放着的三部手机,只有小梅与我联系上了。你们问问她就清楚了。

梅玫抬起头,看到两个小伙子望着她,就说,这很简单啊!我拨总经理的电话时停机了,我想,总经理肯定不是一个随便的人,难道她是在用这种方法考验我吗?不管怎么着,我都得和她联系上。我就到营业厅查了,号码还在使用,是欠费停机,我缴上了三十元的话费,再打就通了。里面传来了总经理的笑声,她对我说,你已通过了考试,明天来上班。

总经理看着两个小伙子,指着其中两部手机说,其实只要十元钱就可以开通,可是你们没有做到。小伙子,向小丫头学学吧。做任何事情都要多个心眼,有时候还要冒点儿险,职场上嘛,什么情况都要考虑到。

迂回求职

龙　瑰

　　有一个小伙子名叫凌云志。他自恃是大学经济管理专业毕业的本科生，不愁找不到铁饭碗，殊不知在人才市场晃荡了两个多月还没落到实处，他的心情别提有多烦闷了。

　　这天，凌云志又百无聊赖地上街溜达，在书报亭前浏览报纸杂志时，不经意从《灵川日报》上看到了月牙儿制梳厂高薪招聘营销部主任的启事，他便雄赳赳气昂昂地前去应聘。其实这次招聘的程序一点儿不繁杂：一不看文凭，二不讲资历，只需要当着五人评审小组的面，回答一个问题：你当了营销部主任以后如何推销木梳？前往应聘的人陆陆续续来了几十个，但答案都不能令考官们满意。凌云志志在必得，他在先后向几个落聘者打探了情况以后，才来到考官们面前，出乎意料地提出了一个小小的请求：请求考官们宽限他一个礼拜的时间，让他好好思考一下。考官们想到，他们苦心经营的拥有"月牙儿"檀香木梳子这个传统名牌产品的制梳厂眼看就要因为产品无销路大量积压而濒临破产，前来应聘的人都拿不出回天的妙方。那就给几天时间让这个小伙子考虑考虑，没准还有点儿希望，便答应了凌云志的请求。

　　凌云志把自己关在小旅店的单人房间里冥思苦想了一整天，也没找到答案。

　　第二天，凌云志去街上转悠了大半天。正当他心烦气躁的时候，他来到了一个阅报栏前，扫了一眼，偶然间从市报上发现了一条信息——灵川市计划大力发展旅游业,让"观音文化"成为本市黄金旅游线上的亮点,重点开发琴泉寺风景区,筹资修建巍峨的观音阁,着力打造中国的佛都。凌云志沉思了一会儿,猛地一拍脑门儿,说:"有了!"

在接下来的五天时间里,凌云志跑了附近的几座寺庙,又四处打听了一下月牙儿制梳厂的历史渊源以及近几年的经营状况,同时还打听到市郊庆云山那大片的檀香木林子是制梳厂取之不尽的原材料基地。

第七天,凌云志准时来到考官们面前,胸有成竹地说:"请给我十把贵厂生产的檀香木梳子,我要借用一下,还要麻烦你们跟我走上一遭,我将用事实回答你们提出的问题。"

看小伙子的认真劲,不像是在开玩笑,五位考官便跟随凌云志出了厂门。

他们首先来到灵川市北郊的广德寺,一进寺门就看见一个中年和尚坐在石墩上一个劲儿地用手指挠着头皮。凌云志微笑着走上前,递过去一把木梳,说:"师傅,用这东西试试。"眼见和尚梳得满脸堆笑,便接着说:"买一把吧,这小玩意儿又经用又带香味又便宜,才三元钱一把。"和尚回禅房拿来三元钱买了一把。另外一些和尚看见了也想买。凌云志笑眯眯地说:"我今天只带了一点儿样品,没有多余的。师傅们要买,我明天就给你们送来。"离了山门,有一位考官忍不住问他:"你怎么知道这儿的和尚要买梳子呢?"凌云志说:"前几天我来过这里,发现这儿地处山顶,树木稀少,风沙大,气候比较干燥,又缺少生活用水。和尚们头上常常发痒,当然很需要梳子挠头皮。"这位考官信服地点了点头。

接着,他们又来到灵川市东郊的镇江寺。凌云志找到寺庙的住持,十分虔诚地说:"贵寺地处江畔山崖上,经常受到江风的劲吹。前来进香的人头发往往被江风吹乱,这样进香拜佛未免显得对菩萨有些不尊敬。禅师何不在香案前摆放一些木梳子,专供香客梳头呢?我今天就专程给禅师您带来了几把。这梳子又经用又带香味又便宜,才三元钱一把。您就买来试试吧!"住持觉得小伙子说得很在理,便走进禅房拿来十五元钱买了五把。站在一旁静静观看的考官们的脸上露出了满意的笑容。

紧接着,他们又来到灵川市南郊的琴泉寺。这琴泉寺隐没在苍松翠柏中，常年木鱼声声、人来人往、香火不断。这时正是烧香拜佛的兴旺时节，可谓人山人海。凌云志无心观景，他直接找到寺庙的方丈，不无吹捧地说："贵寺真不愧是闻名全国的'观音文化'的发祥地，前来进香的人络绎不绝。香火好兴旺啊！"继而话锋一转，又委婉地说："禅师，您知道，凡是前来进香的人，大多数都很虔诚。他们不仅烧香磕头，还要积'功德'捐钱。宝刹是不是也应该有一点点回赠呢？"说着，随手递上一把梳子："我这里有物美价廉、全国闻名的'月牙儿'牌檀香木梳子，禅师您有令人称道的绝好书法。贵寺何不买来梳子，刻上'积善梳'三个字作为赠品，用以鼓励进香的人多多积德行善？您看这办法好不好？"方丈听了，连连点头，说："说得在理，说得在理！"他不仅叫凌云志当天就派人给寺庙送来一千把檀香木梳子，而且还与凌云志签下了长期购货、供货合同。出了寺庙，有一位考官又忍不住问他："一把成本为两元的檀香木梳子你三元钱就卖了，我们还有多少利润可得？"凌云志回答说："薄利多销嘛！先开辟了市场再说下文。这总比产品堆放在库房里变不成钱好嘛！何况我们还可以挖掘潜力降低成本增加效益。"这位考官也不由得信服地点了点头。

　　这天的所见所闻真让考官们茅塞顿开。在一般人看来不大可能有木梳市场的寺庙和尚那里，居然开发出了很有潜力的销售市场。真是"山重水复疑无路，柳暗花明又一村"啊！考官们无不佩服凌云志这个年轻人善于捕捉市场商机的超凡能力，一致同意聘用凌云志为该厂的销售部主任，月薪五千元。不久，该厂便因为销路大开起死回生，并且一举开辟了国内外佛门市场，凌云志又被全厂五百名职工一致推荐，当上了常务副厂长。

应 聘

李桂芳

母亲又一次陪着儿子来人才市场应聘。看那儿人山人海的,母亲就有了许多焦虑,这次无论如何她得帮儿子找到工作。

母亲婚后将近十年不生育,好不容易怀上了,十年育一儿,自然视为掌上明珠,真是捧在手心怕摔了,含在口里怕化了。所以对于孩子在各个方面的要求也是有求必应,从不对孩子说一个不字。儿子念小学、初中、高中都是母亲一路跟着,租房子陪读。儿子上大学的时候,母亲没有跟着去,就是想锻炼儿子的生活能力,没想到才去一个月就嚷嚷着要退学。究其原因,生活自理能力太差了,被子叠不好,衣服不会洗,与同学们交往不到一块儿。没办法,母亲又只好跟了去。这些年母亲一直陪着儿子读书,农活也跟不上,累得父亲未老先衰,疾病缠身,家庭经济条件也大不如邻里。可就这么一个独苗苗,又有什么办法呢?

这不,儿子大学毕业半年多了,一直不愿意出门,整天窝在家里看电视。眼看着他的同学已经走上了工作岗位,找到了称心如意的工作——当然,其中也不排除靠着父母关系的,就这一点,母亲很是内疚,可又有什么办法呢?她想,不管怎样,眼下要先解决儿子的工作问题,让他融入社会,一切都会慢慢好起来的。可儿子就是死活不出门,为这,父亲母亲生了好多次气,可儿子就是无动于衷。因此,母亲只好陪着儿子去应聘。半年多来,母亲已经陪儿子应聘三次了,可每次到关键时候儿子就配合不了,自然也没有应聘到合适的岗位。

这不，这次母亲又陪着儿子来了。在人才市场走来走去，好多工作其实并不麻烦，可一想到儿子的现状，母亲就有些担心了。思前想后，她还是决定让儿子去搞营销，一方面他学的是这个专业，另一方面营销锻炼人，只要踩出了第一步一切都好办了。其实，母亲还有一个顾虑，儿子终究有一天会离开他们成立自己的家庭，像他这样子，怕是连女朋友都谈不到。终于看到一份待遇不错的营销工作，儿子的条件也挺适合的。母亲便努力地挤进密密匝匝的人群里去，好不容易帮儿子要到了一张应聘的表格。儿子接过表格，三两下就填完了。母亲接过一看，字迹很是潦草，就生气地说，你怎么这样，不能把字写好点儿吗？儿子不耐烦地说，我就这水平。

母亲无奈地再次挤到前台，要了一张表格，看看拥挤的人流，害怕挤出去难以再挤进来交表，便就着工作台，拿笔填起来。母亲文化水平不高，但小的时候跟着爷爷描过字帖，所以她的字写得很漂亮。一个工作人员看她正专心地填表，凑过来，看了看说，不是你应聘吧？母亲被身后的人流推得歪来倒去的，好不容易站稳了，连忙说，不是的，我是给我儿子填的。那人说，你儿子本人呢？母亲不好意思地笑着说，他力气小，挤不进来。工作人员看过母亲写的字说，你的字写得不错呢。母亲赶紧说，我儿子写得还要好呢。

因为表格交在前面，不多时就叫到了儿子的名字，母亲赶紧大着嗓子朝后面叫着儿子的名字。儿子好半天才挤进来，还边挤边抱怨说，让你别忙，你忙什么嘛？母亲朝他使使眼色，意思是在工作人员面前别乱说。

母亲和儿子被叫到另外一间小屋进行面试。工作人员问儿子，你为什么要来应聘这份工作？刚才还和母亲顶嘴的儿子，突然有些紧张起来，好半天才挤出一句话说，我需要找份工作。母亲赶忙帮他打圆场说，我儿子从小就伶牙俐齿的，这会儿是紧张点儿，他适合做这个营销工作，他就是学营销专业的。你别看这孩子长得瘦，可能吃苦了。小时候，家里的一切家务活儿都让他给承包了，街坊四邻都一个劲儿夸他能干呢。

工作人员又问了下一个问题，你觉得做营销工作需要具备怎样的素质？儿子想了半天，大冷的天，额上直冒汗，半天才张嘴说，我觉得只要能吃苦就行。母亲连忙接过他的话头,嗔怪地看了儿子一眼说,这孩子,刚才在路上还给我说得头头是道呢,这会儿就忘了?母亲对工作人员说,搞营销,一直是我儿子的梦想。所以,一直以来他都有意识地在练习这方面的能力。他平时就跟我说,营销人员应该有以下素质:一是一副好口才,能为产品做详细生动的口头广告;二是有吃苦精神,能走街串户,不怕麻烦地上门服务;三是有良好的交际能力,能和各色各样、三教九流的人打交道,广泛地营销产品……母亲毫不停歇地一口气说了十点,好多竟是工作人员没听过的有价值的新观点。

听过母亲的介绍,在场的人都面露微笑。母亲一看他们的微笑,心里就跟吃了蜜似的甜,她知道儿子的工作终于有希望了。于是欢天喜地领着儿子回家等通知。

三天后,母亲终于高兴地接到了那家公司的电话,儿子也兴奋地等在一旁。然而,听过电话,母亲却呆在了那里,公司录取了她,而不是她儿子。

职场卷

第二辑

价值九十九万美元的诚信

最后一位客户

周海亮

他静静地坐在办公室里，等待他的客户。那客户将会带过来十五万元现金。对客户来说，这是一笔重要的生意。他们合作过好多次，彼此早以兄弟相称。好像这并不夸张，因为客户对他，已经深深信任。

他的公司开了好几年，似乎一直运转良好。只有他知道问题的严重性；只有他知道自己赔了多少钱，又欠下多少债；只有他知道自己已经接近崩溃；只有他知道，明天，公司就将不复存在。现在他等待的，只有这最后的一位客户。他将收下这位客户的十五万元现金，然后在黄昏，携款潜逃。他知道他肯定可以做到，因为那位客户对他毫无戒备。他知道这是犯罪，他知道后果的严重性，可是他想搏一把。

客户在约好的时间敲响了办公室的门。他把客户让到沙发上，递烟递茶，聊些无关紧要的话。太阳在窗外从容且温暖地照着，他却不停地打着寒战。终于他们聊到了正题，客户打开密码箱，他看到十五摞花花绿绿的钞票。

这之前，他见到过太多次十五万，每一次都代表着一笔不错的生意。可是这一次不同。这一次，他没有生意可做。他根本不打算更没有信心完成这单生意，他只想骗下这十五万元钱。然后，开始他东躲西藏的日子。

他已经订好了机票。他知道自己一旦跟客户说了谎话，就将变成贼，就将开始逃离。可是他认为没有办法，他认为自己必须去做。

客户说，这次有问题吗？

他说，没问题。明天早晨，您过来提货。

这时电话铃响了。很突然的声音，把他吓了一跳。是母亲打来的。上一次他和母亲通电话，还是一个月前。

母亲说，你还好吗？

他说，还好。

母亲说，晚上回家吃饭吧，我买了很多菜，排骨已经炖好了，晚上回回锅就行……

他说，不了。今晚，忙……

母亲问，生意不顺心吗？

他说，没有。生意很好，刚接了一笔大单子，十五万……

母亲说，那就好。晚上回来吧，你已经一个多月没有回家吃饭了。

他说，怕真的没时间。

母亲在那边沉默了很久。然后，母亲突然问，是不是生意不顺心？

他说，没有。刚接了一笔大单子……

母亲说，你骗不过我的。上次你回家，看你唉声叹气的，就知道肯定是生意遇到了麻烦。听我说，如果撑不下去了，别硬撑，回家歇一段日子……不管如何，家永远欢迎你。

他抹一下眼睛。他说，生意没事。

母亲说，我给你攒了些钱，也许能帮上你的忙。晚上你回家吃饭时，我把钱给你。

他问，多少？

母亲说，五千块。

他终于流下了眼泪。今晚，他将携十五万巨款潜逃，母亲却会一直守在饭桌前，等他回家吃饭；为了赚钱，他在酒店里宴请他的生意伙伴，花掉很多个五千元钱，而他的母亲，为了他的公司，却悄悄地攒下五千元钱，并幻想用这五千元钱，将他的公司挽救。

他握着电话，流着泪，久久说不出话来。

母亲说，晚上回家吃饭吧，我等你。然后，电话挂断了。

其实，家与公司，相距不足二十里。

他慢慢踱到窗前，看窗外的阳光。阳光下人流如织，好像所有的人都是快乐的。他想他们之所以快乐，是因为他们走在阳光里；他们之所以快乐，是因为他们心中没有阴暗；他们之所以快乐，或许，只因为他们今天能够回家，吃一顿母亲亲手做的晚饭。

客户被他的样子吓坏了，问他，你怎么了？

他说，没什么。

客户说，那我先走了。钱你收好。明天一早，我来提货。

他喊住了客户。他说没有货，我骗了你。我犯下一个无耻的错误，我想骗走你的十五万元钱。

客户愣住了。在确知他没有开玩笑以后，客户思考了很久。然后，客户说，我可以等你三天。三天里，只要你能备齐货源，我还会和你做这笔生意。不过，能不能告诉我，是什么让你放弃了这个疯狂的举动？

他说，是母亲。因为母亲今天晚上，会一直等我回家吃饭……

那天晚上，他真的回了家。他陪母亲吃了晚饭，和母亲拉了很多家常。第二天回来的时候，他带上了母亲给他的五千元钱。他把它们存到银行，将存单镶在镜框里，小心翼翼地摆放在办公桌上，日日擦去灰尘。

三天后，他真的做成了那笔十五万的生意，他的公司竟然起死回生。

他并不避人。他在好多场合说起过他的这次经历。每到这时，就会有人感叹说，多亏了那位最后的客户，如果没有他那笔十五万的生意，如果没有他对你的信任和宽容，那么，你也许不会挺过来，更不可能把公司做到现在。

他点头。他承认那位善良并宽容的客户给了他很多。可是他认为，真正挽救自己的，其实是他的母亲。是母亲的五千元钱，是母亲的那顿晚饭，是母亲的几句问候，甚至，仅仅是母亲关切的眼神。

他坚信，虽然母亲不懂经商，但她永远会是自己最后一位客户。

给我的工资少一点

海棠依旧

他毕业这年，正碰上金融危机，就业难的问题困扰了他的同学，也困扰了他。

虽然，他家境不错，父母都是成功的商人，有足够的能力养他，可是，他仍不愿当啃老族。打从很小的时候开始，他就有着很独立的性格。这之后，他靠自己勤工俭学，读完了大学课程。

这次也不例外，毕业回家后没待几天，他便坐立不安了，到处寻找就业的机会。

人才市场，摩肩接踵，小小的人行道，挤满了脸上写着焦灼、手里拿着各色简历的应届大学毕业生们。

边上，一家招聘单位的摊位被围得水泄不通。听从里面挤出来的同学说，这家单位在现场招聘，只要回答主考官的问题，当场就可以知道招聘结果。

摊位前，排着长长的队伍，主考官一个个面试。他抬头看前面的同学，轮到的同学，好像只回答了几个问题，便都垂头丧气地出来了。

一个个轮下去，被叫到的同学，要么欣喜，要么惊讶，要么惶恐。那么多人，脸上写满了不一样的表情。

终于，轮到他了。主考官看了看他的简历，又问了他几个问题，他都机智地回答了。主考官微笑地点了点头，试探性地问道，假如我们单位招聘了你，会给你每月三千元的工资，你觉得满意吗？

他稍微沉思了一会儿,说,我希望给我的工资能够少一点。

边上的学生"轰"一声笑了出来,大家都在笑他的傻。对于找工作的人,只希望工资能越高越好,哪里像他一样,还嫌工资太多了。

他家境不错,不缺钱花。边上了解他的同学说话了。没人会觉得钱多是坏事啊,真是傻帽。边上有同学搭腔。作秀罢了。又有同学插口道。谁都知道,一个月三千元,并不是很高的工资。

主考官听了,心里咯噔了一下。但他还是不动声色地说,你能说说原因吗?

是这样的,我刚才在排队等候的时候,就已经对公司的状况做了初步的了解。我知道,公司是去年才创办的,而且做的是出口生意,虽然公司运营得不错,但处于这样的经济大潮之中,仍难免受些许影响。说实话,我去面试了几家单位,他们只开给我两千元的月薪。现在,公司给我每月三千元工资,算是很高的了。而我个人的生活,因为是住自己家里,不用租房,每月零花一千元,给父母上交一千元,这样的日子已经很不错了,所以,我希望给我的工资可以少一点,两千元足够了。

主考官听了,微微点了点头,说,那么,你觉得公司有很大的发展前景吗?

那是肯定的了。再说了,没有前景的公司,我也不会看上眼的。说完,他调皮地扮了下鬼脸。在这样的大环境下,公司不但订单没受影响,不但没裁员的迹象,而且还继续以高薪招聘人才。这样的公司,未来是美好的,前途是光明的!

哈哈。主考官听完,忍不住发出一阵爽朗的笑声。他以赞许的目光看了看他,说,能站在公司的立场上考虑问题,难能可贵!谢谢你的坦诚。恭喜你!你被录取了,至于工资嘛,就按你说的,给你两千元月薪。

第二年,在人才市场,一家招聘单位摊位前挤满了应聘的应届大学生们。他们都知道,这家公司资金雄厚,有着很好的效益,大家挖空心思都想往里钻。细心的应聘者发现,这次来招聘的,是一位年轻的考官,而这位考官,就是去年在这里应聘,还提出"给我工资少一点"的那位毕业生。时过一年,他已经成为公司的部门经理了。

做一回经理

杨汉光

我到一家公司面试，一进大门，心就凉了半截，因为我大学时的班长林伟峰也来面试。读书的时候，林伟峰各方面都比我强，我担心自己不是林伟峰的对手。

连我在内，来面试的总共有六个人。负责面试的张经理跟我们说："我先让你们共同生活一天，明天再面试。记住，在这一天一夜里，你们六个人之间，必须尽可能多地互相了解。可不能马虎哦，这关系到你们明天面试的成绩。"

张经理把我们六个人带到隔壁一个套间里，叮嘱大家要像一家人一样共同生活。张经理一走，我们就议论开了，都说没见过这样面试的。

正说着，就有两个人在厕所门口吵起来。一个叫王明德的家伙把另一个刚进厕所的人硬拽出来，王明德说他憋不住了，要先方便，让人家在外面忍一忍。另一位气得七窍生烟，两人当即吵起来。

林伟峰走过去提醒："你们别以为明天才面试，从我们见到张经理那一刻起，面试就开始了。说不定，两位现在上厕所，也在面试的范围。"

两个家伙都吓了一跳，赶紧寻找旁边有没有窃听器，连门框和墙壁都仔细看过，见没什么异样，才稍稍放心。

等那两个人上完厕所，林伟峰郑重地跟大家说："我们现在是一家人了，千万不能闹矛盾，没准张经理还安排有另一组人来面试，让两组人暗暗竞争，我们这组出问题，他就在另一组选人了。"

大家觉得林伟峰的话非常有道理，很自然把林伟峰当成了头儿，问他接下来该怎么办。

林伟峰说："不用紧张，我们还是按照张经理的安排，尽可能多地相互了解吧。明天他肯定要问我们的，可不能出什么纰漏。"

在林伟峰的提议下，六个人立刻召开"家庭会议"，每个人都做了详细的自我介绍。从自我介绍中，我才知道林伟峰大学毕业后，在两家大公司做过，有丰富的工作经验，这让我又添两分自卑。

我们六个人住的是三室一厅，晚上睡觉要两个人同住一个房间。当晚，我和林伟峰住到了一起。我们整整十年没见过面了，久别重逢，自然天南海北聊到半夜。林伟峰对许多事情都有独到的见解，让我自愧弗如，我对明天的面试更加没有信心了。

第二天早饭后，张经理过来了，一进门就问："你们准备好没有？我来登门面试了。"

张经理先把六个人一个一个单独叫到一间房里，分别询问对别人了解得怎么样。个别问过话后，张经理才把我们集中在一起，围着一张桌子坐下。大家面带微笑，心里却如临大敌。

张经理说："你们都是优秀的人才，可惜我们公司这次只招一个人。今天，我要在你们六个人中，选出一个最优秀的来。"

我紧张得大气不敢出，希望张经理选中自己，又觉得不大可能。我下意识地瞥一眼林伟峰，心想，如果没有这位老同学，我的机会会大得多。

张经理接着说："你们共同生活了一天一夜，从刚才的询问中，我知道你们已经相互了解得很透彻，这样我就放心了。下面，我要把主动权交给你们，让你们每个人都当一回招聘经理。"

我不敢相信有这种事，小心翼翼地问："张经理，难道您让我们自己决定自己的命运？"

张经理说："对，就是让你们六个人自我筛选。"

张经理给每个人发了几张纸片，一支笔，然后说："我们用淘汰法进行招聘，先把最差那个人淘汰掉。请你们把自己认为最差的那个人的名字，写在纸片上交给我。可以到角落里去写，免得互相看见不好意思。"

大家拿了纸和笔，一个个散开。我坐到沙发上，就着沙发的扶手，毫不犹豫地写下"王明德"三个字。王明德不但跟人争抢厕所，还喜欢打听别人的隐私，传播小道消息，水平也一般，我觉得他是六个人中最差的。

可刚写下王明德的名字，我就狠狠掐了自己一把，在心中骂道：你怎么这么傻？这可是决定命运的一票啊！应该把对自己威胁最大的那个人弄出局，越是差的，越要留着。别人越差，自己才越有希望。

我赶紧把写有"王明德"的那张纸片放进口袋里，准备重新写一张。谁对自己威胁最大呢？毫无疑问是林伟峰。我仔细掂量六个人的实力，只要林伟峰被淘汰掉，我很可能就是最强的了。让我为难的是，林伟峰是我的老同学啊，怎么能害他？

我实在不忍心对老同学下黑手，可林伟峰不淘汰出局，我这次面试就不可能获胜。如果这次落选，以后想找一份好工作就更难了。而林伟峰那么优秀，今天在这里落选后，说不定明天就能在别的地方找到更好的工作。这么一想，我心里就舒坦多了。

这时林伟峰走过来问："老同学，想什么？怎么还不交卷？"原来他们五个人已经把纸片交给张经理了。

我生怕林伟峰看见我写他，就用手遮住纸片，飞快地写下林伟峰的名字，再将纸片迅速交给张经理。

张经理看过纸片后，当场公布结果，林伟峰得四票，王明德得两票。林伟峰惊得目瞪口呆，不相信自己得这么多票。张经理把六张纸片摊在桌面上，让他自己看。

林伟峰趴在桌上，盯着那些纸片仔细看。我的心立刻收紧，读大学时，林伟峰跟我是同桌，对我的笔迹熟得很，虽然过了这么多年，他恐怕还能认出来。

果然，林伟峰很快捡起我投的那一票，望着我问："老同学，你怎么也向我开刀？"

我没有勇气迎接林伟峰的目光，不由自主地低下头，本能地抵赖："我……我没有写你。"

林伟峰追问："那你写谁？"

我小声回答："我写的是王明德，看，草稿还在这儿。"我把衣袋里的纸片掏出来，递给林伟峰。

林伟峰对草稿不屑一顾，他仰天大笑："老同学，读大学时你就是我们班的才子，现在怎么写三个字都要打草稿？"

林伟峰将王明德的两张票摊给我看，指着其中一张说："这张是我投的，你看另一张的笔迹，是你写的吗？"

我羞得面红耳赤，尴尬极了。幸好林伟峰不再难为我，他拿了行李，失望地走了。

我想拿回自己投的那一票，可看看桌面，发现那张纸片被林伟峰带走了。那张小小的纸片，是我投向老同学的匕首，刺伤了他的心。

林伟峰走后，我重新提起精神，继续参加面试。

张经理把王明德拉到一边，嘀咕了一阵后，才把我们重新召集起来。张经理出人意料地说："我虽然叫你们淘汰最差的，但估计你们会淘汰最好的，因为你们都想把对自己威胁最大的人踢出局。结果正如我的预料，谢谢你们把林伟峰踢给我。"

大家如闻晴天霹雳，一下子呆住了。我上了张经理的当，却无话可说，谁叫我心眼那么小，连老同学都不放过，遭到淘汰，理所当然。

张经理拿起王明德的两票，继续说："让我高兴的是，还是有两个人写了王明德，其中一票是林伟峰投的，我很想知道另一票是谁投的。老总刚才打电话给我，说可以多录取一个人。"

我自己没戏了，却依然想知道这个幸运儿是谁。没想到，沉默了一会儿，王明德拍拍张经理的肩膀说："老张，还是再通知一批人来面试吧，这票是我自己投给自己的。"

天啊，王明德竟然是张经理安插的卧底！

赖掉人生

凤　凰

　　他很沮丧，他的公司倒闭了，并且，他欠好些人的钱。每天，他的手机都会不时地响起来，一接，都是别人问他要钱的。他只能往后推。他欠这个五百，那个一千，再一个两千……其实，所有的债加起来也不过四五万。可是，他没有钱，他真的没有钱。他不是不想还，他实在是拿不出钱来还。他的银行卡上，只有一千多块钱，这是他的生活费。

　　每天，都有这个那个要他还钱，他烦透了，好像他欠很多钱似的，好像他还不起似的，好像他要赖账似的。要知道，这些要账的人，原来都跟他挺好的呀，经常一起吃饭喝酒，可是现在他的公司一倒闭就要账，算什么东西呀？

　　他想，既然你们不义，就别怪我无情。于是，他将自己的手机关掉了。这样，谁都打不进来电话，想要钱，没门儿。

　　这样一来，总算平静了好几天。可是那天当他小心地打开手机，想打个电话的时候，发现手机已经停机了，他欠费了。他没有去充值，他想欠就欠吧，这样谁都无法打电话找他要钱了。

　　每天，他都很苦恼，他不知道自己还能干什么，他只知道，他很需要钱，只有钱才能让他起死回生。可问题是，钱从哪里来？去偷去抢？他做不到！他想过去找父母，可是父母靠在小镇上卖点儿百货糊口，哪可能一下子给他几万块钱？

　　每天，他从出租屋出来都得加倍小心，他怕遇到熟人，他更怕遇到债主。他只能躲，躲一天算一天。照这样下去，他不知道什么时候才能还大家的钱。他想，有一天他有钱了，会还给大家的。他从来就不是一个赖账的人，但现在，他不得不躲着大家。

那天，他去求职，别人让他留下电话号码，他才想起自己的手机停机了，但他还是留下了号码，然后他开了机，他准备等会儿就去充值。让他没有想到的是，接着手机就响了起来，他吓一跳，不是停机了吗？怎么还有电话？他以为是要账的，一看却是家里的电话，他赶紧接了。是母亲打来的，母亲说："你怎么了？手机一直停机，我给你充了话费，这两天一直打，现在总算打通了。你没出什么事吧？"他说："没事，没事，妈，你不用担心我！"母亲却说："还说没事，手机都停机了，是什么事？告诉妈。"他说："妈，真的没事！"他的事，母亲帮不上忙，他不想让母亲瞎操心。

这天下午，他突然接到一个朋友的电话，朋友说知道他遇到了麻烦，说借五万块钱给他解围。他喜出望外，赶紧去朋友那儿拿了钱。他庆幸母亲给他充了话费，要不朋友想帮他都无法与他联系。

他重新开了公司，他这次特别顺利，不到一年的时间，就赚了七八万，还了欠别人的钱，还带上三万去朋友家。他掏出钱，对朋友说："我先还你三万，其余的，过年就还！"朋友笑了，说："你并不欠我的钱！我给你的那五万，是你妈让我转交给你的。"他瞪大了眼睛，他不明白母亲为什么不直接把钱交给他，而要费尽周折找到朋友，让朋友把这钱给他。这是为什么呢？

他一出朋友家就给家里打电话，他对母亲说了五万块钱的事，母亲笑着告诉他说："我这么做，是想让你珍惜这五万块钱。当然，更重要的是，我是想让你从中明白，如果你赖手机费，或者关掉自己的手机，拒绝与外界沟通，是可能赖掉欠的债，但是这样一来，别人无法与你联系，你也可能失去别人对你的帮助，最终，你赖掉的将是你自己的人生。孩子，欠了债，没有什么大不了的，主动跟人沟通，别人可能宽限你一些日子，甚至还可能出手帮你一把。可是，当你拒绝与人沟通的时候，那就只能让人怀疑你，怨恨你，不再信任你，甚至四处传播你的坏话，让你永远生活在黑暗里，让你的人生彻底没有阳光。你说，妈说得对不对？"

他不住地点头，他说："妈，你说得很对！妈，谢谢你，是你给了我新的人生！"结束通话，他掉下了眼泪。

许多年以后，他成为大名鼎鼎的企业家。他总是在人们面前提到母亲帮助他的故事，他说是母亲让他明白了怎样做人，怎样与人打交道。他说是母亲的帮助，才让他没有赖掉自己的人生，拥有了灿烂辉煌的今天。他说他讲自己的故事，是希望有更多的人不要赖掉自己的人生。

价值九十九万美元的诚信

王祥英

门铃响了起来,正坐在沙发上看报纸的约翰先生起身开门一看,门口站着身材瘦小、年约十七八岁的男孩子,他的胸前有一个纸箱子,上面写着"为创业募集基金"。见了约翰,男孩子先礼貌地把身子朝前一倾,然后说:"先生,您好,我是来募捐的……"约翰是一个企业家,财产有千万元之多,他平日热衷于慈善事业,每年都会捐出大量金钱用于慈善事业,所以男孩这么一说,约翰也不想细问缘由,就从口袋中拿出一百美元,递给男孩。男孩先道了声谢,然后接过钱,约翰准备将门关闭的时候,他听见男孩说道:"先生,您稍等一会儿,行吗?"约翰不知道他要干什么,就将即将关闭的大门又拉开了。

男孩子将胸前那个募捐箱放在地上,然后开始数钱,约翰看到里边多数都是一元的纸币,那男孩数了好一会儿,然后将一摞纸币递过来,说:"先生,这是九十九元,您数一下!"看到约翰大感不解的样子,男孩子说:"是这么回事!"

原来,男孩子叫肖恩,他的父亲是一名推销员,挨家挨户推销各种物品半辈子。耳濡目染,他打小就喜欢经商,可是他的父亲却不同意,还拿自己现身说法,说自己经商半辈子也没什么出息,他希望肖恩能好好学习,考上哈佛大学,到时候能谋一个体面的工作。因为志不在此,肖恩学习成绩一直不太理想,后来高中毕业,他实在是不愿意上了,就跟父亲商量要经商,为此父亲与他大吵了一架。

但是肖恩此时已经铁了心。看着他态度坚决的样子，父亲说了狠话："你做生意也行，但是你必须答应我一件事！"肖恩问是什么事，父亲说："只要你能登一万户人家的门，每一户人家讨上一块钱，凑足一万元，你就可以经商，否则你只有乖乖地去上学！"肖恩答应了。

原来如此。约翰说："我还有一事不明，我给了你一百元，你就可以少上九十九户人家，可你为什么又退还给我九十九元呢？"肖恩说："做人要讲诚信，说到就要做到，我答应父亲登一万户人家，每户只讨一美元，我就一定要做到！"接着他补充一句："这是做一名合格商人最起码的素质。"

约翰对眼前这个其貌不扬的男孩肃然起敬起来，他又问："孩子，你已经讨到了多少钱？"肖恩自豪地说："加上您的这一美元，我已经讨到了一百五十元啦！"约翰说："这样吧，余下的九千八百五十元我给你，算是我暂时借给你，这样你就可以早点儿实现自己的理想！"肖恩谢绝了约翰的好意，说："谢谢您的慷慨，但是我不能接受您的钱，因为我要兑现自己的诺言。而且，这样我还可以顺便锻炼自己的毅力，改变一下自己的性格呢。"然后，肖恩就告别了约翰，向下一户人家走去。

看着肖恩单薄的身影，约翰摇了摇头，又点了点头。

这以后的日子里，约翰就一直关注着肖恩的一举一动。两年之后，当约翰听说肖恩已经讨了一万元准备开一家小商贸公司的时候，约翰上门找到了他，准备给他的公司投资一百万美元。肖恩激动地说："我只有区区一万元，您却投了这么一大笔钱，您不会觉得吃亏吧？"约翰说："孩子，不要有顾虑，只管放手去干，我相信你一定能在商海打出一片天地。而且你也投资了一百万美元呀！"

看着肖恩疑惑的样子，约翰说："你的诚信至少价值九十九万美元！"

诚信测试

张明源

接到W公司让我参加面试的通知后,我兴奋得几乎一夜未眠。那天,我匆匆吃过早饭,穿上新买的那身笔挺的西装,精神抖擞、踌躇满志地去应试了。

大学毕业已近一年,我找工作处处碰壁,整天闷在家中,既焦灼急躁,又百无聊赖,看到其他同学都有了好的去处,工作稳定,心里很不是滋味。就在万念俱灰、迷茫无望之际,我在报纸上看到了W公司招聘员工的广告。我精心准备了几天,第一关的笔试成绩优秀,很轻松地取得了面试资格。如果今天的面试也能顺利过关,我梦寐以求的工作就会有着落了。

我来到W公司,发现大门口贴着红纸黑字的告示,让参加面试的人在办公楼前集中,面试将逐一进行,叫到谁的名字才准许谁进入二楼会议室应试。人员陆续到齐后,九点钟面试开始。轮到我的时候,不知为什么,本来满怀希望的我却突然异常紧张。我进了办公楼拾级而上,忽然发现一张百元大钞醒目地躺在光滑明净的楼梯上。我弯腰拾起,怀着忐忑不安的心情进了会议室。

有三个领导模样的人正襟危坐在会议室的前台上。我向他们深鞠一躬后,把手里的百元大钞递过去,说这是我刚才在楼梯上捡到的,请你们寻找一下失主。然后我稍作镇定,谦虚而诚恳地说:"各位评委,今天参加面试我很激动,我非常高兴回答你们提出的问题。"

三位评委相视一笑,坐在中间的那位评委对我说:"你不用回答什么问题了，现在对你的面试结束！"

我简直不相信自己的耳朵，怔怔地站在那儿，不明白是怎么回事。怎么我刚一进来就面试结束？难道是我在这仅有的几分钟内的言行表现有什么不妥？或者面试仅是个形式，只不过走走过场而已？还是只看一下面试者的外表就决定录用与否？我想，面试本是件很严肃的事情，其重要性应该不亚于笔试才对呀！可今天怪了，评委们一个问题没问，我就要被扫地出门了。

坐在旁边的那个胖胖的评委好像看出了我的困惑，和颜悦色地说："你现在可以走了，但不能下楼，请到三楼会议室稍等，面试全部结束后我们会通知你结果的。"

我怀着纳闷和沮丧的心情随着工作人员来到三楼会议室，发现已参加完面试的几十个人都集中在了这里，有工作人员监督着，既不让说话讨论，又不许出门走动。

近十二点的时候，戴眼镜的评委拿着一张纸走进来，声音洪亮地对我们宣布：你们中有八人面试合格，被W公司正式录用，明天就可来公司上班。然后宣读了被录用者的名字，我赫然在内！

我很兴奋，但仍如坠云里雾里，不知道面试结果是怎么出来的。

第二天，我来W公司上班，董事长亲自给我们这些新员工讲话。他说："企业想在市场竞争中站稳脚跟，进一步发展壮大，必须要有一支素质高、讲诚信的员工队伍。昨天的面试，我们既没搞什么复杂的问答，也没搞许多花哨的内容，就是搞了一个简单的诚信测试。我们故意在楼梯上放了一百元钱，让依次参加面试的每个人都能清楚地看到，我们则通过监控观察大家在金钱面前的态度。我们发现，有的人见四下无人就悄悄捡起来装进了自己的腰包，有的人大摇大摆地走过去视而不见，有的人则捡起来交给了评委。第一种人是很自私的，进了公司后只会考虑个人利益，时间久了就会给公司财产造成损失；第二种人毫无责任心，对公司和其他员工的利益会漠不关心，缺乏集体互助观念和团队协作精神。这两种人我们公司是绝不能要的。唯有第三种人诚实可信，品行高尚，既大公无私，又光明磊落，是我们公司最需要、最欢迎的理想员工，你们八位就是这样通过面试被录用的!年轻人,好好干吧,公司就是你们的家,将来你们在为公司贡献聪明才智的同时,一定会在事业上大有作为!"

我恍然大悟,激动地和新同事们一起为董事长的精彩讲话鼓掌……

诱 惑

刘吾福

安满原来是一名老师，教中学物理。由于跟女朋友谈恋爱谈崩了，就一气之下辞职下海经商了。

可是到了南方，才知道经商的难处，因为经商没有大本钱，就无法赚大钱。

他做过一家地下黑刊的编辑，又做过一家私人招待所的管账，还做过一家个体铸铁厂的铸铁工，甚至到餐馆洗过碗、刷过盘子……拿到的工资只能够买一套廉价的衣裤，解决吃饭的基本问题，除此之外，身上不剩分文。

最后，经朋友介绍，他投奔到一家赫赫有名的YD大公司总裁林总的门下了。林总的YD公司资产有十几个亿，上过"福布斯"中国私营企业财富榜的。

林总安排他当了一名产品营销员。

安满因为读过大学，又当过老师，有文化，头脑灵活，嘴巴又能说，总能够超额完成任务，所以基本工资加提成奖金，总收入要比当老师多。

但是安满一心要赚到大钱，并不满足于现在的这点儿收入。因为他原来的女朋友就是嫌他当老师工资少，从而抛弃他投入到一个矿老板的怀中，做了人家的小老婆。

安满在YD公司干了整整五年，总在想方设法赚大钱，但是总是遇不到这样的机会。尤其是和他一同进入公司的人，有的做了业务主管，有的当了班长，有的被安排进了财务部……而他呢，依然还在原地转圈圈。

安满因此心中非常苦闷，甚至想过离开YD公司另谋出路。

正在这时，YD公司的林总找到安满说，有一家厂商，他们的一种产品对我们公司很有用，需要一个人去跟他们谈判，将这种产品争取过来。我想，这个任务就交给你了。请你去跟他们谈判，怎样啊？

安满听了，心中高兴，立即表态说，行啊！我保证圆满完成任务！

于是，安满就出发去那座城市跟那个老板谈判了。

那个老板是一个很胖的中年男人，一谈话就笑容满面，给人很亲切、很平易近人的感觉。

胖老板将安满安顿下来，又尽心尽力地招待他。最后，在谈判桌上，谈到产品价格的时候，那一方要的价格高，安满谈的价格低，双方都将价格咬得很紧，不肯松口。

这时候，胖老板凑近安满的耳朵，轻声说，这样吧，安先生，按照我们厂子的规定，我这里给你五万元回扣费，你可以将价格升高那么一点点嘛！

安满听了，摇摇头说，不行，那可不行！

胖老板又一次将脑袋凑近安满的耳朵说，给你十万，行了吧？

安满愣怔了一下，他的心微微一动，但是，他咬紧嘴唇考虑了一下，依然还是摇摇头说，不行，不行！

最后，胖老板说，这样吧——我这里给你十五万元回扣费，咋样？小伙子，十五万啊，你要几年才能够赚得回来啊？

安满沉思了一下，心想，胖老板说得对，十五万啊，我安满至少要辛苦打拼五年才能够赚得回来呢！

安满就轻轻地点了点头。

胖老板立即叫财务开了一张支票，交给安满，安满就按照胖老板的意思谈好了价格，然后回到了公司。

安满回到YD公司将谈判的情况向林总汇报了，说产品确实不错，只是那边的价格稍稍高了那么一点儿。林总听后，点头说，好，好，你先回去休息，具体情况明天我会通知你。

第二天，林总将安满叫到了他的总裁办公室，坐好后，林总对安满一笑，说，你知道，我这里的营销部长已经年纪大了，要换一个新的营销部长，我考虑到你年轻有为，又有大学本科文化，脑瓜子灵活，每次营销的任务都能够超额完成，我就打算任命你为营销部长……

安满一听，真有点儿受宠若惊，站起来说，谢谢林总的关照和栽培！

林总走过来将安满按下，坐在凳子上。

林总说，别急，别急，我的话还没有说完呢！原来我是这样打算的，我安排你去跟那家厂子谈业务——其实呢，那只是一次考验。可惜呀！小伙子你呀，竟然跟前面的两位小伙子一样，没有经受住考验！没有经受住诱惑！实际上，那家厂子的老板是我的表弟……现在，我只好非常遗憾地告诉你，你可以带走那十五万元钱——那就作为你在我公司这五年的辛苦补贴吧。现在请你立刻办理手续离开我的公司！

林总一下子就拉长了脸，紧蹙眉头，斩钉截铁地朝安满一挥大手。

安满顿时汗流满面——安满知道，在YD公司，一个营销部长的年薪是二十五万元啊！

简单规则

刘兴华

忍受不了老板对薪酬和奖金的言而无信，我和小霞一同跳槽到绿大地广告公司。

不管怎么说，我在广告业也摸爬滚打了几年，对客户心理的了解还算透彻，所以一到新公司，我为客户设计的几套广告方案便得到了好评。老板一高兴，就请我到"梦里酒乡"消夜。几杯酒下肚，他问起了我在原公司的情况。我说："您也知道，假如那个老板对我有您一半好，我也不会跳槽呀！"

老板把玩着手中的酒杯，好像冲着酒杯感叹道："人生难得遇知己呀，成就一番事业才是最重要的呀！"

我点点头。老板看了我一眼，说出了一句仿佛过滤了很久的话："我知道你在原来那家公司的职位，也知道你手上有不少客户，只要你肯动员他们过来，成与不成，我都给你比原来更高的职位。"说完，老板侧着头斜视我，等待答复。

"这事我不能！"

"为什么？"老板仍然斜视着我，好像我不答应他就绝不轻易放过似的。

"不为什么，这是我做人的原则。"

"你想想他是怎么对你的，有必要再去维护他的利益吗？"老板板着脸说。

"我不是维护他的利益，而是在维护自己的尊严。"说完这句话，我等着老板下逐客令。没想到他竟举起酒杯，没事人似的把话题扯开了。

那天过后，老板和小霞的接触逐渐多了起来，有几次还专门用他的"宝马"送进送出，煞是风光。其间，小霞告诉我："老板说了，只要把过去的客户拉过来，比别的客户多给十个点的提成。"她还从那十个点的提成中拿出三个点给客户回扣，倒也皆大欢喜。那段时间，小霞的电话最多，找她的客户也最多。而我，坚定地按自己的原则做着该做的事，尽管心里偶尔也会有点儿发酸。

这样过了两个多月，老板在公司的全员大会上宣布，我和小霞之中，有一个人将离开绿大地，另一个人将被聘为公司副总。

没想到自己的这次跳槽会如此短命，我郁闷地走出了会议室。小霞悄悄地捅了捅我的手，小声说："怪你自己！"

当天晚上，老板又拉着我到"梦里酒乡"。

这是给我饯行呢，待会儿倒可以点个炒鱿鱼。我心想。

入了席，老板突然说，这时余副总正在通知小霞明天离开公司。

我一愣，随即问道："为什么？"

"因为她对公司还不够熟悉，我可不希望自己的客户有一天飞到别人嘴里。"老板就是老板！

事情往往就是这么简单：假如我们不能守住自己做人的原则，同样也守不住他人对我们的信任。

二十年前的收据

黎 庶

十九世纪初,法国南部一个镇上有个钟表匠,名叫杰夫。他聪明好学,十八岁那年,就开始经营一家钟表店了。他还有一个非常漂亮的女朋友,叫珍妮。他们情投意合,已经到了谈婚论嫁的时候。但杰夫还没有足够的钱给珍妮买戒指,他只有努力工作,尽量多赚一些钱。

那时候手表还是一件奢侈品,只有社会名流和有钱人才有资格佩戴。因此,钟表匠都很细心,杰夫也一样。为了防止弄错顾客的手表,杰夫别出心裁地设计了一种收据,上面写明手表的牌子、特征以及送来修理的日期。收据一式两份:一份交给顾客,作为取表时的凭证;另一份则放在一只精致的纸盒里,上面压着要修理的手表。

一天,一位妇人来钟表店取修理好的表。她拿出收据,在打开手表盒的一瞬间,她尖叫起来:"哎呀,这不是我的表!我的表明明是新买的,怎么变成了旧表呢?"

杰夫从夫人手中接过手表,翻来覆去地看了好一会儿,接着又对照自己写的收据,看了半天。妇人急了,追问道:"先生,一定是您弄错了吧?我的表确实是新的。"杰夫动了一下嘴唇,想说什么,可话到嘴边却咽了下去。他沉思了片刻,仿佛下了很大决心似的咬了咬牙,小声说道:"夫人,实在对不起,是我一时粗心,搞错了。您看怎么办?""怎么办?你知道这可是我借了两千法郎买来的,你得赔我两千法郎!"夫人一脸怒气地说。

要知道，两千法郎在当时可不是一个小数目，像杰夫这样的人工作三个月，还不一定能挣到这么多钱。可是没想到，杰夫居然爽快地说："好吧，我赔！请您三天后来拿钱。"三天后，杰夫果然赔了她两千法郎。

那个周末，杰夫兴奋地去找珍妮，可找遍了小镇，也没有珍妮的踪影。几个月过去了，珍妮像断了线的风筝，杳无音讯……

二十年后的一天，像往常一样，杰夫在店里检查工作。突然，一位年迈的老妇人走进店里，来到杰夫面前，拿出一张收据，问道："小伙子，还记得这个吗？"杰夫接过收据一看，上面还有自己的字迹：该表丢失，已赔。他惊愕地抬头仔细端详了一下来人，终于认出来眼前这位老妇人就是二十年前要他赔表的那位妇人。杰夫疑惑地问："怎么啦？出什么事了吗？"

老妇人叹了口气，有些激动地说道："当年那只旧表其实就是我的，你并没有看走眼……"她缓和了一下语气，接着说："我相信你心里也完全清楚是怎么回事。"杰夫脸微微发红，支支吾吾地问："您……您说这些到底是什么意思？"

原来，二十年前，老妇人的丈夫突然生病去世了，她和唯一的女儿相依为命，生活非常艰难。巴黎一位亲戚很同情她们的遭遇，便邀请她们迁往巴黎。就在万事俱备的当口，她的女儿说，不想到巴黎去，因为她正和杰夫谈恋爱，而且还决定嫁给他。老妇人颇感为难，女儿从来没有对她谈起过恋爱的事情，她本人对杰夫也一无所知。想到女儿将留在小镇上和一个不知根底的男人生活在一起，她心里很担忧，于是决定考验一下这个小钟表匠，看看他人品怎么样。为了能在短时间内判断出他的为人，老妇人想到了一个好办法，即把丈夫的遗物———一只名贵的手表，送到杰夫的店中修理。"其实，我那只旧手表至少值一万法郎，你是这方面的行家，一定很清楚。可是，很遗憾，你没能通过这次考验……"

听完老妇人的解释，杰夫惊呆了。"原来您就是珍妮的妈妈！"此刻，杰夫后悔莫及。他当时很想早些给珍妮买结婚戒指，就没能经受住一万法郎的诱惑。可他怎么也没想到，就是当年的一念之差，葬送了一段纯真的爱情……

第九次面试

朱奚荭

这家已经是刘辉煌第九次面试的公司。刘辉煌手里的那些证明他身份、学历、资历的资料，这些天来，已经快被他捂热捂熟了。八月，是这个城市最炎热的一个月，那些资料跟随着他一起在烈日下奔波，已经散发出一股汗酸味了。

进入这家名为"锦华国际贸易有限公司"的大厅，一股凉意从四面包围过来，外面的暑气和酷热都被挡在厚重的玻璃门之外。仅几秒钟，刘辉煌的肌体温度已被迅速降低，他感到通体舒坦，浑身的毛孔都滋滋地向外吐着热气。那层玻璃，对于刘辉煌来说，隔着两个世界。

刘辉煌舒舒服服地在大厅里站了一会儿，觉得神清气爽，头脑清醒，精神抖擞。他向大厅服务台的小姐通报了自己的身份、来意之后，小姐拨通了内线电话，几分钟后，刘辉煌被告知到六楼电梯左手第二间会议室内接受面试。

刘辉煌进入电梯后，摁下他需要到达的那一层数字。电梯升到四楼后，突然停止了。刘辉煌心想："电梯出故障了，糟糕。"他第一反应是按了紧急呼救按钮，毫无反应。几分钟后，刘辉煌反倒镇定了。这一个月来奔波于各种面试，形形色色的经历也不少。电梯里还算凉快，一上午骑车从城东赶到这里，也着实有点儿累。刘辉煌看了看表，十点还差五分，索性拿包垫在地上，一屁股坐了下来。没过多久，电梯门打开了，工作人员看见的是微张着嘴，靠在那里已经睡着了的刘辉煌。

刘辉煌走到指定的六楼会议室门口,敲门进去,里面人影也没有。桌上有两部打开的笔记本电脑和一杯热茶,还有一台投影仪。刘辉煌很想看一下电脑屏幕上的内容,是公司的招聘内幕、应聘人员的资料,还是其他的公司信息?他的好奇心空前膨胀,当然他也想起了不久前看的一部电影《好奇害死猫》,万一有人进来看见这一幕岂不尴尬?三分钟过去了,刘辉煌的好奇心压倒了一切,正当他站起来的时候,他衬衫的衣角卡在了椅子的边缝里,他只得坐下,这件衣服是他唯一一件体面的、可以穿得出去的面试专用衬衫,是花了他上一份工作的半个月工资买的。他细致地、小心翼翼地把衣角慢慢地拉出来,并用手抚平那些皱褶。

正当一切就绪,他第二次站起来的时候,会议室的门开了,鱼贯而入三位衣着鲜亮的高级职员,两名男子气宇轩昂,一名女子风度优雅,一看就知道是公司的高层管理人员。

接下来是正式面试,对于久经沙场的刘辉煌来说,也是驾轻就熟,没有什么异常。无外乎是前单位离职的原因,专业和经验、擅长和优势、自己的职业规划,最后,一个貌似很威严、在刚才的过程中几乎一言未发的中年男子向刘辉煌提了一个要求:"请你谈谈对我们公司的第一印象。"刘辉煌想起了刚进门的舒适,宽敞明亮的大厅,以及锦华国际贸易有限公司的名号,所以他如实、得体地描述了他的感觉。

最后他脑子里突然闪过了电梯突然停止的那一幕,所以他不假思索地提了一下那个电梯最好彻底修好,以防再发生类似故障,而影响了公司形象。说完这句话,他有些后悔,也不知道为什么后悔,只是隐隐地觉得有些不妥。不过话已说出口,他也就没法再回收了。

面试结束,随后按惯例被告知"无论任何结果,公司都会及时和你联络"。

刘辉煌走出会议室,因为刚才的电梯故障,他选择了走楼梯下楼。在楼梯口,他看见一条包扎带,类似纸箱外打包用的塑料捆包带,盘曲在那里,应该是清洁工人不慎遗漏或者掉落的。刘辉煌随手捡了起来,把包装袋扔到边上的垃圾桶内。

这个动作对于他来说,是个随手的习惯动作而已,因为刘辉煌的母亲是环卫工人，从小，刘辉煌在母亲职业习惯的熏陶下，养成了不乱扔垃圾的好习惯。哪怕在外面吃了一个冷饮，如果没有看见垃圾桶，他也会把冷饮的包装纸拿回家里。

快到底楼的楼梯口时，刘辉煌发现地上有一个手机，他的心里顿时"咯噔"了一下，自己的那个手机还是上大学时买的，别说款式老旧，那几个按键上的数字早已被磨得斑斑驳驳，难以辨认。他上前捡起了手机，还是诺基亚新款的，刘辉煌的心咚咚地跳着。"门口就在数米之外，走出这个大门，这个手机就彻底归我了。"刘辉煌的头脑里有些挣扎，他犹豫着……

而此时，会议室里的三位面试官正在屏幕前，看着透过电子监控系统传送到电脑上的情景，和刘辉煌一起陷入了停顿。"这最后一关，是否可以取消？"提建议的正是那个女子，锦华国际贸易有限公司的人事部经理。

半个月后，刘辉煌接到了录用通知。

因为他的镇定自若，他以极好的心理素质通过了第一关——电梯故障；他的稳重恪守自律让他通过了第二关——在无人的会议室中默默等待，而没有任何异常举止；关注细节的良好素养让他通过了第三关——捡起地上的包装袋。而最后一关，高尚的人品让他赢得了最终的成功——那部诺基亚手机，刘辉煌把它交给了服务台。这所有的一切，刘辉煌毫不知情，他只知道他人生中的第一个辉煌来临了。他经历了九次面试，终于成功了。

当然，那三位面试官对于刘辉煌通过的最后一关也并不知情，刘辉煌看到手机之前，因内急上了一次厕所，在厕所里，他听到了这样对话："刚才看见王秘书神神秘秘地把一部手机放在楼梯口，什么意思？""噢，据说那是测试应聘人员用的道具。"

云姐的秘密

刘黎莹

那天茜茜到家政服务中心去面试。

一个中年女人让茜茜填一张表格。填完，茜茜等着面试开始。

中年女人就笑了，笑得那样的阳光灿烂，那样的妩媚动人。

中年女人说："你刚才在填表写字时我就看了你写的字，字写得很秀气。还看了你的手指甲，修饰得干净得体。所以你已面试合格了！"

中年女人告诉茜茜，她叫李云。茜茜就喊她云姐。茜茜去云姐家的头一天，就感觉这个云姐有许多让人费解的地方。比如，云姐当着老公的面，会让茜茜干这干那的，但是，只要老公一走出家门，云姐就会对茜茜说："你去看电视吧，这地我来拖。"

茜茜说："我来就是下力气挣钱的，你就是借给我仨胆，我也不敢去看电视呀。"

云姐一把抢过茜茜手里的拖把，笑眯眯地说："你放心好了。到月底，工钱一分也少不了你的。"

云姐教给茜茜如何涂眼影，抹口红，还把自己的衣服送给茜茜。她不知道云姐的葫芦里到底卖的什么药。有时，她刚把衣服放进洗衣机，云姐就过来递给她一本书，说："我来洗，天太热，去看会儿书吧。趁现在年轻多看些书没坏处。"

茜茜问云姐："你是不是嫌我干活儿不好呀？"

云姐笑眯眯地说："看你想到哪里去了？别瞎想。你快去看书吧，我去厨房做饭。等会儿我家你大哥回来,你可别说是我做的饭。"

茜茜决定不在这里干了。她虽是个乡下人,但她明白一个道理:不能轻易占小便宜。你今天贪了小便宜,说不定明天就要吃大亏。当她把准备离开这里的打算说给云姐听的时候,云姐可怜巴巴的样子又动摇了茜茜要走的决心。云姐一时也想不起挽留的理由,只是不住地说:"你别走,你别走。"

茜茜说:"要我留下可以,但以后你不要再和我抢着干家务活儿才行。除非你说出不让我干活的理由。"

云姐想了半天,还是没说出抢着干活儿的理由。

云姐说:"求求你,不要问我为什么,留下来好吗?只要你答应留下来,只要你答应不再问我为什么,我从这个月起给你加薪。"

听云姐说话的口气,好像茜茜只要答应留下来,便是对她的一种恩赐了。

云姐的话,反而让茜茜更加忐忑不安。茜茜想来想去,决定来个不辞而别。她把云姐送她的衣服叠好放在床头,又把云姐多给她的工钱也放在那些衣服上。

云姐出去买东西去了。茜茜把自己的日用品放在包里,刚准备锁门时,客厅里的电话响了。她迟疑了一下,还是跑过去拿起了听筒。电话是云姐老公的一个外地客户打来的,说是过一会儿要来拜访。茜茜接完电话,赶紧给云姐打手机,要命的是云姐已关了手机。云姐老公的手机响了半天,也没人接,也许云姐的老公正在公司里开会。平时云姐的老公开会时,是不准员工接电话的。云姐的老公是个做生意的,他公司的前景越来越好,公司的规模已经很像那么回事了。茜茜心想,做人要厚道,如果云姐中午赶不回来,影响了云姐老公公司的生意,客人来了扑空咋办?还是先把招待客人的水果洗好再说。茜茜这样想着,又把身上的包放回卧室。果真,云姐中午没回来,也没往家打电话,云姐老公的那位生意上的朋友来了,茜茜招待得非常周到。客人吃过茜茜做的饭,临走,把一个信封交给茜茜,说是让茜茜转交给云姐的老公,并一再交代,千万别弄丢,信封里是他欠云姐老公的一笔生意款子。

送走客人，按说茜茜现在可以离开这里了。可是，她看看信封里装的厚厚的一沓钱，又实在放心不下。茜茜在客厅里走来走去，最后，决定要等云姐回来后，亲自交到她手里再走也不迟。一直等到天快黑时，云姐才回来。

茜茜说："云姐，你总算回来了。"

茜茜把信封交到云姐手上，然后回到卧室，把包背在身上，她决定鼓足勇气，当面向云姐告别。可是，当她来到云姐面前，还没来得及张口，云姐却笑眯眯地说："我早看出来了，你是要辞掉这份保姆工作，想今天悄悄地来个不辞而别，对吧？"

茜茜很惊讶地问："你是怎么看出来的？"

云姐轻轻拍了一下茜茜的肩膀，说："今天一大早，你就悄悄做要走的准备，我哪能不知道？"

茜茜说："云姐，对不起，我在这里不干活，白拿工钱，心里难受死了。你还是放我走吧。"

云姐说："你就是不想走，我也不会再留你了。"

茜茜心里的一块石头总算落了地。

茜茜说："云姐，你和大哥多多保重。"

茜茜转身刚要走，云姐说："等一下。"

云姐拿出一张表格，让茜茜马上填一下。茜茜一看，是一张招工合同表。云姐说："我家那口子一直想找个细心善良、本性不贪的人来帮他处理公司的杂务。这个活儿很琐碎，又累，找了好长时间也没找到称心的。今天总算找到了，这个工作非你莫属。"

茜茜说："云姐，我做梦都想有一份工作，可是我能行吗？招工是要面试和笔试的。"

云姐说："你已经交了一份非常优秀的答卷。"

原来，在茜茜来这里之前，已经来过三个小保姆，但她们都被辞退了。一开始来的那个小保姆，发现不用干活就能拿工钱，高兴坏了，一点儿过意不去的意思都没有。没几天，云姐就把她辞退了。第二个小保姆更有意思，不光不再坚持抢着和云姐干活儿，还问云姐，能不能好人做到底，帮她乡下的亲戚再找一份这种不用干活儿的保姆工作。第三个小保姆倒是不像前两个那么懒惰和贪婪，可还是没过最后金钱这一关。

听完云姐的叙述，茜茜才明白，原来，今天来的那个客人是云姐早就安排好的，是要看看她能不能经得住金钱的诱惑。

茜茜问云姐："你就不怕我把钱拐跑？"

云姐不慌不忙地说："你能跑得了？早有人在外边看着呢。以后在公司好好地干吧，我不会看走眼的，到了公司可没人和你抢着干活了。我们会根据你的表现给你加薪的。"

茜茜激动地说："云姐，让我如何谢你和大哥呢？"

云姐说："要谢就谢你自己，自己就是主宰自己命运的上帝啊！"

人生不是演习

凤 凰

尽管吴艳红考上了大学,但是由于家里穷,父亲早逝,母亲又有病,弟弟也上中学了,她不得不放弃上大学的机会,到城里的大千超市当了一名收银员。每天,吴艳红从早忙到晚,站得两腿发酸。本来,她可以轮休的,但是她放弃了,她想多上班多挣钱,因为,她还想着上大学,在她挣到一笔钱后。

让吴艳红没有想到的是,她上班还不到一个月,家里就出事了,母亲在雨天出门干活,不小心摔了一跤,摔得可不轻,住进了医院。弟弟打来电话,叫吴艳红赶紧给家里寄一千块钱回去。吴艳红哪里有钱寄回家啊?一千块钱,她一个月的工资也没这么多呢!况且眼下还没有发工资。吴艳红想找人借,可跟谁借啊?自己才来上班不久,就是跟人借,别人肯借吗?吴艳红一筹莫展,上班也有些精神恍惚。

这天,吴艳红听说中心街的大友超市昨晚突然停电,东西丢了不少,收银台的钱也丢了不少。吴艳红听了心里一动,她想,要是自己的超市也在晚上停电就好了,那样自己就可以趁乱拿钱柜里的钱。吴艳红这么一想,脸不由自主地就红了,她觉得自己这想法太坏了!

让吴艳红没想到的是,这天晚上,就在超市快关门的时候,超市里突然停电了。一时之间,超市里伸手不见五指,人们发出尖叫声、咒骂声。突然,有收银员尖叫起来:"有人抢钱啦!有人抢钱啦!"紧接着,人群更是一阵骚动。

吴艳红下意识地伸手去抓钱柜里的钱，手却剧烈地颤抖起来，她的脸也烧得发烫，她想，我这是做贼呢！超市给了我工作的机会，现在，超市有难，我还趁火打劫，我还算是个人吗？吴艳红这么一想，抓钱的手松开了，她担心有人趁乱上前来抢钱，便身体前倾，双手伸出，保护着钱柜。

　　两分钟后，超市里的灯亮了，一切秩序又恢复了正常。这时，老板和经理来了，几个收银员立即上前向他们哭诉起来："刚才有人趁乱抢钱，我的钱柜被抢了……"说着，她们捂着脸哭起来。

　　老板对经理说："赶紧叫保安拦住那些顾客，搜他们的身！"经理说："恐怕不妥吧？"顾客们也纷纷嚷道："凭什么搜我们的身？"有人说："搜吧，搜吧，要是搜不出钱来，看你们怎么办？"在一片抗议声中，老板只好挥手让顾客离去。

　　这时，已到下班时间，可是，谁也没有离去，大家都在清点超市里的钱财。清点完毕，那几个收银员纷纷向老板说自己钱柜里的钱丢了多少。老板听了笑笑，然后对她们说道："你们把藏的钱都拿出来吧！"那几个收银员一愣，相互看看，没有说话。老板说："听说大友超市停电被抢的事后，我便策划了这场演习，刚才的那些顾客，都是我请来配合演习的，他们根本没有抢钱柜里的钱。我搞这场演习，原本是想看看大家的应急反应，看看大家能否保护好超市的财产，没想到你们却趁火打劫……"老板叹息着直摇头，似乎这一切都出乎他的意料。

　　听了老板这话，那几个收银员一下子傻眼了，一个个哭哭啼啼地交出了刚才偷拿的钱，然后纷纷上前向老板求情，求老板网开一面，说她们只是一时糊涂，以后一定好好工作。

　　老板叹了口气，说："你们太让我失望了！"说完，老板走到吴艳红面前，问道："你的钱呢？没少一分吗？"吴艳红说："没少一分！都在钱柜里！"老板露出了笑容，大声说道："这才是我们的好员工啊！"

　　第二天，吴艳红那些偷钱的同事都被辞退了。让吴艳红没想到的是，超市因为她的这次表现，特意奖励她两千块钱，还号召大家向她学习。一时之间，吴艳红成了超市的明星，许多超市、商场知道后都想聘请她去上班。

那天，老板把吴艳红请到办公室谈话，得知她打工挣钱是为了养家，为了去上大学，一个劲地夸奖她，最后还决定资助她上大学的一切费用。吴艳红对老板感激不尽，表示读完大学以后还来为超市服务。

走出办公室，吴艳红感慨万千，她想，人在任何时候都要坚守自己的底线，因为，人生不是演习，自己的一言一行，都会影响到自己的整个人生。

手模王艺

余显斌

王艺的手指细嫩,而且长,如葱管一样。在网上,她给自己取个网名:纤手兰花指。

认识吕方,正是在网上。

吕方说,你的网名好美啊,手一定很美吧?能让我看看吗?

王艺在视频里露出脸,并露一只手,纤纤的,翘起手指,做兰花状。吕方在那边,久久地,一言不发,然后,发过一个惊叹号,道:"一双毫无瑕疵的手,做手模,绝对是一流的。"

然后,吕方告诉王艺,他是一个包装公司的经理,能让王艺出名,能让王艺凭一双纤纤玉手,成为明星。

不久,吕方兑现了自己的诺言,拉了个赞助商,举行一次高规格的手模竞赛。

竞赛中,高手如云,嫩手如笋。一个个女孩在手上大做功夫,花样翻新,让人眼花缭乱。到王艺上台时,双手一亮,全场寂然。那双手纤巧,精致、细嫩,如玉雕的一般,每根手指上,长长的指甲光滑如贝,上面描着孔雀羽的彩绘。王艺面对观众和评委,十指慢慢合拢,就如孔雀漫步一般;突然展开,又如孔雀开屏,一片明媚。

自始至终,王艺微笑着,长眉亮眼,娴静如一朵百合。

竞赛结束,王艺获得冠军,评委结论:"王艺以手在抒情,以眼在微笑。"

竞赛结束，但竞赛程序仍没结束。赞助商曾许诺，奖给手模冠军一百万元。但是，据吕方透露，赞助商希望手模冠军陪自己吃顿饭，而且，做一个化妆品广告。

一百万，让王艺的心"咚咚"狂跳，她答应了要求。

宴会在当晚举行，只有赞助商，吕方作陪。

王艺来了，一身旗袍，一双高跟鞋，头发盘起，格外高贵，格外有风致。见了王艺，赞助商一脸微笑，让王艺坐在身旁，几杯酒后，那家伙抓住王艺的手，紧紧地不放，赞道："多好的手，经过我手里的女孩子，没有一万，也有几千，可谁有这样一双好手啊。"说完，低下头，轻轻用嘴去吻。

王艺脸红了，挣扎着，就是挣不脱。急了，一使劲，扯出手来，"啪"给了赞助商一个耳光，转身就走。

王艺回到家，不一会儿手机响了，电话是吕方打来的，埋怨王艺任性，让他亲一下有什么关系？人家那样大出血，没好处干吗？

王艺不说话。

吕方说，明天新闻发布会，让你做化妆品广告，愿意吗？如果愿意，赞助商说了，过去的事一笔抹过，一百万照给。

王艺笑了，愉快地答应下来。

第二天，闻讯而来的娱乐记者，挤满了整个大会厅。新闻发布会正式开始，赞助商和吕方，还有王艺站在台上。尤其王艺，风情万种，那双精美的手上，戴着丝质手套，看样子保养得非常精细。赞助商开始讲话，他微笑着对大家说，告诉大家一个意想不到的消息，这次手模冠军的手，就是运用自己化妆公司的"茶牌"化妆品，才保养成这样的。说完，把话筒给了王艺，眼睛里充满了希望。

王艺接过话筒，浅浅一笑，脱下手套，一双手痕痕斑斑，她把赞助商提前拟定的广告词做了修改，举起双手，对着所有记者道："用了'茶牌'护手霜，两手都是疮。"

赞助商与吕方都目瞪口呆，气急败坏之下，几天后，将王艺告上法庭，说她有意败坏"茶牌"化妆品的声誉。

官司还没开始，法院又陆续接到消费者的投诉，说"茶牌"护手霜，不但对皮肤没有保养效果，而且涂上后皮肤还会感染、化脓。

社会上也一片呼声，要求制裁该厂。

赞助商非常狼狈，赶忙撤了诉讼。

一时，记者又蜂拥而来，采访王艺，她却悄悄躲了起来。

事后，那位给她帮忙在手上做疤痕化妆的朋友问她，怎么会有先见之明，做了那么个广告？

王艺淡淡一笑道："爱搞虚的人，怎么能做出高质量的东西呢？"说时，神态纯净、淡然，仿佛一朵百合花，临水开放，让人见了，肃然起敬。

忠诚是打开求职大门的钥匙

李 均

大学毕业后,心比天高的我到南方一座大城市闯荡。我相信,只要有能力,不管在什么地方,都能拼搏出属于自己的一方天地。

经过一个多星期的奔波后,我终于在一家公司找到了一份工作。协议规定,试用期三个月,如果在这段时间内表现优秀,就可以在试用期满后签订正式合同。这家公司规模比较大,工资较高,保险、住房等福利待遇也不错。因此,我对未来充满了信心,工作起来也十分有劲头。

和我一同应聘进这家公司的还有三个求职者,他们和我的实力差不多。进公司的第一天,公司的负责人就告诉我们,我们四个人之中只有一个可以留下来,因此,我们都很珍惜这个机会,都很努力。转眼间,两个多月过去了,试用期马上就要结束了。这天,刚下班,我突然接到一个陌生人打来的电话。对方说:"我是××公司的人力资源部门的负责人,现在因业务扩大的需要,急招一批科研人才。我经过多方打探,发现你比较合适,希望你能跳到我们公司来。""可我现在已经有工作了呀!"我有些为难地说。"我查过了,你的试用期还没有结束,最终的结果还没有完全定下来,万一你没有被录用,怎么办?多好的一个机会就被白白地浪费了。"对方说着,给我介绍了他们公司的情况和待遇问题。其实,他们公司的名气确实比较大,我早就听说过了。听他这么一说,我真有些动心了,但还有一些犹豫。这时,对方又说道:"由于是急需人才,你的实力也比较强,所以这次我们公司决定对于你们这些优秀人才,可以不用笔试和面试，直接就可以进来了。""这——"我沉思了一下，然后告诉他，给我三天考虑的时间。

接下来的三天里，我坐卧不安，脑海里时刻都惦记着这件事情。其实，没来这里的时候，我就听说了，目前企业竞争很厉害，经常都会发生挖人的现象，跳槽也是一件很普遍的事情。像我这样的还处于试用期的人不吭声跑到另一家公司工作，更是不值一提的小事。我是否要跳槽呢？思来想去，最终，我还是动摇了。趁着没人注意的时候，我拨通了对方留给我的电话号码。对方听了，很高兴，答应一个星期后去他们公司报到。

但一个星期后，当我再次拨这个电话的时候，却怎么也拨不通。正在这时，公司的负责人公布了录用通知，我和其他三名人员都落选了。"你们知道为什么会落选吗？"负责人一脸严肃地看着我们四个问道。我们不约而同地摇头。"原因其实很简单，就是对公司不够忠诚。说实话，你们的表现都不错，可以说不相上下，但在忠诚这个关键点上你们却输了，并且输得一塌糊涂。你们还记得前几天另外的一家公司打给你们的招聘电话吗？其实，那只是公司出的一道关于忠诚的测试题。可惜的是，你们四个都没有考过这一关。"

这时，我才恍然大悟，原来，摆在我面前的是一个充满诱惑的陷阱！

成功，没有秘诀

王世虎

那年夏天，我从西安一所重点大学毕业，像很多渴望成功的年轻人一样，意气风发地去了南方。很快，我就应聘在深圳一家大型文化传媒公司的企划部工作。

当时，我的上司是早我半年进公司的刘哥。领导分给我们的第一份任务是一个文化项目，具体来说，是推广一部国产电影胶片。坦率地说，接到这个任务的时候我俩都有些力不从心，毕竟我大学主修的是中文，完全是这方面的外行，而刘哥也充其量算个新手而已。凭我俩的实力和社会关系想给片子找到一个合适的买家，简直比登天还难。

那几个星期，我们是东奔西跑，忙得焦头烂额，电话不知打了多少，耳朵都磨出茧子了，可是工作还是没有半点儿进展。但年轻好胜的我们不想就此轻易地放弃，我和刘哥互相鼓励，给对方打气，誓要坚持到底，把这个任务圆满完成。

不久，我们听说欧洲一个知名发行商要来上海办事，很可能会买几部中国产的电影带回去。机不可失，我和刘哥匆忙地准备了一下，便奔向了发行商所下榻的上海某大酒店。

见到发行商的时候，他正在酒店一楼的金色大厅里喝早茶。我和刘哥因为卖片心切，就贸然走了过去。哪知，我们还未张口，老外便打断了我们："对不起，现在是早茶时间，我不想谈论任何公事。如果两位有意，请在办公时间来房间找我。"

我们十分尴尬，连忙道歉，并静静地离开。

开头就吃了一个闭门羹，我和刘哥都有些心灰意冷，不过老外的话，说明我们还是有机会的。于是，在酒店外守候了一个小时后，我们主动上楼敲响了老外的房间门。

但一进去，我和刘哥的脊背就升起一丝凉意——只见老外的办公桌上堆满了各式各样的电影胶片和资料。显然，已经有不少同行捷足先登了。

看见我们，老外无奈地耸耸肩，说："亲爱的，你们看，我根本就没有多少自由时间了。"我尴尬地挤出一丝苦笑，刘哥毕竟比我有经验，镇定地说："先生，我们中国有句俗话叫'贵在精而不在多'，虽然您这里已经积压了这么多样品，可并不表示其中有您满意的，而我们的片子说不定会给您带来一份惊喜哦！我们现在可以开始了吗？"老外的眼睛顿时一亮，点了点头。刘哥忙拿出片子和资料，开始给老外认真地讲解。

最终，或许是刘哥的精彩讲述打动了老外吧，他同意把片子留下来，让我们回去等消息。

当晚，我和刘哥便找了个小酒馆喝酒，祝贺我们首战的胜利。觥筹交错中，刘哥忽然接到了总部的紧急电话，让他回去一趟。第二天一早，刘哥便匆忙赶回深圳了，只留下我一个人在上海。

几天后，老外忽然打电话让我过去一趟。酒店的房间里，在询问了有关片子的内容之后，老外又详细地问起了片子的成本、管理费用等一系列敏感问题。一来，因为此时只剩下我一个人了，不免有些紧张；再者，刘哥走得太急也没和我交代过什么，所以我也不敢乱说，就全说了实话。老外对我的回答做了翔实的记录。

令我惊讶的是，三天后，老外竟同意买我们的片子了，让我过去签约。到了酒店的房间，直至把合同和手续都办完了，我还不敢相信这是真的。电话中，得知这个喜讯的刘哥也大吃一惊，不停地问我："你没骗我吧？这太不可思议了！"

为了表示感谢，刘哥在总部办完事后立即飞回了上海，我们决定请老外一起吃顿饭。

饭桌上，老外只夸我们："年轻人，你们厉害啊！"我疑惑地问：

"我俩厉害什么啊？""这还不厉害？"老外钦佩地说，"办事细心，计划周密，连我询问的问题都答得一模一样！"

我们这才恍然大悟——原来，公务缠身的老外根本没有多余的时间去观看那些片子，急中生智，他想了一个巧妙的办法：向每组前来推广片子的人员分别询问相同的问题，以检测对方的诚意。很多公司的人因为事先没有协商好，在回答上出现了很大的分歧，被老外拒之门外。我和刘哥，虽然事前也没商量过，但都担心彼此说的不一样而选择了讲实话。没有想到，就因为几句实话，我们竟成了最后的赢家。可只有我们自己明白，其实，我们只不过是运气好罢了。

这件事让我和刘哥都感触颇深，同时也明白了：在商场上，有时候你费尽心思的谋划和处心积虑的准备，还不如一句无心的大实话起作用。做人和做事，都应该开诚布公，诚实守信。

因为有了第一次的成功，我和刘哥以后的合作一直很顺利。在许多问题上，我们都心照不宣，默契十足。公司的年终表彰大会上，我和刘哥因为业绩突出，不仅同时升了职，还获得了董事长的特别嘉奖。许多新来的同事纷纷向我们取经：你们在短短的时间里就取得如此大的成绩，有什么成功的秘诀吗？

我和刘哥相视一笑：其实，成功哪有什么秘诀，只要你认真用心，诚实守信！

五百元的人生

李代金

郑小芸中专毕业,应聘到一家公司当文员。每天,郑小芸接接电话,打打文件,工作十分轻松。郑小芸的同学十分羡慕她。可郑小芸并不满足于此,每天一有空就学习会计,她以后想当一名会计。她知道,会计比文员更有前途。

公司的会计刘姐见郑小芸学会计,没事的时候,她便指点指点郑小芸。郑小芸非常虚心,遇到不懂的便主动去问刘姐。

很快,一个月就过去了。那天,郑小芸拿到了第一个月的工资。郑小芸一数钱,发现自己的工资平白无故地多了五百元,郑小芸心里乐滋滋的。由于公司不是很大,只有刘姐一名会计,有时老板不在,她也就是出纳。这天,老板恰好不在,发工资的事就落在了刘姐身上。刘姐一忙,便多发了五百元给郑小芸。郑小芸见刘姐忙,又毫不知情,便离开了办公室。

中午回到家里,郑小芸忍不住将多发给她五百元的事告诉了母亲,母亲问她如何处理这事,郑小芸说她想将这五百元钱留下来,她说这事别人不知道,不留白不留。母亲听了便给她讲了一个故事。

张大姐是一名家政工,每天上门为客户打扫家里的卫生。家政工不但辛苦,而且工资不高。有时,客户不满意,就当场指责家政工;有时,客户打电话到公司投诉,公司就会处罚家政工。张大姐勤劳认真,一干就是多年,从没有哪个客户指责她、投诉她。老板对张大姐也十分看重,给她最好的待遇。

这天，老板告诉张大姐一个新客户的地址，说这个新客户点名要她去打扫卫生。有新客户点名叫她，张大姐十分高兴，骑上自行车，匆匆忙忙来到客户家。女主人第一时间为张大姐开了门。女主人家里比较脏，要是换了别人，早就打电话给老板再安排人手来帮忙，可张大姐却没有，而是一进门就动手干活。

开始的时候，女主人可能担心张大姐打扫不干净，在旁边盯着张大姐，看了一会儿，满意地走开了。女主人走开了，张大姐干得更轻松，打扫得更干净。

由于女主人家实在太脏，张大姐一直忙到中午吃饭的时候才忙完。女主人对张大姐做的活儿非常满意，要留张大姐吃午饭。张大姐说什么也不肯。公司明文规定，不得在客户家里吃饭。就是没有这样的规定，张大姐也不会在女主人家里吃饭。

女主人见张大姐实在要走，只好答应。女主人让张大姐等等，她将一些旧报纸，还有一张彩票扔进垃圾袋，让张大姐顺便将垃圾带下楼扔到垃圾桶里。客户叫张大姐扔垃圾，这是常有的事。张大姐接过了垃圾袋。

张大姐一边下楼，一边将旧报纸拣出来，这些旧报纸可以换钱。张大姐平时就喜欢买彩票，她将彩票也捡了出来，一看，她吃了一惊，这张彩票中了一万元。显然，女主人不知道自己中奖了，随手将它扔进了垃圾袋里。

一万元，可不是个小数字，这是张大姐一年的收入。张大姐想，要是女主人什么时候想起自己将彩票给丢了，那该多伤心啊。要是男主人知道了，弄不好会大吵一架。张大姐立即放下垃圾袋和旧报纸，飞快地上楼，按响了门铃。

女主人打开门，张大姐告诉她，她扔掉的彩票中了一万元的奖。女主人接过张大姐递过来的彩票，一个劲儿地道谢。

下午，张大姐到了公司，老板递给她几张百元大钞，说是她这个月的工资。张大姐一时呆了，她干得好好的，老板怎么突然就不要她了呢？老板告诉张大姐，上午的那位新客户来到公司，想让他为她推荐一个家政工，他便为她推荐了张大姐。张大姐去她家里打扫卫生，她事先故意将家里弄得很脏，没想到张大姐没有一点儿怨言，打扫得干干净净。女主人知道张大姐也喜欢买彩票，最后故意将中奖的彩票扔进垃圾袋，她知道张大姐一定会拣出来看，她想看看张大姐知道中奖后如何处理这事。没想到张大姐面对一万元的奖金毫不动心，她对张大姐非常满意。因此，女主人决定聘请张大姐到她家打扫卫生和做饭，包吃包住，一个月一千二百元。张大姐听了老板的话，才知道上午女主人是在考验她。

母亲讲完故事，看着郑小芸。郑小芸说："妈，我明白了，这是刘姐，也可能是公司在考验我。我把钱还回去。"母亲说："钱一定得还回去。也许，这不是考验，而是刘姐忙中出错。"

下午，郑小芸一到公司就找到刘姐，将五百元交到刘姐手里。刘姐笑着告诉郑小芸，从现在开始，她就是公司的出纳。

原来，公司想招个出纳，却一直没有招到合适的人。这次公司招来郑小芸，发现她做事认真，又在学会计，便想让她来当出纳。老板跟刘姐一合计，便考验了郑小芸一回。他们想，只要郑小芸不贪这五百元钱，就让她当出纳，每月给她涨五百元的工资。

郑小芸经受住了考验，搬进了新的办公室。郑小芸想，在任何时候，只有经得住诱惑，不贪图小利，才能赢得更大的收获。

职场卷

第三辑

春天就在拐角处

一枚硬币的故事

海棠依旧

大学毕业那年,她手持简历来到招聘会。

招聘会上人头攒动,摩肩接踵。可对应届毕业生来说,很多摊位都是形同虚设。招聘单位一看他们的毕业证书,几乎众口一词:"抱歉,我们不招聘应届毕业生。"

跑了几场招聘会,她的许多同学气馁了,干脆待在家里"啃老"。唯有她,一如既往地参加面试。

又是一场大型招聘会。她怀着忐忑不安的心情去参加,有一家单位正在招聘会计,恰好是她所学的专业。可是,人家红纸黑字写着要招聘有多年工作经验者。尽管如此,她还是抱着试试看的心理走了过去。

工作人员接过她双手递过来的简历,只翻看了一眼,便淡淡地说:"抱歉,我们需要有工作经验的。"

"我知道。可是,我仍然请求你们给我一次笔试的机会。"她涨红着脸,诚恳地说。

面试官见她如此执着,便答应了她的要求。于是,她跟随一群有着多年经验的会计人员参加了笔试。出人意料的是,她取得了第一名的好成绩。但是按规定,她还要接受人力资源部经理的复试,合格了才算过关。

在复试过程中,因为她表现紧张,又缺乏实际工作经验,经理失望地对她说:"有消息我会打电话通知你的。"

她掩饰着心里强烈的失落感,仍面带笑容地从口袋里掏出一枚硬币，递给经理说："不管有没有被录取，麻烦您务必给我打个电话，谢谢您。"

经理愣住了，好久才回过神来。他奇怪地问道："如果没有被录取，你想让我告诉你什么呢？"

"没被录取的话，说明我肯定有不足的地方。我只希望您能够告诉我原因，让我有机会得以改正。因为给我打电话，不属于公司的正常开支，所以这一元钱应该由我来支付。"她恳切地答道。

经理听了她的话，心头一震，接着欣慰地点了点头，当场表示："我看不用给你打电话了，你的表现让我很满意。"

就这样，她成了公司一名正式员工。事实证明，经理并没看错，她在工作中表现十分出色，还为公司提出了很多建设性的意见。后来，当有人问起这件事时，经理微笑着说："通过细节可以看出一个人的人品。做财务的人，必须具备耐心、细心、诚信、负责等优良品质。这个女孩刚开始虽然被拒绝，但却一再诚恳争取，说明她有坚毅的品格；在面试过程中，她坦言自己没有工作经验，显示了一种诚信，有直面自身不足的勇气；最后她递给我一枚硬币，足以说明她有勇于承担责任的上进心和公私分明的优良品质。"

众人听了，赞许地点了点头。虽然是一枚普通硬币，却可以折射出一个人身上的诸多品质。而这些品质足以让一个人脱颖而出，得到他人的欣赏，从而树立起希望的航标。

重金悬赏

李 沫

秦宁经过几年风霜雨雪的苦苦拼搏，终于走进了钻石王老五的行列。当年，走麦城的秦宁，多亏了一位陌生女孩的帮助，否则他可能早就不在人世了。

为了报答当年那位恩人，秦宁曾多次千里寻访，均无功而返。这一次，他拿出五万元作为悬赏金，到电视台做了悬赏启事，决心找到那位恩人。

那年，秦宁高考再次落榜，不顾父母的劝阻，执意带上家里的全部积蓄，到深圳打天下，他发下重誓，不成为百万富翁，决不回家！出乎意料的是，他刚到深圳就上当受骗，走投无路之际，他产生了自杀的念头。

巧合的是，就在秦宁准备冲向车流的时候，一位女孩路过，随手给了他十元钱，让他买点儿东西吃，剩下的钱买份报纸看看招工广告。"一个男孩子，靠别人施舍，你好意思吗？"显然，这女孩把秦宁当成乞丐了。

秦宁买了两个面包、一瓶汽水填肚子，又买了一份晚报。一则不起眼的招聘启事吸引了他：苗木基地招聘挖苗工一名，要求四十岁以下男性，管吃管住，每月工资六百元，无休息日。其实，这样的工作，在家乡随便都可以找到，工资可能还会略高一点，可那时的秦宁对此不屑一顾。

这份工作的报酬虽然很低，但毕竟是条生路。秦宁进入苗圃工作后，偷偷掌握了苗木嫁接技术。一次，他突发奇想，用白榆作砧木嫁接垂榆，出人意料的是，他嫁接的二十棵换冠苗，在他的精心照料下，成活率居然到了百分之九十！经过一春一夏的生长，苗木像一把把绿色的遮阳伞，秦宁欣喜若狂，暗想："如果照这样干下去，比单纯从播种做起培植商品垂榆要提速好几倍。"

秦宁的秘密，最终还是被老板发现了，他看过秦宁的"杰作"之后，惊喜不已，当即把他从挖苗工的岗位上撤下，让他专门从事垂榆嫁接。

一年后，老板的收入比正常年份多了二十万元。老板把秦宁的薪水由原来的六百元逐步调整到两千元。老板的苗木基地，让秦宁看到了商机，他毅然辞职回到阔别三年的家乡，贷款建立了自己的园艺苗木基地。从此，他发明的嫁接垂榆观赏树，开始在全国各大城市的社区落户，在短短的五年里，他成为家乡最年轻的有钱人。

悬赏启事播出的第三天清晨，秦宁突然接到一个陌生女人的电话，声称她就是秦宁寻找的人。

秦宁激动不已，要求马上与恩人见面，亲手送给她十元谢金。女人十分动情地说："谢谢！我不能接受你的报答，我仅仅给了你十元钱，为了报恩，你可以不惜五万元重金悬赏，亲手给我十元谢金。你有没有想过，父母含辛茹苦把你养大，他们在你身上花了多少钱？你该如何报答？"秦宁说："我可以给他们养老送终呀。"

女人却说秦宁错了，当年那十元钱，是她替秦宁母亲转交给他的。原来，秦宁离开家之后，母亲不放心，随后也来到深圳，她暗中得知儿子被骗得身无分文，流落街头，唯恐儿子寻短见，在花光了盘缠的情况下，她决定把身上仅存的十元钱交给儿子，可又担心那样做，会伤了儿子的自尊心，于是就苦苦哀求一位姑娘，以施舍的身份把钞票转交给秦宁。"我们都感恩外人的帮助，把父母的养育之恩，看成是天经地义的事情，其实我们都错了，真正的恩人就在身边，再见啦。"

不等秦宁再说什么，电话里已经传来嘟嘟的声音，女人的话让秦宁泪流满面，忏悔不已。

介 绍 信

何一飞

LC公司是一家大型跨国企业,最近它在几家大报上同时刊登了一则招聘广告,招聘董事长助理一名,年薪二百万美元,有介绍信或推荐人的优先录用。

广告一刊出,就吸引了很多人来报名。这里的人们以能进LC公司工作为荣,何况这次招聘的是董事长助理,不仅年薪高,而且发展前景好。报名的人中,从学历上来说,大多是硕士毕业,甚至有一个博士后,只有一个例外,是个专科生;从工作经历来看,有做过企业CEO的,有做过部门负责人的,最不济的就是那个专科生,没有任何工作经验。人们都在笑他,说他是三八大盖愣充喀秋莎大炮,自信过头了;说他是癞蛤蟆想吃天鹅肉,不自量力。经过初选、二选,有三十多人被通知参加面试。参加面试的人中,又以杰克先生呼声最高,杰克先生做过企业的CEO,博士后毕业,又有和LC公司董事长交情深厚的另一家大企业董事长的推荐。杰克先生认为董事长助理这个位置,自己是囊中取物,易如反掌。专科生迈克先生也进入了面试,杰克先生认为他是侥幸。

面试由LC公司董事长亲自主持,面试完毕后,董事长选择了毫无工作经验的迈克先生。

"我想知道,"杰克先生最后找到董事长问道,"你为什么选择迈克先生?他没有介绍信,也没有人推荐他,而且是个专科生,又毫无工作经验。"

"你想知道？"

"我想知道。"

"那我告诉你，你错了。"董事长说，"他不仅带来了介绍信，而且带来了很多介绍信。他在门口蹭掉鞋子上带的土，进门后随手关上了门，说明他做事小心仔细。当一位应试的残疾青年进来时，你们有谁给他让个座吗？而坐在后面的他立即起身，把残疾青年扶到了他的座位上，这表明他心地善良、体贴别人。"

"就这些吗？"

"不，还有许多。他进了办公室，先脱去帽子，回答我提出的问题时干脆果断、有条有理，证明他既懂礼貌又有教养。"

"董事长先生，我知道了。"杰克先生说。

"你还有不知道的，其他所有人包括你，都从我故意放在地板上的那本书上迈过去，而他却俯身拾起那本书，并放回桌子上；当我和他交谈时，我发现他衣着整洁，头发梳得整整齐齐，指甲修得干干净净。难道你不认为这些是最好的介绍信吗？我认为这些比介绍信更重要。"

"如果哪天你能做到这些，我愿意亲自做你的推荐人。"董事长最后说，"古今成大事的人都是从细节做起的。"

鲜花的功劳

龙 瑰

一家企业董事长兼总经理的独生子因遭遇车祸不幸去世，总经理一夜之间白了头发。他沮丧到了极点，两个月来沉浸在悲痛之中，毫不理会公司的日常事务，任由几个副总经理在公司里拉帮结派、勾心斗角，一个蒸蒸日上的公司呈现出了效益急剧滑坡的险象。这样下去，不光总经理个人要破产，整个公司的上千名员工都将丢掉饭碗。

总经理的秘书是一个刚应聘来不久的年轻人。他清醒地看到了公司的危机，心急如焚，便去苦苦劝说总经理赶快振作起来，别让公司垮掉。可是总经理不但不听劝说，反而斥责秘书，说："公司是我的，不需要你瞎操心！"秘书只好无可奈何地走开。但是他并没有彻底失望，他相信精明能干的总经理一定能够从噩梦中清醒过来。

经过一段时间的明察暗访，秘书发现总经理每天都要订购二十一盆鲜花（他儿子死时年仅二十一岁），让人送到市郊陵园他儿子的墓碑前。总经理每天下午都要开车去哭祭一番，然后叫人把那些鲜花拿走，第二天又更换新的鲜花。

一天下午，总经理正要开车去陵园。秘书快步上前，对总经理说："老总，今天就让我送您去吧！"

总经理吃惊地看着秘书，说："你都知道了？"

秘书说："不光我知道，公司里的每一个员工都知道了。"

总经理沉默了一下，说："那好吧。"

秘书一坐上奔驰车的驾驶座，就加大马力朝着郊外一路狂奔。

快到市精神病医院时，总经理猛然警醒过来，大声吼道："怎么搞的？开错方向了！"

秘书冷静地说："不！没错。老总，您不是要去精神病医院吗？"

"你，什么？你把我当成什么人了？"总经理气得声音发颤，猛地挥来一巴掌。

秘书一个急刹车，一把握住总经理的手腕，说："难道不是吗？公司上下谁不说您疯了？您还真以为有人会惦记您这个老总啊？别人要打土豪，分田地，把您的公司瓜分完才罢休！"

听了这话，总经理的手有气无力地垂了下来，他把头仰靠在高背椅上，一言不发，两行浑浊的泪水慢慢地流了出来。过了好一会儿，总经理才吐出了两个字——回家。

秘书掉转车头驶回市区。但是，总经理很快就发现这不是回家的路，便恶狠狠地抛出一句："你再耍什么鬼花招，我就炒你的鱿鱼！"

秘书一声不吭地将总经理带到了市中心医院。总经理看见医院的所有领导都站在大门口鼓掌欢迎他的到来。医院院长对总经理说："感谢您把那么多鲜花送给病人。病人们看到您送来的鲜花感到非常快乐，身体康复得很快。"

秘书见总经理感到莫名其妙，便赶紧说："对，那些花都是我们总经理安排我送去的！"

在回去的路上，秘书才对总经理如实相告："今天我之所以带您去精神病医院，是想让您知道，那儿的许多患者以前还真的是颇有作为的人。您乐意与疯人为伍吗？接着我带您去市医院，是想让您感受生者的快乐。是我暗地里把您叫人从墓地拿走的鲜花以您的名义送到市医院的各个病房。我想，与其把鲜花送给死者，与死者同悲，倒不如把鲜花送给生者，与生者同乐。我是为了全公司员工的切身利益才斗胆这样做的。请您别怪罪我！"

这时候，总经理才终于明白了秘书的良苦用心。他激动地握住秘书的手，说："谢谢你，是你唤醒了我！我一定振作精神，抛弃悲伤，与公司全体职工同甘共苦，再创辉煌！"

　　秘书谦逊地说："不用谢我。那是鲜花的功劳！"

　　不久，秘书就被任命为公司第一副总经理，成了总经理的得力助手。这是因为：总经理十分赏识这个年轻人对公司深深的爱。

你不是乞丐

王伟锋

　　李远工业学院毕业后，到一家食品厂面试。没想到，两个普通的办公室文员职位，竟然吸引了近百双眼球。面试开始，看着前面的人一个个被淘汰，李远心里不知是喜还是忧。李远半个多月前挤上南下的火车，辗转来到这座沿海城市打工。由于没有过硬的文凭，又没有一技之长，求职时，他不得不面对处处碰壁的尴尬境遇。

　　前天，李远向老乡借钱买了回去的车票，准备打道回府，但思来想去，考虑到家里窘迫的经济状况，他最终还是改变了主意，退掉车票，留下来坚持。现在，李远又身无分文了，也没有脸面再麻烦老乡，如果这次应聘失败，他只有流浪街头了。

　　终于轮到李远了。工作人员扫了眼简历，让他先做一下自我介绍。由于紧张，李远语无伦次。工作人员和气地对他说，你可以走了，回去等通知吧。李远的头一懵，想再说点儿什么，但工作人员已经在冲着门外喊，下一个！

　　他机械地走出来，两腿发软，脚像踩在了棉花堆上。街市繁华，每个行人都来去匆匆。这是一个讲求速度和效率的城市，这是一个渴求人才但又不断淘汰人才的时代。在学校时，李远觉得自己挺行的，但来到南方以后才发现，自己狗屁不是。

　　李远不知道自己该往哪里走，肚子却不识时务地咕咕叫起来。他一天没吃东西了。

一辆小轿车在前面不远处停下来。李远咽了一口唾沫，鼓足勇气，上前叫道，老板，打扰！声音很低，但司机显然听到了，他转过头，奇怪地看着李远，问，叫我？

嗯！我一天没吃东西了，我想，我想……李远的喉咙发紧，讨钱的话却无论如何也说不出口。他低下头，脸发烫，暗骂自己没用。

司机是个模样和善的中年男人。他上下打量着李远说，有事吗？李远解释道，我来找工作，钱花光了，我只是，我不是……越解释，脑子似乎越乱，他索性闭了嘴。

中年男人听明白了，说，我这车的发动机有点儿毛病。这样吧，你给我推一下车，帮我把车发动起来。我给你劳务费，怎么样？

李远眼睛一亮，是个不错的挣钱机会。他不相信地问，真的？中年男人点点头，不像是开玩笑。李远赶紧转身，跑到小车后面，在那人的指挥下，开始吃力地推车。车子很快发动了，那人爽快地递过来一张百元大钞。

李远吓了一跳，不敢接，连忙推辞说太多了。中年男人和气地说，说好的，这是你的劳务费。但李远还是犹豫着，不好意思接。

中年男人急了，说，我也不是白给，钱是你自己挣的！拿着吧，你不是乞丐！

李远无法再推辞了。中年男人掏出一张名片说，这家电子厂正在招工，愿意的话，你去试试运气吧。说完，中年男人开车走了。

第二天，按照名片上的地址，李远找到那家电子厂去应聘。从流水线工人干起，数年过去，如今李远已是电子厂老板的助理。李远的老板，就是那个中年男人。

一天，李远开车送老板去机场回来，在工业区门口泊车时，一个大男孩低头红脸地拦住他说，大哥，我已经一天没吃饭了。

虽然一身疲惫，整个人看上去灰扑扑的，但遮不住男孩脸上青春的光泽。李远的心一颤，像被一场突如其来的细雨淋湿了。

李远下车，拿出一块抹布，说，你帮我擦车，我请你吃饭，好吗？男孩接过抹布，擦得很认真，很细致。擦完车，李远领他到路边的饭店吃饭，先要了两只鸡腿。男孩不顾吃相，鳄鱼一样拼命撕咬吞咽起来。

慢些吃，慢些吃，这些都是你的！李远拍拍他的肩膀，目光柔和地看着对面工业区的厂房，小兄弟，吃完饭，跟我到里面找份工作吧。自己挣来的饭，吃起来才香啊！

男孩欣喜地使劲点点头。李远燃上一支烟，一边耐心地等待，一边慢慢想着心事。李远是在开上老板的车以后才知道的，那辆车的发动机，从来就没有出过毛病。

粗心的代价

吴志强

小妹去年七月就从财会学校毕业,此后一直窝在家里等待分配。转眼一年过去了,但分配的事儿还不见一丁点儿动静,全家人都非常着急。直到今年二月,小妹才接到财会学校转寄的一纸通知——市内一家商业银行正招收一批会计。抓到这个消息,学校就把小妹给推荐了过去。银行通知小妹于二月十五日上午准时到市三中参加招聘考试。小妹虽然在家待业快一年了,但学业并没荒废,相反,她还自修了好几门课程,准备参加四月份的自考,争取拿到本科文凭。因此,应对这样一次竞争上岗的考试,小妹非常自信,觉得比等待学校分配有希望多了。

二月十五日一大早,我就陪小妹提前到达三中。该银行只招收六名会计,而参加考试的人却有一百多号。这一百多号人中,有百分之七十是金融系统下岗的工作人员,只有一小部分是刚从财会学校毕业的学生。看着满满两教室的考生,我暗暗为小妹捏了一把汗。

小妹八点四十就进了考场,九点钟准时发卷开考。铃声一过,教室里便静悄悄的。连我们这些陪考的在考场外都屏住呼吸,默默地站在窗口注视着。看小妹的表情和下笔的动作,她答题应该很顺利。眼看离收卷时间还有半个多小时,小妹就放下了笔,随时准备交卷了。交卷前,小妹春风得意地用右手大拇指和食指圈成O字,潇洒地朝我打了个胜券在握的手势。

小妹一出考场,便忙着和财会学校陪考的老师们对答案,看当时情形,小妹这次考试一定会进入前六名。但下午我们去银行看榜时,我和她都傻眼了。榜上根本没有她的名字。此刻,银行的另一侧,有几位考生和考生家属正怀疑分数不对头,闹着要到银行负责人办公室查考卷。看到这种情形,我马上钻进吵闹的人群,希望通过重查考卷给小妹再找一丝机会。

闹得最凶的是一位从金融单位下岗后重新争取上岗的胖大姐,她声嘶力竭地拍打着银行负责人办公室的门,对于这次考试失败显得极不甘心。

"不可能,八十多分的都上了,我不考满分也能考九十多分。你们放我进去,我要查试卷。"

银行保安站在一旁束手无策。最后,在考生和考生家属愤怒的声讨下,银行负责人不得不从中挑选几位代表进办公室复查试卷,我也被选在其中。

进入办公室,令大家意想不到的是,有一叠试卷被放弃在一边,根本没有批阅过!胖大姐见状,猛地抓起试卷,瞪着布满血丝的眼睛大声质问:"这是怎么回事?为什么我们的试卷连分都没打?你们就这样公开招聘吗?"胖大姐一带头,我们也跟着起哄。银行负责人似乎有备而来,不温不火地端起茶杯轻轻地呷了一口茶,然后站起身,很有绅士风度地招呼我们坐下。

"大姐,我们还是看看领导怎么解释吧!"

我怕胖大姐把事情闹僵,把她扯到沙发上坐下来。银行负责人见我们都安静了,点燃一支烟干咳两声,开始说话了。

"大家现在也都看到了,这里至少有十几份试卷我们没批阅打分,这并不是我们没给你们机会,而是你们不给自己机会。为什么这样说呢?你们仔细翻翻,十几份试卷中,五六份是用圆珠笔答题,余下的全都是铅笔填写。这不仅没有严格按考试要求办事,而且对我们批阅试卷的人也显得极不尊重。"

"我们哪儿没按要求办事,什么时候没尊重你们了?"

没等银行负责人把话说完,胖大姐便杀猪般嚎叫起来。

"是吗,你们真的按要求参加考试了吗?你们翻翻你们的准考通知书，仔细看看第四条是怎么规定的。"

听完，胖大姐立即站起身，从兜里掏出皱巴巴的通知书，铺开一看，大伙儿顿时像被针刺了的气球，"啪"的一下都瘪了。通知书上第四条醒目地用粗黑体写着：

考生务必用蓝色墨水钢笔答题，使用其他杂色笔填写的试卷一律按作废处理。

"连这么醒目的要求都不注意的人，答满分又怎样？试问，哪家银行敢把这种粗心大意的人请到银行做账目会计？"

强烈要求查卷的人面面相觑。最后，都乖乖地溜出了办公室。

我想，对于小妹和她失败了的考友们来说，这次考试，不仅仅是一次深刻教训，更应该是一笔取之不尽的财富。粗心大意所付出的代价，让他们时刻牢记，在以后奋争的道路上，抓好眼前每一个细节，尽量赢得人生当中那些稍纵即逝、不可多得的机会。

一张欠条

高炯森

去年二月份,我工作的这家公司,因为技术原因,景况一天不如一天了。

总经理胡果给我们二十个办事员开了一个短会,大意是说:经营不好,人员太多,公司可能要裁员,具体裁哪一个,这就要看我们的表现了,谁表现最差就裁谁。

散会后,看到那十九个办事员的表情,个个都是胸有成竹的样子,都是一副"不可能裁到我"的架势,我心里很不是滋味。

说实话,我进这家公司也有点儿意外:那次招工,四百多人当中只选一个办公室文秘。经过了几个关口,到后来,只剩下了我和那个湖北的大学生。当时,我各方面的条件都比不上他,因此,我的心中也没抱多大希望。不料那大学生因为家里突然有事,不得不立即赶回家,这才让我有幸成了这家公司的一名办事员。

和我交往的人都知道,我不懂"钻营术",不抽烟,不喝酒,又不知道看上司的脸色行事,只知道踏踏实实做好本职工作,不比他们那十九个,个个深得领导的喜欢。

但我的确想在这儿待下去。

在公司没有宣布裁减人员名单前,谁也说不清谁去谁留。我在脑海中把胡总讲的话细细滤了一遍,甚至他在会上的表情、动作也细细地回忆过了。我终于记起了他说过的那句话:要看我们的表现。

表现？还不是叫我们给他表示表示，这年头，谁不懂这个？看谁给他表示得多，表示得最少的当然就要被裁掉了。我想。

我们二十个办事员，能力都差不多，谁也没什么特别的地方，换句话说，都是些可有可无的人。

我闷闷地回到家，把这事跟家里人一说，他们都认为我的分析对极了。目前，最主要的就是要想个办法，给胡总表示表示，行动太晚了，恐怕就来不及了。

我把家里的东西掂量了一下，还真没可以拿得出手给胡总表示的东西，我又没多少钱，也没什么祖传宝贝，更没有贵重物品。我一家人的生活就靠我这点儿微薄的工资，也就是勉强能够糊口，可见这工作对我的重要。如果我这次被裁掉，又要很长一段时间陷入找工作的困境中了。

一家人都在思考同一个问题：拿什么去给胡总表示呢？

自从开了那个短会后，这个问题就困扰了我两天两夜。还好，在第三个晚上，我终于想到了一个主意，反正我被裁掉的可能性最大，我为什么不用这个办法试一试呢？究竟有没有效果，我现在管不了这么多了。

我找出一张纸，摸出一支笔，感觉那笔真有千斤重。一文钱逼死英雄汉啊！想我堂堂正正七尺男儿，为生活所逼，要做这种事，而且只能这样做，我没有别的办法啊。不由得鼻子一酸，写下了下面的字：

欠 条

今欠胡果总经理人民币10000元（壹万圆），在有生之年，务必还清，立约为据。

我在欠款人后面盖上了我的私章，又按上了我的手印，我把纸折起来，心里有种已经把自己卖出去了的感觉。

第二天，我一上班就来到了胡总的办公室，从口袋里摸出了这张欠条。

我小心翼翼地说："胡总，我不想被裁掉，这张欠条是我对你的一点心意，你也知道我现在的能力。你放心，今后，我一定会一分不少地还给你，我真的很在乎我这个工作。"

胡总把我手里的纸条接过去,当他看完后,沉默了很久,最后点了点头:"好!我收下了,我相信你!"

真想不到事情办得如此顺利,我心头的一块石头终于落地,满怀感激地走出了他的办公室。

奇怪的是,我们二十个办事员一个也没有被裁掉。我更加勤奋地上班,因为我欠了胡总一万元钱,我必须偿还。

没过多久,公司业务又升上去了,有了可喜的成绩,慢慢走出了困境。

在一次联欢会上,胡总把我叫到了主席台,亲手把一万元钱放到了我的手上:"我今天要给大家说一件事。"他说了那天我给他欠条的事,全场一派寂静。

胡总深有感触地说:"多亏了他这张欠条,你们也许不知道,那个时候,我想得最多的就是卷走剩下的资金,再多收一点你们给我送的礼,我就可以逃跑了。正是因为他这张欠条,使我良心发现,我不能那样做。我们公司还有这样的好员工,这样在乎在这个公司的职位。没有现钱,宁愿写一张欠条,也想保住这份工作。一万元,对当时的他来说,是什么概念?但他还是那样做了!我原计划要留下这张欠条,做一个永久的纪念,但它是具有法律效力的,我不能那样做。"

胡总拿出了那张欠条,一点一点地撕碎了。

透过朦胧的泪眼,我突然看到:胡总的眼里也涌出了泪花。

试 用 期

徐全庆

奔波了将近一年时间,终于有一家医院同意试用我了。试用期是三个月,到时如果我的表现不能让院方满意的话,那么我只有继续去奔波。

我很珍惜这十分难得的机会。每天,我都提前二十分钟到医院,把门诊室打扫得干干净净,然后给周医生泡一杯茶。周医生是我试用期间的指导医生,我的任务是跟他学习,在他指导下给病人看病。

周医生十分和蔼,上班第一天,他就拍着我的肩膀说:"小伙子,好好干,争取三个月后能留下来。"然后他就告诉我,医院其实并不缺医生,这次试用五个人,最终只能有一个留下来。周医生说:"祝你好运。"

我的压力陡然大了起来。为了供我上大学,在庄稼地里刨了一辈子食的父亲,在他五十多岁时毅然到城里去打工了,父亲靠打工挣的钱供我上完了大学。两年之后我才偶然知道,父亲所谓的打工就是在城里捡破烂,除此之外他没有找到任何工作。现在我虽然已经大学毕业将近一年了,但父亲依然还在捡着他的破烂,因为我还没有找到工作,还得靠他养活着。我必须好好表现,争取留下来,用我的工资养活父亲,而不是靠父亲来养活我。

我很认真很虚心地向周医生学着我能学到的一切。虽然我没有钱像其他几个竞争者一样经常请自己的指导医生吃饭,但我能感觉到周医生越来越喜欢我了。

有一天下午上班没多久,周医生就接到他爱人打来的电话,周医生接完电话说得立即出去一趟,最多二十分钟就回来。临出去时他说,院长夫人下午要来看病,如果她来了,立刻给他打电话。

周医生刚走,就来了一个病人,一位浑身脏兮兮的老人,弓着身子,不停地咳嗽。我告诉老人,周医生有事出去了,我只是个在试用期的医生,他是要等一会儿呢,还是让我来给他看。老人咳嗽着说:"只要你不嫌我脏就给我看看吧。"看到那老人我突然想起了我的父亲,父亲身上比他还要脏。我极少有机会单独给人看病,所以看得很认真。

这时,又进来一个穿着华贵、派头十足的中年妇女,进门就问:"周医生呢?"她说话的语气让我意识到她是院长夫人,就站起来,告诉她周医生有急事出去了,马上就回来。院长夫人说:"我有点儿不舒服,你给我看看吧。"我说:"我只是一个在试用期的医生,你如果没急事的话,是不是先等一下?周医生应该就回来了。"中年妇女说:"我只是一点儿小毛病,你给我看一下开点儿药就行了。"我说:"好吧,你稍等一下,我把这个病人看完立刻就给你看。"

院长夫人立刻就发了火,指着那老人说:"什么,等给他看完?你看他全身脏兮兮的,该不是捡破烂的吧?他也配在我们这儿看病?立刻叫他出去!"我看见那老人怯怯地看了院长夫人一眼,又求援似的看了我一眼,就低下了头,不敢说一句话。于是我又立刻想起我的父亲,因为穷,他得不到别人尊重;因为捡破烂,他让人看不起。这样的遭遇他一定也遇到过,那时,他也一定像现在这位老人一样,不敢和人争论,只能独自落泪。

我不知哪里来的勇气,对院长夫人说:"对不起,他是我的病人,你也是我的病人,你必须等他先看完。"

院长夫人的脸变了,掏出手机,拨通一个电话就是一通呜哩哇啦的大叫。

很快,院长来了。院长夫人指着我说:"你立刻把他给我赶走!"院长问了一下情况,一个劲地向夫人赔不是,然后看了我一眼说:"这个病人看完,你立刻到我办公室去。"说完就劝着夫人出去了。

我知道我得和这家医院说再见了,我难过得几乎掉下了眼泪。刚刚从外面回来的周医生了解了情况以后直冲我叹气说，你这孩子，怎么那么傻呢？

　　我拖着沉重的步伐来到院长办公室时，他告诉我，本来还要再过一段时间才能确定我是否能留下来，但现在不用测试了，我被留用了。我问为什么，院长说，因为在你的眼里，患者没有尊卑，你能用心为每一个患者看病。

动人的一幕

舒仕明

天寒地冻。王秋艳穿上厚厚的羽绒服,围上漂亮的围巾,早早地出了门,奔向专场招聘会。大学毕业的她,已经记不清是多少次参加这样的招聘会了。由于就业形势不容乐观,虽一次次失利,但她还是充满希望地奔走在应聘的路上。

王秋艳来到招聘会现场,放眼望去,人山人海,到处都是求职的大学生、研究生甚至博士生。在刺骨的寒风中,排队、咨询、填表等等,大家都不遗余力地推销着自己,力图找到一份属于自己的工作;用人单位更是应接不暇,忙得不亦乐乎,雪片似的应聘材料堆积如山,那竞争的场面何其惨烈和壮观。

折腾了整整一上午,招聘会结束,大家陆续散去,回去等候面试通知。王秋艳为了这次招聘,像其他许多学子一样,做了充分的准备,光简历等应聘材料就向各用人单位投出多达二三十份。喧嚣归于平静,当王秋艳走出招聘会现场时,寒风更加凛冽,雪也开始下起来,她禁不住紧了紧衣服和围巾。突然,在招聘会现场出口处不远的地方,王秋艳看到一位老人在向路人乞讨。她摸了摸口袋,钱是不多了。"嗯,不乘公交车了,走路回去还更暖和,将省下的钱给老人吧。"这样想着的时候,王秋艳来到老人的跟前。可当她掏出钱往老人的手里放时,顿感老人的手是那么的冰凉。王秋艳一惊,仔细一看,老人穿着薄薄的单衣,嘴唇乌紫,眼神浑浊,浑身发抖,被冻得连说"谢谢"两个字也含混不清,颤抖不已。刹那间，一个决定迅速在王秋艳的脑海中形成，她赶忙脱下自己的羽绒衣，给老人穿上，看见老人还在颤抖，她又将自己的围巾解下来，给老人围上……

第二天，王秋艳接到两家用人单位的面试通知，可她却因将衣服脱给了老人，在回家的路上着凉，患重感冒住进了医院，未能前去。两三天后，王秋艳意外接到多家用人单位的电话，说她被正式聘用了！更离谱的是，还有她压根儿就没接触过的单位，也来电话要聘用她。这到底是怎么回事？是不是搞错了？正当王秋艳感到奇怪时，同学们纷纷赶来祝贺她："你已经成名人了，报纸、电视、网络上，到处都有你脱衣服给乞丐，为乞丐围围巾的一幕，已经感动了很多很多人……"原来，那天招聘会结束，当地电视台的一名记者现场采访后扛着摄像机走出来，正好捕捉到王秋艳为乞丐穿衣和围围巾的一幕，于是报道了出来，引起了强烈反响。王秋艳由于住院，一时还浑然不知。

得知详细情况后，王秋艳异常平静，她说："其实没什么呀，不值得这样宣扬。当时也没想那么多，我只是见老人年事已高，天那么冷，怕他冻坏了，所以才脱衣服，送围巾给他……"王秋艳的父母听说后，还是很吃惊，他们说："这孩子，那天回家时就穿两件单衣，冻得不行，问她衣服呢？她只说弄丢了，也不解释什么，大概是怕我们责备她吧！秋艳这闺女，从小就乐于助人，见到乞丐就会给钱，但没想到她会把自己的衣服和围巾都送给别人。"网络视频上，王秋艳送羽绒服和围巾给老乞丐的一幕，成了那个冬天最惹眼、最美丽、最动人、最温暖的风景。许多企业和单位向王秋艳抛出了"绣球"，其中不乏年薪高达十万的。最终，王秋艳凭着自己的实力，加上人们对她与众不同的看法和评价，找了一份不错的工作。

看似平淡的人生，或许因为一个瞬间，就会爆发出无尽的精彩与美丽。王秋艳心怀善良，无论身处何境，始终不忘温暖别人，一个看似简单的举动，却能打动万千人的心，给自己带来好运、闪光与机遇，在平凡中伟大起来。

春天就在拐角处

李旭东

冬的严寒凝结了生机，雪的弥漫掩盖了翠色，风的凛冽吞噬了暖意，萧索中透着苍凉，肃杀中含着悲怆，毕业后的第一个冬天在我的记忆中最为寒冷。我走出校门后到一家保险公司基层营业部当营销员。

每个月的第一个工作日都是我最紧张的时候，因为销售部经理将会点评每个业务员的业绩。我硬着头皮敲开了经理办公室的门。

经理果然劈头盖脸地呵斥道："这都五个月了，你的业绩还迟迟没有起色。你看看和你同时进入公司的同事，你们都是一个大学毕业的，差距怎么这样大呢？"

我清楚经理指的是我的大学同学大伟，但我的心底却涌起一阵不屑和鄙夷，因为我一直觉得我们不是一路人。

大伟的大学生活三部曲是吃饭、睡觉、玩网游。

过着黑白颠倒生活的大伟经常厚着脸皮说："我最大的优点是没有缺点，最大的缺点是全是优点。"

我经常调侃他，最大的缺点是没有优点，最大的优点是不要脸。

要不是我在考场上"助人为乐"，估计他还毕不了业呢！

我如今不得不承认"不要脸"有时也是一种优势。推杯换盏之间，他便和十来个4S店的店长混成了朋友。这些4S店每个月可以稳定地为他贡献四十多万车险保费，而他需要做的只是偶尔和店长们吃吃饭、洗洗澡和唱唱歌。

"你有没有在听我说话呀！"经理突然提高了声调，刺耳的声音将我从思绪中拉了回来。

经理继续说："如果你还是这个样子，你应该知道将会是什么后果！"

我有些赌气地说："我当然知道！"

面对经理，我第一次挺起已经有些弯曲的脊梁，因为我决定离开了。

即将离开这座城市时，我特地向江老师辞行。我将毕业五个月来的苦涩和艰辛全都倾诉出来。

江老师静静地倾听着，将一杯清香的茶递到我的面前。

她笑笑说："人生有时犹如爬山。有些高不可攀的山会让人觉得难以逾越，其实再高的山也高不过人的鞋。上山的路其实有很多条，但大多数人往往只关注最短的那条，其实最短的路往往最为陡峭。只要选择适合自己的路并坚定地走下去，终有一天会到达山顶。

"圆珠笔在诞生不久便面临着淘汰的命运，因为圆珠笔油用到一半的时候，笔头上的圆珠要么脱落要么凹陷进去。

"专家们对此一筹莫展，可是一个简单的方案却成功地解决了这个难题，那就是缩短笔杆的长度，当笔头上的圆珠脱落或凹陷时，圆珠笔油也使用殆尽。"

江老师的话点燃了我心中冰封已久的那粒火种。我认真地思考着适合自己的险种和营销方式，最终决定在社区推广没有人愿意做的家庭财产险和个人意外险。

走别人的路注定无路可走。当绝大多数人都认为一件事没有前途时，那么转机便很可能会突然闪现。

我将租住的房子所在的小区作为展业重点，但我换来的却是别人不屑的眼神和冰冷的拒绝，最后一丝脆弱的希望破灭了！

经历了一番喜怒哀乐之后，我仿佛又回到了原点。

江老师看到我愁眉苦脸的样子，笑笑说："一个牙膏厂一直苦恼于产量停滞不前，但一个小建议却使牙膏厂脱离困境，那就是增大牙膏的口径。消费者通过目测挤出牙膏的长度决定每次用量，口径增大后，挤出相同长度的牙膏却消费了更多的牙膏！"

我又重新燃起了希望。我开展了"旧物换平安"的活动。居民可以用废弃的旧家电折价换取一份家庭财产险或者意外伤害险。由于不用直接掏腰包，居民们购买保险时格外踊跃。我将回收的旧家电转卖给需要购买新家电的人，因为他们可以通过参加"以旧换新"活动获取不高于购置价百分之十的优惠。

虽然这次成功的尝试使我顺利转正，但我并不满足于此，而是将目光聚焦在商业精英聚集地——福景苑小区。

我通过一个小小的保单走进了很多商业精英的生活。我们从保险谈到经济，从巴菲特谈到李嘉诚。共同的话题使他们很快成为我的朋友，继而成为我的大客户。他们不仅为自己的家庭投保家财险，后来又为自己的车投保车险，为自己的企业投保企业财产险。

一扇小小的心灵之窗为我带来不可思议的回报。

冬天又来了。在这一年里，我的生活轨迹发生了重大变化。

正在积极推动增长方式转型并致力于降低保单取得成本的省公司开始关注我倡导的社区直销活动。我进行的全新尝试无疑为公司找到了新的利润增长点，而我即将代表省公司前往总公司进行经验介绍。

百感交集的我起身走到窗前，发觉春天迈着轻盈的步伐悄悄走来。稚嫩的春色将会带来斑斓的色彩，蓬勃的生机将会抹去严冬的痕迹，低声的春歌将会唤醒沉寂的生灵。

经历生命中的冬天并不可怕，可怕的是失去了对春的渴望。很多人因为看不到春的气息而停下追逐的步伐，其实春天也许就在拐角处等着你。

虽然仍有几分春寒料峭，但只要你再往前走一步，你就会和春天有个甜蜜的约会！

一路贵人

谢庆浩

　　小山失魂落魄来到一家小饭馆里，独自一人喝起了闷酒。夜深了，店家要打烊了，可小山还没有要走的意思，好心的老店主就问他是不是遇上了烦心事。

　　眼前的店主慈眉善目的，醉醺醺的小山忍不住向他倾诉起了心事。原来，小山到一家大公司应聘，和另外两个应聘者一起幸运入围，进入了试用期。岗位只有一个，竞争之激烈可想而知。小山是三个应聘者中学历最低的一个，他们是博士，而小山只是普通的大专毕业生，差距可想而知。现在试用期已经过去了一半，他总是感到主管经理对他很失望，他想改变，可又无能为力。想起找份工作的不易，想起家里双亲送自己读书的艰辛，他心烦难忍，只能借酒解愁……

　　店主问起他所在公司的名字，小山告诉了他，店主一拍大腿跳了起来："这么巧？你们公司的老总王大发是我当年一起出生入死的战友啊，我还曾经救过他一命！你等等，我马上给他打个电话，他一定能特别照顾你的。"说完话，他拿起电话就打了起来。

　　电话里，他们又哭又笑地聊了很多，末了，店主说了小山的名字，要他特别照顾，那边隐隐约约传来一阵爽朗的笑声，然后有人说道："没问题，你老兄的人我不用用谁？为了公司的长远利益，你叫他一定记住不要声张，好好表现，其他的事情我自然会做的。"挂断电话后，小山感激地冲老店主连声道谢。

果不其然，重新回到公司，小山明显感觉到主管经理对他好了许多。他精神抖擞地投入工作，试用期过后，最后的获胜者果然不是别人，而是他张小山！

小山专程买了礼物去答谢老店主的恩情。老店主一听小山说明来意，笑了："小哥，我哪是什么贵人啊？无功不敢受禄，你还是请回吧。"

小山呆住了。老店主告诉他，其实他根本就不认识王大发，老战友云云自然也是假的。王大发是这个城市的骄傲，有谁不知道他的名字和他的公司？他压根就没有打电话给王大发，那晚只是胡乱拨了个号码，自己说了半天的话，喝醉了酒的小山看不出其中的奥妙而已……

小山还是不相信老店主的话："可是当时我明明听见是两个人在说话呀！"

老店主口不张嘴不动，却突然有一阵爽朗的笑声从他的身上传了出来，然后是一个熟悉的声音："没问题，你老兄的人我不用用谁……"老店主要小山把头放低，把话又说了一遍，小山这才明白过来，声音来自老店主的肚子，原来他会说腹语！

"我寻思这家公司能够破格选你，你就一定有着别人所没有的优点，之所以不能把工作做好，应该只是对自己缺乏信心而已！果然，我一说是王大发的战友，并假装给他打了推荐电话，你回去后信心倍增，马上如鱼得水，把工作完成得很出色，并最终得到王大发的赏识。说到底，这世间哪有什么贵人啊，其实贵人就是你自己。"

小山感激地冲老店主鞠了一个躬。以后的人生路上，小山牢记"贵人就是自己"的道理，努力拼搏，最终取得了巨大的成功。当然，这是后话了……

反思的力量

吴志强

朋友到一家独资公司应聘。

该公司把前来应聘的人安排在会议室，分三天，做三次考核。

第一次考试，朋友便以九十九分的好成绩排在第一，一个叫小米的女孩以九十五分的成绩排在第二。

第二次考试试卷一发下来，朋友感到纳闷，当天的试题和第一次的试题完全一样。开始她认为发错了试卷，但监考人员一再强调，试卷没有发错。既然试卷没有发错，朋友也懒得去想，自信地把笔一挥，还不到考试规定时间一半，试卷便全填满了，朋友把试卷一交，其他应聘的考生也陆陆续续地把试卷交了上去。人人脸上都春风得意，显然，个个都认为自己胜券在握。第二次考试分数一出来，朋友仍以九十九分的成绩排在第一，而那位交卷最晚的女孩小米以九十八分的成绩排在第二。

第三天准时进行第三次考试。

"这次该不会拿同样的题目给我们考吧？"

进考场前，应聘的考生们议论纷纷。

试卷一发下来，考场上顿时开了锅，因为试卷和前两次完全一样！

"安静，安静，大家听我说，这次考题和前两次一样，都是公司的安排。公司怎么安排，我们就怎么执行，如果谁觉得这种考核办法不合理你可以放下试卷，我们随时放你出考场。"

监考人员把桌子拍得"啪啪"响。

众人一看招聘人员发怒了，只好老老实实低下头去答卷。

这次考试更省事儿，绝大部分考生和朋友一样，根本用不着看考题，"刷刷刷"就直接把前两次的答案给搬上去，不到半个钟头，整个考场都空了，只有那个叫小米的考生仍托腮拍脑，绞尽脑汁，冥思苦想，时而修改，时而补充，直到收卷铃响才把答卷交了上去。

第三次考分出来，朋友长长舒了一口气。她仍以九十九分的成绩排在第一，不过这次没有独占鳌头。小米这次也以九十九分的好成绩和她并列第一，但朋友一点也不担心被她挤下来。

第四天录用榜一公布，朋友傻眼了：上面只有小米的名字，她落选了。朋友当时就找到总经理办公室，理直气壮地质问他："我三次都考了九十九分，为什么不用我而录用了前两次考分都低于我的考生呢？你们这种考核公平吗？"

朋友显得异常激动。

总经理笑呵呵地凝视着我的朋友，直到她心平气和才开口说话："我们的确很欣赏你的考分，但我们公司并没有向外许诺，谁考了最高分就录用谁。考分的高低对我们来说只是录用职员的一个依据，并非最终结果。不错，你次次都考了最高分，可惜你每次的答案都一模一样，一成不变。如果我们公司也像你答题一样，总用同一种思维模式去经营，能摆脱被淘汰的命运吗？我们需要的职员不单单要有才华，他更应该懂得反思，善于反思、善于发现错漏的人才能有进步，职员有进步公司才能有发展。我们公司之所以分三次用同一张试卷对你们进行考核，不仅仅是考你们的知识，也在考你们的反思能力。这次你未能被录用，我实在抱歉。"

朋友哑口无言。

捐 款

李伶伶

　　经过一天一夜的抢救，罗永的父亲终于再一次与死神擦肩而过，罗永兜里的钱也再次被花得分文不剩。尽管如此，罗永仍然很开心，因为他仍然拥有父亲。

　　罗永从小失去母亲，是父亲一个人辛辛苦苦把他拉扯大。现在父亲病了，他要尽全力医治父亲，即使花光了他所有的积蓄，即使他因此负债累累，也在所不惜。因为他不想失去父亲。

　　看到父亲转危为安，没什么事了，罗永一颗悬着的心也终于落了地。

　　天已经大亮了，他用冷水洗了把脸，直接从医院去了公司。

　　公司正在组织一次捐款活动。

　　罗永问同事小张，发生什么事了？罗永昨天一直在医院陪护父亲，一整天都没来上班，不知道公司出了什么事。

　　小张说，咱公司的吴明，昨天下午为救一个小学生被汽车撞成了重伤，现在还在医院昏迷不醒，公司号召大家给他捐点儿款，表表爱心。

　　罗永下意识地摸了摸衣兜，衣兜里空空如也，一分钱都掏不出来。罗永想向同事借点儿钱，但他张不开口，为父亲治病，他已经向同事借了不少钱，真不好意思再借了。再说，借钱捐款，是不是有点儿作秀的性质？好说不好听啊。

　　罗永说，捐款是自愿的，还是必须的？

　　小张说，当然是自愿的，没人强迫，而且也不能强迫呀。

罗永说，哦。

罗永没有捐。他不是不想捐，是他手头实在没钱，连银行卡里也没有钱了。他想等开了工资再捐，到时候他买点儿东西去看看吴明，顺便给他一个红包。开工资要月底，现在离月底还有十天。

罗永每天依然忙碌于公司与医院之间，父亲的病情很不稳定，让他一刻也放不下心。尽管这样，罗永也没有耽误公司的工作。罗永在公司有"拼命三郎"之称，他计划的事不做完，是不会睡觉的。公司正是看中了他这股拼劲，才决定提拔他做副总经理。这个信息他早就知道了，一个和他关系要好的副总说，任命书这月底或下月初就能下来。

罗永很欣慰，觉得自己没有白努力。

月底开了工资，罗永还没来得及去医院看望同事吴明，就接到了医院的催款通知和父亲的病危通知。罗永急忙赶到医院，请求医生尽力抢救父亲的生命。医院让他先交急救款和前段时间的医药款，罗永一个月的工资全交给了医院还没够。

罗永想到了向公司借款。亲戚朋友都借遍了，他只能向公司借了。他觉得以他这么长时间来对公司的贡献，公司应该会借款给他，可是结果却让他很失望，公司没有借款给他。公司不但没有借款给他，还提拔了另一个人做了副总，也就是说，提拔他做副总的事也泡汤了。

为什么？罗永很不解，当不当副总倒无所谓，可是公司为什么不借款给他？他又不是不还，公司又不是没借给过他。一年前父亲刚生病那会儿，公司曾主动借款给他，还说有困难尽管吱声。现在他有困难了，公司为什么不帮？

罗永找到了和他要好的那位副总，跟他说这件事。那位副总默默地听着罗永说，半天没吱声。等罗永唠叨完了，发泄完了心中的怨气，他才开始说话。

他问罗永，咱公司的吴明因为救一个小学生被汽车撞成重伤住院的事，你知道吗？

罗永说，知道啊。

他又问，咱公司组织全体员工为吴明捐款这事，你知道吗？

罗永说，知道啊。

他又问，咱公司一共一百零八名员工，有一百零七名员工捐了款，献了爱心，只有一个人没捐款，这事，你知道吗？

罗永没有说话。他知道他没捐款，但他不知道全公司只有他一个人没捐。他也不是不想捐，是他遇到了特殊情况。

我的情况你又不是不知道。罗永说。

那位副总摇摇头，罗永，这不是一回事。你知道公司为什么改提另一个人做副总？董事长说，一个没有爱心、没有同情心、没有人道主义精神的人是不配做领导的。

罗永像遭遇当头棒喝，脑袋发晕，脊背发凉。

错的是一味地行走

李代金

他所在的公司一天不如一天，随时都有关门的可能。他想走，可是又舍不得这份工作。他对这家公司已非常熟悉，对这份工作也非常熟悉，工作起来得心应手。他希望公司柳暗花明，希望自己能赢得老板的注意，希望在这家公司发挥自己的才能。

可是，公司真的是一天不如一天，老板也不得不一再地裁人。他很担心，有一天老板会突然裁掉他。他真的舍不得这份工作。

他的愁眉苦脸被父亲看到了，父亲问他发生什么事了，他把自己的苦恼告诉了父亲，问父亲自己该怎么办。父亲笑笑，告诉他说，南美洲有一种奇特的植物，叫卷柏，它会走。卷柏的生存需要充足的水分，当它脚下的土壤水分不足时，它就会把根从土壤里拔出来，让整个身体缩卷成一个圆球。由于体轻，只要有一点儿风，它就会随风移动。当它移到水分充足的地方，就会把圆球迅速展开，把根重新钻到土壤里，安居下来。当水分再一次不足时，它又会继续寻找充足的水源。他听了，笑着告诉父亲，他知道自己该怎么做了。

一棵树都知道在水分不充足的地方拔根而行，他所在的公司，就像是一块水分不充足的土壤，他只有离开，才能拥有自己的舞台，才能发挥自己的才能，才能拥有灿烂的人生。

第二天，他毫不犹豫地交了辞职书，尽管老板留他，他还是坚决地离开了。

他去了一家新的、很有实力的公司，也得到了一个不错的职位。开始的时候，他努力工作，希望自己在这里拥有一片灿烂的阳光，拥有辉煌的事业。可工作一段时间后，他感到这块土壤缺少水分，他想自己应该离开这里，于是他向公司提交了辞职书。由于他干得挺不错，经理一再挽留，但最终还是没能留住他。他坚决地离开，他要去寻找水分充足的土壤。

他再次进入一家新的公司，这家公司比上次那家更具实力，更有前景，可是他只工作了半年，又辞职了。公司留他，但没能留住。

后来，他频繁地跳槽，在短短的五年时间里，他就先后在八家公司工作过。尽管每一家公司都很有实力，都很有前景，尽管他的职位也都很不错，但他总是认为水分不足，阳光不足。他毫不犹豫地离开，无论公司怎么挽留都留不住他。

有一天，他遇到一位三年前在同一家公司上班的同事，当相互问及对方的情况时，他吃了一惊，同事一直没有离开原来的那家公司，现在已经成为那家公司的经理。同事说他很欣赏他的能力，希望他能回公司。他没有立即答应，说回家考虑考虑。

以前，同事的能力不及他，可是仅仅三年的时间，职位就超越了他，待遇也超越了他。同事的前途一片光明，人生一片灿烂。而他，在新的公司里职位一般，待遇也一般，前途也很渺茫。并且，才干了三个月的他，又有了跳槽的想法。

回到家里，他在想，他是不是真的要离开这家公司，回到原来的那家公司去。直到吃饭的时候，他还在思考。当父亲问及他怎么了时，他就把自己的事说了出来，让父亲提提意见。

父亲听了，还是告诉他卷柏的事，父亲说，卷柏是会不停地行走，是知道寻找水分充足的土壤，可正是由于它一直在行走，一直在寻找，所以，它无法把根深深地扎入土壤，所以，它永远无法长大。行走没有错，错的是一味地行走。如果把卷柏圈住，它无法行走，最后，它只能把根深深地扎进泥土里。这样一来，它同样能得到充足的水分，最终，它就会长得比以往任何时候都好。

他恍然大悟。他一直在跳槽，一直以为充足的水分在别处，而忽略了脚下深处同样有充足的水分。正因为他不停地跳槽，不停地寻找，没有把根扎下，最终没能让自己的才能真正地发挥，以致自己没有成就真正的辉煌。而不如他的同事，正因为深深地把根扎入脚下的土壤，最终才长成参天大树，拥有一片灿烂的阳光。

细节决定成败

金 波

张春居然被公司安排做了保安！堂堂大学生，好不容易应聘上了，居然当起了门神，好像这家公司就是为了专门请门神。倘若大家都来做门神也就罢了，他张春也毫无怨言。可和他一起被录用的小A、小B、小C、小D，却全是令人羡慕的白领，甚至有的一来就做了部门的主管。张春打死也不相信：同样的学历、同等的条件，人的待遇咋就差别这么大呢？

就说那小A吧，上班第一天就做了经理的秘书，出出进进跟着经理，影子似的。她凭什么？凭什么？难道就凭她的小脸蛋？据说如今十个老板就有九个养着情人，如果不是打小A的歪主意，小A能这么牛吗？不过，论姿色，小B才够得上大美女呀，经理怎么就没有选上她呢？

那小B虽然在应聘的女孩儿当中长得最漂亮，却做了办公室的文字秘书，任务是接听电话、录排文件。而论打字速度，小C还当过录入冠军呢，简历上写得清清楚楚，但小C却做了公司的资料管理员，成天在领导的指示下整理图书、文稿，与电脑几乎没有任何关系。

最幸运的要数小D了，上班的当天就做了管理部的代理主任，是小C的顶头上司，权力不大，却能发号施令，对手下指东道西，俨然是个中层干部。可她在五个被录取的人中，笔试成绩却是最差的一个呀。

最惨的是，作为一个大老爷们儿，我张春居然给公司当保安，难道就因为我是个男人吗？这让我如何在女孩儿面前抬得起头？没见那几个心满意足的女孩儿，一瞅见我就捂着嘴巴，偷偷乐吗？

张春越想越糊涂，越想越生气，越想越抬不起头，就算找一份儿工作不容易，他也决定"拜拜"了。

不过，在走之前，张春决定找经理好好谈谈。

正在这时，经理让他的新任女秘书小A通知张春，到他的办公室去一趟。张春想：正好，省得我请示了。今天，我非要当着经理的面，打破砂锅问到底不可。

经理见张春进来了，示意他坐下，微笑地问道："感觉怎么样？"

"我……"张春抬起头，将头发一甩，生硬地回答，"不怎么样。"

"完全在我的意料之中。"经理说，"看来我今天非得让你看看录像不可了。喏，是从我头顶上的探头里取下来的，那里面清楚地记录了你们五个人进来面试的全过程。看了之后，你或许会心理平衡一些。"

经理打开笔记本电脑，招呼张春一起观看。屏幕上，第一个进来的是小A。小A进门时，从头顶上掉了一枚图钉，正好落在小A脚下。小A弯腰捡起来，朝坐在老板椅上的经理妩媚地一笑，径直把图钉放在经理的办公桌上。

经理说："看出来了吗？小A是个安分守己的女孩儿，她的表现说明，她遇事主动向上级汇报，不擅自行动，不自作主张。这样的女孩儿，难道不正是秘书的最佳人选吗？"

第二个出现在屏幕上的是小B。小B进门时，头上也掉下一枚图钉。小B弯腰捡了起来，一扬手，把它丢进垃圾篓里面，然后规规矩矩地坐在经理面前。

经理说："小B的表现说明，她做事干脆利索，不拖泥带水，能当机立断，解决问题快。这样的女孩儿，接电话时不说废话，谈事情时又有主见，让她当办公室文员，不是顺理成章的事吗？"

第三个出现在屏幕上的是小C。小C进门时，头顶上照样掉下了一枚图钉。小C弯腰捡了起来，朝四周望了望，既没有交给经理，也没有扔进垃圾篓里。最后，她看到了挂在墙上的一张地图，便把图钉摁在地图下面。

经理说："你大概也看出来了，小C做事比较认真，总想让事情有个圆满的结局，但又缺乏正确的思路，结果可能盲目，做出出力不讨好的事。就像那枚图钉一样,地图上根本不需要图钉,她却主观地把图钉摁在了上面。不过,这样的人如果完成上级指定的工作,肯定没问题。"

第四个出现在屏幕上的是小D。小D进门时,头顶上毫不例外地掉下了一枚图钉。小D弯腰捡起来,朝四周看了看,像小C一样径直把图钉摁在地图上。不过,她又犹豫了一下,想了想,又把图钉取下来,依然扔在墙根下面。

经理说:"我问过小D,为什么又把图钉放在原处?小D回答,把图钉摁在地图上是多此一举;扔进垃圾篓里又得不到再利用,是浪费资源;而放在原处,一会儿保洁进来后,就会把它收起来,分门别类地放进可再利用的物品箱里。从这件事可以得出结论,小D既善于动脑,又珍惜公共财物,办事认真,有头脑,会分析问题和解决问题。让她做管理部主任,难道不是名副其实的吗?……你说呢,张春先生?"

张春面红耳赤、无言以对。他低下头,瓮声瓮气地回答:"我明白了!我这个人只顾分内的事儿,对其他工作不屑一顾,而且做事粗鲁、冷漠,不讲人情,自然是守大门的料儿。"

经理哈哈大笑:"这么说,你的录像就不必看了。"

原来,张春进门面试时,对头顶上掉下的钉子不仅没有捡起来,反而飞起一脚把它踢到了一边;钉子撞在墙上又滚了回来,正好落在了经理的脚下。

急躁失去好工作

傅友福

前些日子,我从报纸上看到一家台资企业的招聘广告。诚聘行政经理一名,要求大专以上学历,在大型企业任过行政主管,有相应的管理经验,有较强的语言表达能力,有安全主任合格证书……本公司食宿条件好,待遇从优。哈哈,天大的好事!这职位好像是为我量身定做的。凭我这几年来在外资企业的工作经验,以及发表在报刊的二百多篇文章,我决定去试一试。于是,我精心打印了一份简历,包括近照一起快递给了那家公司。

几天后,该公司的人事小姐给我打来了电话,要我第二天上午八点去面试,并告知了公司的详址。

第二天上午,我准时抵达该公司,人事小姐认真审核我的相关证件后,把我带入一间会客室。她连续问了一连串人事行政管理、工伤申报、人力资源等方面的问题,之后给我一张考卷。我接过考卷一看,只有三道题:一、你对本公司的大概印象;二、假如你是公司负责人,你将如何招聘行政经理;三、在求职过程中,最重要的是什么?

这些对我来说都是小儿科,文章里早就写过了。半个小时后,我就交上了自己认为万无一失的考卷。人事小姐接过考卷略看一下,一路小跑跑向总经理办公室。一会儿,人事小姐告诉我,笔试过关,下一场即面试,由总经理亲自面试。人事小姐把我带到总经理办公室。

总经理是个四十多岁的台湾人,儒雅大方,眉宇间透出一股威严和摄人心魄的睿智。他示意我坐下，然后问道："你对本公司有什么要求？"我小心答道，用我的能力来证明我是否胜任，其他的按公司规定。总经理满意地点点头，接着又告诉我我的薪资待遇。我一听完，高兴得差点儿跳起来：工资比我原来高一倍，而且表现好的话，每年还按百分之二十的幅度涨工资呢。

总经理和我谈妥这一切之后，突然问我："很好，那你什么时候方便来上班？"

我被眼前的高兴冲昏了头脑，不假思索地回答："明天可以来上班。"

总经理满脸疑惑地望着我："明天？你现在不是还在上班吗？作为行政主管，你在离职时，不要做一些必要的工作交接吗？作为安全主任的你，最重要的安全方面的交接工作可以忽略不计吗？"总经理的一连串问话，让我当场愣在那里，半天说不出一句话来。

我一时语塞："我……"

"做行政管理及企业的安全主任，必须头脑清晰，工作有条不紊，特别是安全工作，搞不好会给企业带来严重的损失。尤其是在离职期间，对下一任的工作交接，更是来不得半点儿马虎，这是做人的责任感和主人翁精神。"总经理沉思了一会儿，接着说，"你是个很优秀的人才！这样吧，你先回去，让我们研究研究，有消息一定通知你。"

总经理的话没有半点儿挽回的余地，我心中一沉：没戏了！谁不知道这"研究研究"的画外音是什么？

果然不出我所料，这家公司终于没有把我"研究"去上班，通知也如泥牛入海，杳无音讯了。

这次的面试失败，给我上了生动的一课：利益面前莫乱了方寸，即便是离职，也要站好最后一班岗。

弄拙成巧

龙 瑰

吴谋毕业于某名牌大学经济管理专业,工作兢兢业业,办事雷厉风行,业绩优秀,很得韩国上司的赏识。同事们都认为他是新分公司经理的最佳人选。

这天,公司总经理召开办公会议,讨论即将实施的一个重要企划,邀请吴谋列席。与会者都夸老总深谋远虑,决策英明,但在老总点名要吴谋发言时,他却唱了反调,言语中影射老总搞"一言堂",听不得不同意见,不利于企划的完美实施。坐在身旁的同事直扯他的衣角,老总也面露愠色。

一个月以后,新成立的分公司的经理走马上任了,但却不是吴谋,而是老总的小儿子。紧接着,老总又不明不白地炒了吴谋的鱿鱼。

吴谋十分气恼,颓废到了极点。他提着一瓶烈酒,边走边喝,在大街上游荡。好似云里雾里,他不知不觉间跨进了一家礼品屋。卖货的姑娘扑闪着大眼睛,赶忙上前介绍说:"我们店里有各种精美的礼品。送一款晶莹剔透的水晶给你心爱的姑娘,她一定会幸福无比;送一棵吉祥树给你的老板,他一定会给你升职加薪……"听着介绍,一个坏念头在吴谋的心里油然而生。他问道:"我想大骂我的老板一顿,你店里有能表达我这个愿望的礼品吗?"姑娘诧异地问:"你这是为什么?"

吴谋说出了自己被炒鱿鱼的缘由。姑娘便开导他,说:"先生,看你也是一个善良温和的人,怎么会这样行事呢?"但吴谋根本听不进姑娘的规劝，很不耐烦地说："你别说了！你这儿没有，我会到其他地方去买。我一定要出出这口恶气！"

吴谋转身刚要跨出店门，姑娘又叫住他："哦，我想起来了，这儿有。"姑娘将两样物品放进一个精致的红盒子里，递给吴谋说："你看这东西行不？"

吴谋一看，盒子里是一只拳头大小的黑褐色的水晶石乌龟和一对红色的水晶石蛋，小巧玲珑，晶莹剔透，不由得问道："这有啥意思呢？"

姑娘诡谲地一笑，说："骂你的老板是乌龟王八蛋呀！"

"啊——"吴谋开心地笑了，"骂得痛快，就买它！"姑娘用一根金色丝带捆扎好礼品盒。吴谋叫姑娘在盒盖上写了"送朴正一总经理"几个字，付了钱，提着礼品盒急匆匆离开了店里。

吴谋朝着市邮政局走去，他想去发个"特快专递"。他一边埋头走路，一边幸灾乐祸地想：那个韩国佬看到礼品盒内的东西，一定会立马气得吐血……突然，"咻"的一声响，吴谋被一辆小轿车撞了个趔趄，跌倒在街当中。车上立刻下来一个高个子青年，连忙将吴谋扶起，一边道歉说"对不起"，一边将吴谋扶上车，说："我送您去医院看医生，一切费用由我负责！"

轿车来到市医院，吴谋被年轻人扶进了急诊室。经过检查，吴谋只是膝盖上擦破了一点皮，身体并无大碍。简单处理了一下之后，吴谋对年轻人说："无大碍就好，这事全怪我埋头行走横穿马路，你忙你的事去吧。再见！"说完转身走了。

回到居住的出租房，吴谋才猛然记起礼品盒还放在年轻人的轿车内忘了拿走。他本想返回去拿，但转念一想，年轻人素不相识，这时候还不知去哪里了，只得作罢。看来这韩国佬命中注定不该挨骂！很快地，吴谋也就把这事儿给忘了。

几天后的一个晚上，吴谋因为没有找到合适的工作，正坐在一家酒吧的角落里喝闷酒。忽然，一个声音把他从昏沉中唤醒："哥们儿，您害得我好苦，让我天天到处找您！"

吴谋一看来人，是那天开车撞倒他的高个子年轻人，便瞪着一对醉眼问："你还来找我干啥？我没有什么后遗症，你一百个放心，我不会耍赖，再去找你的麻烦！"

年轻人"哈哈"一笑，说："我真是因祸得福啊！托您的福，我的太太生下了一对胖小子。老岳父简直高兴昏了。说起我急着去医院料理太太生产而在街头出车祸一事，老岳父直夸您这个小伙子很厚道，不要赖，不讹人。他想看看，到底是谁这么恰到好处地送来了福气。他叫我一定要把您找到，而且还要宴请您，向您当面道谢哩！"搞得吴谋一头雾水。

第二天中午，吴谋应邀走进市里"天上宫"豪华大酒楼的一个包间，一看到起身迎接他的人，便立刻愣住了。这个上前与他热情握手的秃顶小老头不是别人，正是炒了他鱿鱼的韩国老板朴正一！朴总经理也同样感到十分意外，但很快就镇定了下来。他对吴谋真诚而又满怀歉意地说："想不到您的人品如此之好，心地如此善良，对人如此宽宏大量……我这个人就是不喜欢听反面意见，一听见就爱冲动，一冲动就会做出错误的决定，毫无道理地炒了您的鱿鱼。您原本就是个优秀人才，我却如此对待您，您宽宏大量，不计前嫌，以德报怨，送我吉祥之物，使我们家喜事临门，真是……我现在就决定：聘请您回公司担任总经理助理。我相信，您一定能够帮助我管好企业。请您一定不要推辞！"经过一番解释说明，吴谋方才弄清楚了：开车撞倒他的高个子年轻人是朴总经理的女婿。年轻人看到吴谋忘在车上的礼品盒上写有"送朴正一总经理"几个字，便没有再去寻找吴谋送还礼品盒，而是将礼品盒直接转交给了朴总经理本人。真是"山重水复疑无路，柳暗花明又一村"啊！这突如其来的大逆转真是出乎吴谋的意料，一时之间他竟不知说啥才好。

吴谋从此以后飞黄腾达了。

不久后的一天，下班以后，吴谋开着轿车，又来到了那家礼品屋，真诚地献上一束百合花，感谢那个售货姑娘帮了他的大忙。同时，谈起了对这桩蹊跷怪事的迷惑不解。姑娘仍然扑闪着一对大眼睛，笑着说："礼品嘛，其实都是用来贺喜的，哪有用来咒骂人的？我是想方设法骗你掏腰包买东西，想不到却'歪打正着'了。你的老板是韩国人吧？你不知道，乌龟在韩国可是神物啊。送人乌龟是祝愿人家长寿百年呀！在我国很多地方，逢年过节、大红喜事，人们都爱把鸡蛋染成红色，互相赠送。送红蛋就是送喜蛋。您送一对红色水晶石鸡蛋，让老板喜得双胞胎外孙，他能不高兴吗？"

"噢——"刹那间，吴谋全明白了。

遭遇搅局

沈岳明

江小曼大学毕业后一个人来到南方找工作。她发现街边有一个广告牌，上面写满了招聘职位，便想过去看看，结果被路边一个乞丐老头伸出的一只脏手拦住了。江小曼随手从包里拿出一块钱放在了乞丐老头的碗里，可是，那老头似乎看不见，依然将手拦在江小曼的面前。这下江小曼生气了，她用力拨开了乞丐的手，径直向那块招聘广告牌走去。

广告牌边上坐着一个中年男人，他的面前摆着一张桌子，桌子上堆着一些表格之类的东西。看他的穿着打扮很像某企业的人事部经理。中年男人热情地跟江小曼打招呼，问她是不是想找工作，并说自己的企业现在正需要一位像她这样的秘书，待遇十分优厚。江小曼动心了。就在她接过中年男人的表格蹲在一边填写的时候，她无意中看到了那个乞丐老头。乞丐老头一个劲地向她挤眉弄眼，江小曼没理会，将头转过去继续填表。

表填好了，中年男人说，得交一百元钱押金。江小曼犹豫了，她身上的钱本来就不多，要是交了一百元钱的押金能够找到工作还好，要是找不到工作，或者这是个招聘陷阱，那她不就亏了？见江小曼犹豫不决，中年男人说，小姐，如果你应聘不上的话，押金是可以退的。江小曼这才决定试一试。可是，江小曼交了押金拿着中年男人写的那家企业的地址和名称，坐公交车转了一天，也没找到那家企业。江小曼明白自己上当了，第二天一早便去找那个中年男人退押金，可是，哪里还有中年男人的影子？江小曼不甘心就这样白白地将一百元钱送给别人，就坐在那里等。突然，有一个小伙子走了过来，问江小曼，这里是不是招工啊？江小曼灵机一动，问他想应聘什么职位。小伙子说想应聘企业管理，江小曼随手从桌子上抽出一张表格让他去填。

很快又来了好几位找工作的，江小曼原想找回自己那一百元钱便算了的，没想到这下脱不开身了，只得皱着眉头让他们填表。就在江小曼心里盘算着，等收了这些人的钱将他们打发走后自己再开溜时，一只脏乎乎的手向她伸了过来。江小曼吓了一跳，一看原来是那个乞丐老头。

江小曼没好气地说：去去去，这里没钱给，到一边讨钱去。可那老头却不走，老头说，我想找一份工作。江小曼没好气地说：这里没有工作可找，你还是赶紧走吧。老头却不依，你这里的广告牌上明明写着可以找工作的嘛。江小曼知道再缠下去自己肯定会吃亏，于是说：那好吧，你先去填一张表。老头接过表，却不填，依然站在那里跟江小曼说话，他没话找话地问：我找到工作后，我的工资可不可以直接由厂里寄给我那读大学的女儿？

江小曼心里一怔，但马上又平静下来说：你将所有工资都寄给女儿了，那你拿什么吃饭呀？老头说：我拣点儿剩饭剩菜吃就可以了。一个老头子嘛，怎么活着都不要紧，但我决不能亏了我的女儿！江小曼的心里突然充满了感动，因为她想起了自己在乡下辛苦劳作的老父亲，但是，现实容不得她感动，她一定得稳住。

由于老头将江小曼给缠住了，后面那些填好表的人可等不及了，他们纷纷催促江小曼快点儿。江小曼两眼冒火，但又不便发作，可老头却依然不紧不慢，毫无离开的意思。江小曼终于爆发了，她冲老头吼：你走不走？你要再敢妨碍我的工作，我就报警。老头可不生气，老头说：闺女，爸爸今天不想跟你吵架，只要你陪爸爸去吃肯德基，爸爸便不妨碍你的工作了。江小曼气得眼珠子都要凸出来了：谁是你的闺女，我哪有你这么不讲理的爸爸！老头说：闺女，我相信天下的爸爸在面对自己的闺女时都会这么做的。后面的人终于不耐烦了，纷纷走了。江小曼急得眼泪都快流出来了。

就在这时，一群人带着两名警察朝这边走了过来。江小曼心里一慌，呆坐在那里不知如何是好。乞丐老头却轻声说：闺女，别怕，有我在呢。原来那群人跟江小曼一样，都是受骗者。他们协助警察已将那个中年男人抓获了，现在是来他曾经作案的现场调查取证的。

　　警察问江小曼是不是中年男人的同伙，为什么坐在这里招工。江小曼一时不知如何回答，还是乞丐老头帮她说出了事情的经过。好在江小曼的动机只想找回自己那失去的一百元钱，才没有被警方列入诈骗犯的行列。

　　江小曼接过被警察追回的那一百元钱，羞愧地望了乞丐老头一眼便低下了头。乞丐老头意味深长地对江小曼说：闺女，这回让你请爸爸去吃肯德基不过分吧？

　　江小曼说：不过分，不过分。真是太谢谢您了！要不是您的及时阻拦，我可要犯大错误了。乞丐老头说：闺女，你放心，我知道你刚从学校出来，身上没多少钱，吃肯德基的钱由我出，你的钱留着以后慢慢找工作吧。我一个糟老头子吃垃圾桶里的剩菜剩饭也能过一天，你一个姑娘家，可不能受这个委屈！

　　江小曼哽咽地说：爸爸，那就谢谢您了。乞丐老头说：你能叫我一声爸爸，我就心满意足了。其实我也有一个像你这么大的女儿，可是，她却因为诈骗进了监狱，都怪我啊！是我无能，没有教育好她，没有让她过上好日子……一行清泪慢慢地从江小曼的脸上流了下来。

职场卷

第四辑

沉默的老鹰才能飞得更高

漏水的勺子能舀大鱼

张颖昇

陆敏是我的同事,她是个大大咧咧的人,大伙总说她简直比男人还男人。

陆敏大学读的是工科,进入我们公司后,一直在研发部工作。刚进入公司的时候,部门经理简直是把陆敏当成个勤杂工来使唤:保管器材,做会议记录,加班的时候出去给大家买盒饭,忙的时候,大家在一起攻关技术项目,经理却让陆敏去打扫部门办公室的卫生。这明显不把陆敏当技术人员使用,明显是看不起女生。这个部门经理太大男子主义了。大家都劝说陆敏向老总反映:她是技术人员,不是勤杂工。陆敏笑了笑,什么话都没有说,杂务活照样干,本职工作也没有放松,并没有闹情绪,也没有和上司斗智斗勇。

一次,研发部对公司的一项产品进行技术革新,大家纷纷发言,陆敏也积极地发表自己的看法。经理还没有听完,就不耐烦地说:"你这个想法很幼稚,不要再说了。"陆敏当时尴尬得脸通红。

第二天,陆敏提出休年假,公司准假,大家窃窃私语,都说部门经理把陆敏气得回家休息去了,经理自己也有些内疚,给陆敏打电话,结果手机关机。大家推测陆敏是回老家探亲去了,不想接长途加漫游的电话,于是就关机了。

一个星期后,陆敏回到了单位,虽然面容憔悴,但是,她眼睛里却掩饰不住的兴奋。她提了个大纸袋,里面是装得满满的复印材料。她说她在首都图书馆泡了几天,又费尽周折去了一所大学,请教了一个院士,结果,那个技术难题终于得到解决。整个研发部都为了解决难题忙得焦头烂额却没有任何成效,谁料想陆敏居然把这个难题解决了。大家兴奋的同时也很惭愧,本来以为这个女生使小性子回家探亲或者旅游去了呢。没有想到,她居然废寝忘食地解决难题去了,并且占用的是自己休假的时间。我们的年假才一个星期,这次休完,以后就没有办法休了,把休息的时间用来工作,大家觉得陆敏有点儿傻。当有人委婉地表达这个意思的时候,陆敏哈哈大笑:"我才不傻呢,我说休年假,是为了排除外界的干扰,如果我说去图书馆查资料,领导不批准怎么办?自己少休息几天有什么关系呢?只要把工作干好就行了。"大家纷纷摇头叹息,还是觉得她真是太傻了。

不管怎么说,陆敏帮助公司解决了一款产品的技术难题,老总一高兴,给陆敏发了个三万元的大红包。没有想到,陆敏自己只留了一万,其他的交给部门经理分发给大家了。她的理由是,这项攻关,大家在前面的工作中都付出了很多的心血,自己是站在大家的成绩之上前行的,少走了很多弯路。

大家又觉得这个陆敏真是傻到和钱过不去的地步。接下来的两年,陆敏还是这么抢着付出,等到出成果了,她自己后退,把功劳让给别人。

公司发展壮大以后,老总准备提拔个副总负责公司的技术工作,大家以为提拔的肯定是技术部的部门经理,谁料,老总把陆敏直接提拔当了副总。

看到大家目瞪口呆,老总笑道:"我小的时候,我父亲在公社食堂当炊事员。一个夏天,由于发洪水,上游水库的水漫了出来,水库养殖的很多鱼顺水游到食堂附近的一条小河里。很多人拿着水桶或者脸盆舀鱼,只有我父亲拿着把破得漏了几个洞的大马勺去舀鱼,结果,那天就数父亲舀到的鱼最多,装了整整两水桶。原因就是父亲清楚地知道自己需要的是什么,于是把水漏掉了,舀到的都是大鱼,而很多人,连水带鱼一起舀,成绩非常小……"

听老总这么说,大家这下子都服气了。陆敏何尝不是这样的人啊!她把一些不重要的细节忽略掉、漏掉，只想着多创业绩，多给公司做贡献，多团结团队，而剩下最重要的东西，这样的人最有资格当副总……

　　从陆敏的职场升迁传奇上，我们明白：不要计较职场上的一些小利益，就能得到职场上的提升；把小利益"漏掉"，才能获得很大的成就。

把功劳让给别人是智慧

陈亦权

我在一家公司任总经理助理。几个月前，我小学同学小王也进公司做了一名车间工人。从小我都觉得小王的脑袋瓜子不错，可不曾想一到了职场却似乎变成了另外一个人，傻傻呆呆的，不仅不知道为自己抢功劳树形象，甚至有了功劳也喜欢让给别人。

有一次，小王发现一道生产程序中有瑕疵，影响产品合格率。他暗中琢磨，查阅资料，结果没用两个月，竟然提出了一个更新计划并且被公司采纳，产品合格率顿时得到提高。总经理在会议上点名表扬他，并且要给予他一万元奖励。可是小王竟然拒绝了，他说："其实这并不是我一个人想出来的，而是我在组长的领导下，与所有小组成员一起努力的结果，你不能奖给我一个人，要奖就奖给我们整个小组！"

就这样，那笔奖金成了整个小组的共享品。我笑小王太傻了，可是他却笑笑说："与同事和睦相处，有成果共同分享，这些远比独享奖金更有意义！"

不久后的一天，总经理带着我刚回到公司，就看见一辆货车从公司里面驶出去，而小王则在货车后面追。货车停下来后，小王对司机说："我们还没有检查过货是不是全卸完呢。"爬上车一看，竟然真的还有一箱货没有卸下来。

总经理夸小王心细责任心强，小王却回答说："这也不是我细心或者责任心强，而是小组的成员们相互一问，觉得好像还没有检查过货车，于是就让我追出来看看。"

我在心里直骂小王，总经理根本不会为了这点小事去问其他组员，这不是又白白失去一个表现自己的机会吗？更为重要的是，当天晚上下班后，我竟然得知，原来追出来查看货车本来就是小王自己的主意，而不是什么"组员相互问一问"的结果。

我自认为职场经验比小王丰富，后来的日子里，我经常"教育"他，可是他就是不为所动，仍然我行我素：工作肯动脑筋又肯卖力，而每每有功劳的时候，他都把功劳与组长及同事们分享，甚至完全让给他们。

我原以为，像他这样的人是肯定不会在职场上取得什么成就的，没想到的是，当销售部经理辞职后，我问总经理要不要到人才市场招聘补缺，总经理说："不用了，从公司里面提拔就行了，我觉得你的同学小王就是一个不错的人选——他不喜欢抢功劳，有成绩喜欢与同事们分享，像他这样的人带出来的团队，一定特别有凝聚力和竞争力！"

我惊讶地问总经理是怎么知道这一切的，他说："如果我连这点儿事都观察不透，还当什么总经理呢？公司里没有什么人什么事能瞒过我，只有我暂时不表态的事，却没有我观察不到的事。"

刹那间，我猛然醒悟，身在职场，好大喜功只能算是一种小聪明，而像小王那样踏踏实实工作，把功劳和同事们分享甚至完全让给别人，反倒是一种真正的职场智慧。

每天都是试用期

游本章

两年前,我大学毕业后,经过一番辛苦求职,终于进入一家大公司试用,与我一起试用的还有个名叫叶萍的女孩。

求职的过程,让我深深明白就业的不容易,于是,我很珍惜这来之不易的机会。每天早晨,我都尽量去公司早一些,然后打扫办公室卫生,精心地给办公室里的花浇水。

其他部门加班的时候,我也主动过去帮忙。叶萍作为试用期的员工,她的工作态度也和我一样,工作主动认真、吃苦耐劳,为公司干一些本职工作以外的事情。

我们公司是一家销售品牌数码相机、数码摄像机等数码产品的公司,特约维修点建在全国地级市以上城市。我和叶萍都在我们公司总部的售后服务部工作,本职工作就是接听售后服务热线。接听售后服务热线是份不断挑战个人耐心极限的工作,有的客户因为不恰当使用产品造成了产品损害,要求免费维修;有些是因为零部件自然损耗,但是,客户觉得自己花了钱,商家就得负责到底;有的明明过了保修期,客户还在电话里死缠烂打地要求免费保修,甚至要求免费以旧换新……这个时候,我们都得耐心礼貌地解释,请求客户"理解"。客户对于我们的耐心、热情、礼貌,生气却又无奈,最后只得挂了电话。一天下来,我感觉特别累。

好在我的敬业终于换得了回报。三个月的试用期后,我正式被公司聘用,签订了三年的工作合同。签完合同后,我感觉身上的千斤重担一下子落了地，轻松了很多。

　　签订合同的第二天起，我就不去公司那么早了，也不打扫办公室了。十三个人共用的大办公室，凭什么就我和叶萍打扫？"三个月的小媳妇"熬出头了，现在和其他的"婆婆"平起平坐了，我不能再苦自己了。

　　不符合产品维修规定的客户再打电话啰嗦个没完，我也没有以前那么耐心了，一般说："对不起，现在有点事情，我们这有来电显示，稍后，我给你回拨过去啊！"不等对方同意，我立刻挂了电话，当然，我根本不会回拨的，如果客户再打来电话，我"礼貌"地解释现在还是忙，马上回拨过去。如此这般，客户就没有脾气了。这样的绵里藏针，使我工作中省心了不少，也能腾出时间在电脑前看网络新闻或者和朋友QQ聊天了。

　　让我纳闷的是，叶萍真是不开窍，试用期都过去了，都从"小媳妇"变为"婆婆"了，整天还一副劳碌命，依然大包大揽地打扫办公室卫生，依然帮助其他部门的同事加班，依然在售后服务电话里那么热情、耐心……

　　叶萍真是天生受苦受难的命，我在心里暗暗叹息。

　　叶萍不但不给自己减轻工作量，她居然还没事找事，经常在中午休息时间向公司维修部的工程师请教一些技术问题，以便在电话里向客户更为详细、更为权威地解答。她真是能折腾自己！

　　两年后，售后服务部的经理被调到上海分公司做经理去了，老总居然出人意料地把这个空缺给了叶萍。要知道，除了那个离任的经理，我们全销售部十二个人，凭工作资历，我和叶萍是并列第十一名。她居然像"空中飞人"一般直接从那十个"职场前辈"头上飞过去，"扑通"一声，直接降落到部门经理的宝座上。她的空中降落惹得全销售部的员工都有情绪。

　　老总是个聪明人，自然理解大家的心情，所以，叶萍正式上任部门经理的那天，老总亲自参加了叶萍主持的第一次部门例会。例会上，老总感叹道："很多职场中人，只要试用期一过，与单位的合同一签，立即就有船到码头车到站的感觉，工作劲头一下子就松懈了。我为什么任命叶萍做你们的部门经理？凭的就是她把这两年的每一天都当作'试用期'度过！

不管是老员工，还是进来刚两年的所谓新员工，你们部门里还有谁在工作合同签订后仍保持试用期工作状态的？还有谁？请举手。"老总扫视着大家，大家不由自主地都低下了头。

老总的话一下子把大家的心说得透亮，大家的不服气一扫而光。是的，叶萍把每天都当成"试用期"，每天都尽自己最大的努力工作。这个部门经理，也只有她最有资格来当。

不偷懒不懈怠，持之以恒地勤奋工作，这样的员工才有资格得到快速提升，这样的员工才有能力在职场里飞得更高，走得更远……

土豆开花

积雪草

最初的她，像一张白纸一样单纯，没有工作经验，没有职场资历，有的只是初入职场的锐气和满腔热情。大学毕业后，她拿着制作精美的简历以及大学期间发表的文学作品，一路过五关斩六将，顺利地进入这个城市首屈一指的广告公司，应聘广告文案策划，一举成功。

刚到公司时，她被老总安排跟着公司里一个帅哥级人物老邱，其实他还不到三十岁，但大家都喜欢叫他老邱。老邱戴眼镜，喜欢许巍的歌，发型很酷，对她也不错，和颜悦色，但就是不肯教她东西。

午休时，大家在一起闲论公司下一年的计划，他居然支使她去买饮料。他整理文案时，居然支使她去碎纸，收拾乱七八糟的杂物。来公司两个多月，她被他支使得团团转，却一点儿工作经验都没有学到。

她气愤难当，跑去酒吧喝酒，跑去找朋友诉苦，恨不能立刻辞职走人。大家都劝她，忍一忍吧，说不定转过这个坡，前面就柳暗花明。

想想也是，费了很大的劲，好不容易应聘到这家在行业内叫得响的广告公司，怎么能轻易走人？目前，至关重要的，是找到一个平台，把自己的优点和才华发挥出来，在公司里站稳脚跟，再图谋更大的发展。

公司的例会上，老总讲形势讲业务讲危机，讲得唾沫星子乱飞，又给公司各部门一一派了任务，最后终于注意到坐在角落里，像芥草一样不起眼的她。他对老邱说："你带的那个新人怎么样了？能不能独立地完成一个文案？"老邱不看她，几乎是闭着眼睛在说："她进步很快，应该可以的。"老总听了，满意地说："把你手上的案子分一个给她做，我相信我们公司个个都是精英。"在掌声中老邱跟着老总的脚后跟出了小会议室。

她坐在椅子上发呆，鼻尖上冒出虚汗，这个老邱不是瞎说吗？什么进步很快，他压根就没教她什么东西，跟着他两个多月，只学会了一个勤杂工的本事，还有就是，她的锐气几乎被消磨殆尽。

生气归生气，尽管自己没有亲自做过文案，但毕竟有理论知识垫底儿，又看了很多成功的策划案例，所以她还不是十分惧怕的。

和她想象的一样，老邱把手里那个最难做的案子分给了她。听公司里一个老人说，这个案子老邱前后易了几稿，都被客户否定了，所以他现在名正言顺地把手中那个最烫手的山芋丢给她。

客户是一个很挑剔的主儿，提出的要求是，花钱少，效果好。这可难坏了她这个新人，明知是一个烫手的山芋，却没有选择的余地。除了背水一战，把案子做到精致完美，让客户满意，别无选择，因为这关系到她在公司里的去与留。

她研究客户的背景资料、产品的性能比，参阅大量的国内外策划成功的案例，花了三天的时间，写出一个方案，交到老邱的手里。

那天，老邱忙得像一个陀螺，他写的方案又被客户推翻了，心情坏得一塌糊涂。他顶着很酷的发型，心不在焉地扫了一眼她递过去的策划文案，说："做得一般，我再修改下交上去，看看上面的意见再说吧！"

她忐忑不安地等了一段时间，不见有什么反馈，以为这个案子被毙了，她的热情被折磨得一点一点地降至零点，觉得自己也许并不是做广告的材料。

心灰意冷之际，公司的例会上，老总忽然宣布，说老邱的广告文案客户非常认同，创意独具匠心，别具一格，而且那个客户决定跟公司续约。

老邱除了拿到不菲的奖金还被冠上了公司的最佳策划等荣誉。例会上，老邱还讲述了他的创作理念和构思文案的过程，只字没有提到她。

她像吃了一只苍蝇一样难受，冲动地想去找老邱理论，凭什么别人的心血，他眼睛都不眨一下就占为己有？可是冷静下来一想，老邱是个老人，她是个新人，来公司没几天，公司里的人还没认识全，谁会相信她呢？

实在忍不下这口气，而且忍下这口气，就等于纵容和认同老邱的卑劣行为，一个人怎么可以这样不劳而获呢？

思来想去，她把最初的思路和策划初稿复印了两份，一份她给了老邱，如果老邱还不承认这个案子有她的心血的话，她打算再把另外一份交给老总。

其实老邱这个人并不坏，同事谁有了困难，他都热情帮忙，但是不知为什么，对她这个新人却明显地挤兑和疏远。

她把复印件交给老邱时，老邱的眼睛里明显有一丝慌乱，但很快就镇定下来，他想不到这个初入职场的小丫头片子会跟他来这一手。

老邱抬起眼睛，从镜片后面看着她问："这能说明什么？"她淡淡地笑了："这说明不了什么，我还有一份同样的复印件，打算下班后交给老总，你觉得怎么样？"

老邱的口气软了下来："公司里有一条不成文的规矩，新人都要给老人交学费，这很正常，我也是这么过来的。"

"到我这儿，规矩要改改了，我不是韩国流传于坊间的绘本《不想上班》里的土豆，只会隐忍和逆来顺受，就算是一只土豆，我也要争取一个开花的机会。你看是你自己跟老总说呢，还是我跟老总说？"

老邱叹了口气，无可奈何地说："还是我自己去说吧，你去说肯定要砸掉我的饭碗，你这只小土豆要开花，我这只老土豆也不想冬眠。"

那天下班后，老邱请她吃饭，她原本不想去，但是抵不过老邱那双真诚的眼睛。老邱推心置腹地说："看到现在的你，就像看到当初的我，简直是一个翻版，当初我也像你一样，热情，自信，不服输。这件事情我有错在先，我会找领导处理妥当的。"

两只手紧紧地握在了一起，职场上没有永远的敌人，有的只是协作的伙伴。

原本很复杂的事情，想不到这么容易就解决了，而且她和老邱成了同事加好友。老邱很欣赏她的胆识和才气，两个人于是有了惺惺相惜的感觉。

职场上，即便是一只土豆，也要主动争取开花的机会，争取阳光照耀到自己头上的机会，否则就会被埋没。

别把刘三不当皇帝

张颖异

蔡青跳槽后,在新的单位没有通过试用期,就失业了。她在人才市场奔波了两个多月,也没有找到新的工作。

蔡青的心理素质比较好,性格开朗,尽管暂时失业,但是,她依然兴冲冲地在一个周末参加了大学同学的聚会。

大学毕业后,全班有一半的同学留在了上海,这些同学基本上每年聚会一次。

在这次聚会中,蔡青知道大学同学、同寝室好友陆红居然刚刚荣升为一家大型私企的副总经理。大学时候,蔡青曾经很想戴耳环,于是就让陆红陪她去学校附近的小店去打耳洞。担心这家小店技术不好打耳洞会疼,于是,蔡青就鼓动陆红也打耳洞,并且很"热情"地让陆红先打,看到陆红打耳洞疼得龇牙咧嘴的痛苦样子,蔡青取消了打耳洞的计划。那个小店老板的技术确实太差,陆红打过耳洞后,耳朵发炎,祸及半边脸肿得像猪屁股。那几天,陆红气得频频拿眼睛瞪蔡青,觉得中了蔡青的"奸计"……旧事重提,两人都哈哈大笑。

吃饭的时候,大家都交流各自的现状,得知蔡青"在家休整"后,陆红很仗义地说:"这样,你来我们公司上班吧。你有着六年的工作经历,也算经验丰富的老员工了,你的试用期免掉,直接签订正式劳动合同。"

参加同学聚会后,失业在家的蔡青幸运地重新找到了一份很不错的工作。

蔡青在公司行政部当文员，行政部归陆红管理，于是在工作中，两个当初的同窗接触得比较多。

虽然公司上下都尊称陆红为"陆总"，但是，蔡青依然不改口，见了陆红还是直呼其名。陆红也不好意思让她改口，因为担心蔡青在心里觉得她陆红一升职脸就变，不想让蔡青觉得自己挺能"装"。

公司有次开员工会议的时候，陆红讲话，脸绷得很严肃。蔡青想起陆红以前扎耳洞的时候疼得龇牙咧嘴的样子就想乐，现在看到陆红人模狗样地装严肃，她就觉得非常滑稽。

开完会，在会议室外面的走廊上，蔡青笑道："陆红，大学毕业才几年啊，你现在变得这么能装？开会的时候那小脸绷的，真是笑死人！"听了这话，附近的几个员工好奇地朝她们张望，陆红很生气，狠狠地瞪了蔡青一眼。蔡青没有觉得尴尬，她心想：小样儿，当个副总，真是越来越能装了……

一次，因为行政部工作存在一些问题，那天陆红到行政部给全体人员训话，十多分钟过去了，蔡青有些不耐烦。她说："陆红，说几句得了，大家以后注意就行了，别没完没了地给我们上纲上线！"行政部主管都被训得不敢说话，一个普通员工居然这么和副总说话，部门同事都吃惊地看着蔡青，弄不清楚蔡青是什么来头了。但是，大家很快就明白蔡青并没有什么了不起的背景，因为陆红立即声色俱厉地批评了她："整个部门的工作干得一团糟糕，还不让人说了不是？另外，陆红是你叫的吗？不要觉得你和大家不一样，你没有任何特殊！"说完，拂袖而去。大家神色复杂地看着蔡青，蔡青非常尴尬，脸涨得通红。

从此，陆红在公司里很少和蔡青说话，大家都看出副总对蔡青非常"有偏见"。一年的合同期后，行政部七个人，只有蔡青一人被公司拒绝续签合同。并且那几天很少出差的陆红居然故意找个机会出差去了，蔡青明白自己是非走不可了，陆红不会再给她任何的机会。她沮丧地离开了公司……

当年刘邦刚当了皇帝的时候，他小时候的一个伙伴去皇宫找刘邦，想谋取个差使，刘邦很热情地接见了他。这家伙见了刘邦后，居然当着满朝文武大大咧咧地说："刘三（刘邦的小名），听说你当皇帝了？"刘邦虽然心中恼火，但是依然没有发怒。这家伙更加没有规矩，居然走到刘邦面前把刘邦拉下龙椅："刘三，你下来，我坐一下这龙椅！"他觉得刘邦是自己小时候的玩伴，自己坐坐刘邦的"椅子"也没有什么大不了的啊。但是，龙椅是随便坐的吗？这家伙犯了大忌讳，后来被砍了脑袋。他错就错在只把刘邦当成了以前的"刘三"，而忘记人家已经是皇帝了。

职场上，也有很多人找不准自己的位置，上司是自己的同学、同乡或者朋友，就不把人家当领导看待，在单位里屡屡冒犯领导。这样的人，迟早会受到来自上司的打压和惩罚。

职场中，不管你和上司的关系多特别，都应该遵守职场规则，都应该在单位里尊敬你的上司，千万别把好友不当上司。如果不遵守职场礼仪，结局不会美妙……

卫 生 区

向 东

新分配来的大学生吴刚上班第一天,就发现办公室里每个人的办公桌上除了玻璃板是干净的,其他的地方都落满了灰尘。吴刚很奇怪,便到超市买了条毛巾,把每个办公桌都擦得一尘不染。

刘德进来,看到自己的办公桌很干净,一愣,说,好好干,小吴,有前途!

夏红进来,看到自己的办公桌很干净,不由得嫣然一笑,说,小吴真勤快!

孙艳丽进来,看到自己的办公桌很干净,一撇嘴,说,小吴,好人做到底,地板也给拖拖呀。

吴刚低头看看地板,地板确实脏了,一走路就能隐约闻到尘土的气息。

吴刚急忙到卫生间里寻找拖把,把办公室的地板拖了个遍。

吴刚伸了伸腰。伸腰的时候吴刚发现刘德正翻看着昨天的日报,夏红正往杯子里捏茶叶,孙艳丽正在电脑上玩扑克。吴刚看看表,打扫完办公室用了三十分钟。尽管累了点儿,但得到了同事们的表扬,吴刚心里很高兴。

第二天,吴刚又来了个大早,其他同事来到的时候,吴刚已经把桌子抹过,地板也拖完了。拖完地板的吴刚累得满头是汗。

夏红嚼着口香糖,哼着歌走进来。夏红把口香糖"啪"地吐进垃圾篓，皱了皱眉头，拿起了垃圾篓。夏红说，小吴，垃圾篓也该倒了。吴刚龇龇牙，想笑没笑出来。吴刚说，我去倒，我去倒。

吴刚倒垃圾回来看看表，和昨天一样，打扫完卫生，用了半个小时，不过今天又多倒了垃圾，吴刚很有成就感。

第三天上班的时候，下起了毛毛细雨。吴刚想再把桌子擦一遍，然后把地板拖一遍。

刘德进来，收着雨伞说，小吴，今天天气潮，桌子和地板就别再拾掇了，你把楼梯扶手擦一下吧。好好。吴刚说，我这就去。

楼梯扶手有一段时间没有擦了，很脏，几乎每擦一层就得洗一下抹布。吴刚从一层一直擦到十五层，累得气喘吁吁，看看表，用了半个小时。

回到办公室，吴刚揩着头上的汗说，楼道脏极了，有时间我得去打扫一下。刘德把目光从报纸上移到吴刚脸上，急忙说，不，不！楼道不是咱们的卫生区，咱只要每星期擦一下扶手就可以了。吴刚嘴一咧，笑了。夏红、孙艳丽投来赞许的目光。

吴刚很高兴，说，这点儿累算不了什么，这点儿累算不了什么！

过了一段时间，电梯坏了。处长下班的时候，从楼道走，结果踩了谁扔的香蕉皮，差点儿从楼道滚下来。处长很生气，专门召开会议，会议上处长拿出"创建文明卫生先进单位"的文件说，环境卫生是个大问题，以后要把它当作首要的任务来抓。处长说，门前三包，责任到人，制度上墙，重在落实！

处长发火了！刘德赶紧召集办公室里的人开会。科长出国考察了，工作有副科长刘德主持。刘德说，处长这回动真格的了，怎么办？说完，环顾了一下大家。

吴刚也偷偷地看着大家，感觉到了问题的严重性。他看到孙艳丽正看着一本时装杂志，夏红正用剪刀修着指甲。

刘德说，大家说话呀。孙艳丽抬起头，刚想说什么，夏红把剪刀往桌上一撂说，什么破事呀，把原来的卫生值日表拿出来贴上墙，不就得了！

刘德恍然大悟，急忙从抽屉里拿出一张表，说，吴刚，赶紧把它贴墙上。哦，不。刘德说，还需要改一下。刘德笔一勾，就改好了。

吴刚接过一看，上写道：

   刘德 负责楼梯把手卫生
   夏红 负责倒垃圾
   孙艳丽 负责办公桌与地板卫生

在地板卫生那里，刘德副科长画了个勾，旁边加了"吴刚"二字。

吴刚大脑一片空白。他贴上卫生值日表，回到座位上，悄悄地把抹布扔进了垃圾篓。

随和不是随便

张颖异

罗莉是家大型公司的行政部职员，整个行政部九名员工中，罗莉是工作时间最长、资历最深的，已经整整工作了八年，比部门经理的工作资历还多了两年。

罗莉很想和大家搞好团结，于是，她极力地维护好与同事的关系，处处表现得很"随和"。

公司很多同事觉得饭馆的饭菜不卫生，常常自己带午饭，公司很体谅大家，给每个部门都配备了微波炉。罗莉部门的几个同事中午热完饭菜后，就在办公室里吃饭。不等别人的邀请，罗莉喜欢主动品尝人家的饭菜，然后夸奖人家厨艺高。为了显示她的夸奖很真诚，她总是把筷子的头部横放在嘴里吮吸品味别人饭菜的"余香"，然后咂吧嘴感叹人家的饭菜做得好。每天中午都会反复"吮吸筷子"，都会咂吧嘴，都会感叹人家的饭菜好吃。大家觉得她的筷子夹来夹去的，简直就是给人家的饭菜增添"口水"的，饭菜再吃下去就很别扭，有的人甚至觉得"恶心"，饭菜刚吃了两口就出去倒掉不吃了，但是，表面上还是轻描淡写地解释为"不饿，不想吃了"。

有天下午，罗莉出去为公司办事情，突降大雨，正在马路边等公交车的她淋了个"落汤鸡"。办完事情回到公司后，罗莉把自己湿漉漉的外套脱下来，但是，刚淋过雨的她觉得有点儿冷，环顾四周，发现同事小李只穿件短袖衫，外套搭在椅子上。罗莉走过去拿过衣服，说道："小李，我感觉有点儿冷,你的外套我先穿会儿啊!"还没等人家回答,她已经"外套在身"。穿上外套后,罗莉感觉这件薄外套的口袋里好像有什么东西,她说:"小李,你这口袋里没有宝贵的东西吧?我检查下,如果弄丢你的宝贝我可担当不起!"边说边把手放进口袋里检查,完全没有注意到小李那双惊慌的眼睛。

罗莉从小李的外衣口袋里掏出了一个小盒子。罗莉说话的时候,部门有好几个同事都不经意地从工作台前抬起头,这个时候,大家都看到了罗莉的手里居然拿着盒紧急避孕药,这显然是小李紧急避孕用的。小李还没有结婚,正和男朋友热恋着。小李见罗莉把自己的隐私拿出来"示众",羞愤交加,脸立刻通红,其他人也很是反感,觉得罗莉不应该随便动别人的隐私。但是,罗莉感觉良好,觉得自己是与同事"水乳相融"打成一片……

有天中午休息的时候,小王去附近的超市逛去了,快递公司送来了小王的一份快递,罗莉主动帮助签收。小王的工作台紧挨着罗莉的工作台,因为工作上的协作,两人平时在办公室内接触比较多,显得很"亲密"。罗莉为了显示自己随和人缘好,再加上有点儿好奇,于是就把快递拆开了。快递里只是网上购买的两本书而已。小王回来后,看自己的快递被拆了,脸立刻板下来了……

部门经理被老总任命为总经理办公室主任后,罗莉这个资深员工被提拔为部门经理。没有想到,这个任命遭到了部门其他员工的一致抵制,大家都说罗莉是个很让人讨厌的人,根本不具备当部门领导的素质……

老总见罗莉如此不服众、如此没有群众基础,于是只得撤销任命,从外面招聘了行政部经理。

职场中,大家能在一起共事是种缘分,同事间相处确实应该随和,但是,随和不等于随便,那种不顾及别人内心感受的、"不拿自己当外人"的思想和行为都是错误的,都是会引起别人强烈不满的。罗莉在升职中受到部门同事的一致反对,就是因为她平时与同事交往中太随便了,从而引起了大家的强烈反感……

随和不是随便,这是很多职场中人应该牢牢记住的职场信条。

通向未来的梯子

凤 凰

郑小兰高中毕业，因为没考上好的大学，家里生活压力也大，她便开始找工作。郑小兰看到一家公司招文员和库管，便兴奋地跑去应聘。然而，人事主管说她才高中毕业，没有工作经验，当文员不行，当库管也不行。郑小兰一听非常失望，她问人事主管公司还需要招些什么人。人事主管想了想说，现在公司还缺一个打扫办公室的清洁工。郑小兰一听就说，她愿意干。人事主管答应了，让她明天就来上班。

郑小兰一回去就把找到工作的事告诉了几个好朋友，大家一听都替她感到高兴，问她是什么工作。郑小兰说是清洁工，大家一听就叹息，说郑小兰虽然不是大学生，但到底也是一个读了书的高中生，干什么也不能去当清洁工啊。大家都劝郑小兰明天别去上班。郑小兰告诉大家，她当清洁工只是第一步，她要在公司里好好表现自己。她说只要表现好，只要公司有适合她的工作，公司一定会首先考虑她。因为这是一家新开的公司，发展的空间很大。

第二天，郑小兰一早就去公司报到上班。人事主管见到她笑了，说他还以为郑小兰昨天只是随口说说，今天不会来，没想到还真来了。人事主管立即就将她的工作给安排下去了。其实，郑小兰的工作很简单，就是每天下午等大家下班后，把几间办公室打扫干净。平时，如果走廊和楼梯脏了，随便打扫一下就行。这样简单的工作，根本用不了多长时间。郑小兰想，其余的时间，她完全可以用来学习。

人事主管给郑小兰安排好工作后走开了。郑小兰看到走廊和楼梯虽说没有纸屑果皮，但却布满灰尘，于是她拿来湿拖把，轻轻地拖地上的灰尘。她先拖了走廊，接着再拖楼梯。郑小兰见地上一时半会儿干不了，担心别人没注意，匆匆忙忙中会滑倒在地上，便赶紧拿一个干拖把再拖第二遍。这样一来，地不脏了，也不湿了，郑小兰满意地笑了。人事主管和经理见了，都满意地笑了。

　　干完活，郑小兰就到一边的休息室去看书了。看一会儿书，她又出来转转，看看走廊和楼梯是不是脏了，是不是需要打扫。郑小兰想，公司给了她工作的机会，自己的工作这么轻松，她就要干好，不让公司失望。

　　下午，大家下班走了，郑小兰开始打扫办公室，她同早上一样，先用湿拖把拖第一遍，再用干拖把拖第二遍。她一间一间地拖，拖完办公室再拖走廊和楼梯。打扫卫生，她花了半个多小时，额上都冒出了细汗。

　　打扫完卫生，郑小兰可以下班回家了，可是她并没有离开。人事主管因为想看看郑小兰的表现，所以也没有离开。刚才他看到了郑小兰所做的一切，现在见郑小兰还不走，便走过去问她为什么还不回家。

　　郑小兰说："刚刚拖了地，屋里还有湿气，要是现在就关门走人，对电脑不好，再等几分钟，湿气差不多都跑出来了，再关门走也不迟。"人事主管听了笑着说："今天的地不是很脏，你完全可以不用拖，随便打扫一下就行的。为什么还要用湿拖把拖地呢？"郑小兰说："地不是很脏，但也有很多灰尘，要是扫的话，灰尘会飞上桌面，飞进电脑，这样，会把大家的桌面弄脏，对电脑也不好。用湿拖把，灰尘就没法飞起来了。"人事主管听后满意地笑了。

　　第二天一早，郑小兰来得比谁都早，她一来就将每个办公室的门窗都打开。几分钟后，大家陆续来了。大家都很奇怪：门窗怎么都开了？莫非郑小兰打扫完卫生没关门窗就走了？大家赶紧检查自己的东西，还好，什么都没少，虚惊一场。不过，还是有人到经理那儿告了郑小兰的状。

　　经理于是把郑小兰叫了去，这才知道郑小兰提前来将门窗打开了，便问她为什么这么做。郑小兰说："办公室的门窗关了一夜，屋里的空气非常不好，我早几分钟来打开，通通风，等大家来的时候，屋里空气清新，大家的心情就会好起来。心情好起来，工作起来就更有效率了。"经理笑了，是的，关了一夜门窗的办公室的空气是非常不好。

后来，人事主管来经理办公室商量事情，特意将自己亲眼见到郑小兰用湿拖把打扫办公室并等几分钟才关门窗的事告诉了经理。经理听后说："这是一个细心且有爱心的女孩。"

此后的每一天，郑小兰都是早来晚归，都是用湿拖把打扫卫生，都是打扫完了等几分钟再关门窗，都是早来公司打开办公室的门窗。

半个月后的一天，公司将郑小兰调到了仓库，让她先学习一段时间，然后给她转正做库管。郑小兰喜出望外，她没想到公司会突然让她当库管，这是她梦寐以求的事啊！人事主管告诉郑小兰，她之所以能调到仓库，是公司领导通过这半个月的观察，发现她既细心又有爱心，这正是库管所需要的品质，公司相信她能干好这份工作。

一下班，郑小兰就将这个好消息告诉了几个好朋友，大家听后无比感慨。

世上没有卑微的工作，哪怕就是当清洁工打扫卫生，只要带着细心、怀着爱心好好做，一样能引起别人的注意，一样能赢得别人的尊重，一样能成就自己的未来。因为手中的事哪怕再微小，它也是通向未来的梯子。只有做好了梯子的人，才能爬得更高。

老总不是包青天

张颖昇

庄婷是一家公司销售部的员工,她是个"认死理"的人,凡事都要有个"说法",因此,她是公司里最热衷于"讨说法"的员工,并且经常闹到老总那里,要求老总"断案"。

庄婷所在的公司是销售高档办公用品的,她曾经联系过一家大公司,当时打听到这家公司要搬到装修豪华的新办公地址,需要更换大量的办公用品。庄婷连忙前去联系,但是,对方说公司为了节约成本,不准备更换办公用品。庄婷就不再跟踪这个客户了。

没有想到,这家公司的老总后来觉得"买得起好马就应该配得起好鞍",既然公司的办公区装修得很漂亮,再用以前老旧的办公用品就很不协调,于是就决定更换办公用品。这个时候,庄婷的一个同事及时跟进,最终签订了这个三百多万的合同。

庄婷知道这个消息后很是气急败坏,她冲这个同事发起了火:"那个单是我跟踪很久的,那家公司我也拜访过多次,但是,你居然半路里横插一杠子!太没有职场道德了吧?"同事耐心地解释说:"前期你确实和这家公司联系了,这大家都知道的,但是,后来你不是放弃了吗?难道你放弃的生意我还不可以争取吗?你是不是希望这个生意最终落到别的公司手里,心里才平衡?"庄婷不听同事的解释,坚持认为同事窃取了她的功劳,口口声声要讨个说法,部门经理都劝不住。很快,庄婷去老总那里要求老总主持公道。

尽管老总很忙,但是,为了给庄婷一个"说法",也花费了半天的时间调查了解,然后下结论了:"这单生意,庄婷前期主动跟踪,工作是主动的,苦劳是有的。但是,咱们搞销售看的是功劳,你跑一千趟,生意没有谈成,也不会给咱们公司产生效益啊!你放弃了,别的同事开始跟踪,结果成功了,那功劳就算这个同事的。你是有苦劳没有功劳,他是既有苦劳又有功劳。"听老总这么下结论了,庄婷也不好再说什么了。

过了一段,本地的一家公司通知庄婷第二天参加一个投标。与此同时,另外一个同事也接到一个紧急通知,第二天要去武汉参加一家大公司办公用品的采购招标。

庄婷及时通知了销售助理,让销售助理赶紧做标书,看到销售助理马不停蹄地开始制作标书,下班后,庄婷放心地回家了。

但是,去外地参加投标的那个同事并没有回家,而是加班帮助销售助理做标书,当然,做的是他自己需要的标书。忙到凌晨三点,这个同事带着精心制作好的标书乘飞机去武汉投标去了。

加了半夜班的销售助理开始继续做庄婷的标书,因为没有帮手,第二天早上,销售助理才把庄婷的标书做好。

早晨,庄婷来了后,带着标书就直奔投标现场,在出租车内,她查看标书的时候,发现错了很多数据,但是,已经没有时间重新更正、打印了,于是,她直接用笔把这些数字更改过来。

去武汉的那个同事顺利中标,签订了一单五百多万的大合同,庄婷在本地投标却失败了,对方还批评庄婷:"你们的标书做得太粗糙,很多数据还用笔更改,太没有诚心、太不严谨了!我看,你们的办公用品也不会高档到哪儿去,估计也是糊弄人的。"

庄婷把这次投标失败的原因归结到销售助理做标书不负责。销售助理很是委屈:"本来标书要得就太急了,就我一个人,我也不可能忙过来,去武汉投标的那个标书是销售员和我一起做的。如果你那天也在,也给我帮忙,标书肯定会做得比较完美!"庄婷一听就跳脚:"做标书是你的分内之事,我为什么要帮你?不行,你做的糟糕的标书坏了我的投标,得找人评理去!"于是,庄婷又把这件事汇报到老总那儿去了,老总正为一些生意上的事情发愁，听完庄婷的讲述后，他很不耐烦："销售助理又不是超人，人家加班一夜制作两个人的标书，还要人家怎么样？为什么别人可以加班帮忙，你就不可以帮忙？"庄婷灰溜溜地离开了老总的办公室……

因为庄婷频频到老总那儿请老总"断案"，占用了老总很多时间和精力，老总非常生气，后来找个理由把庄婷解雇了。

老总掌管着一个企业的全局，需要操心的事情很多，如果经常打扰老总请老总"断案"，对于经常占用自己时间和精力的"刺头"员工，老总肯定会非常抵触。

职场上，不要频频打搅老总，不要频频占用老总的时间和精力，把老总惹烦了，结果自然不会好。"老总不是包青天"，不会经常给你"断案"，这个道理需要职场中的一些人铭记。

用别人的眼睛看世界

顾晓蕊

小章和小王是大学同学，毕业后分到同一家单位。参加工作后不久，他们到我公司洽谈业务，两人说话诙谐风趣，不时蹦出如珠妙语。望着他们清新纯净的脸庞，星子般灿亮的瞳眸，我不禁感叹年轻真好，生活如画卷般展开，可以尽情涂写精彩。

半年后的一天，又见到小章，他显得心事重重，神情黯然地说："我很怀念在校的那些日子，接触的人都比较单纯，上班后才发现人心有多复杂。"停了一会儿，他又接着说："就说同事老李吧，四十多岁的男人，发苹果他挑鲜亮的，分鱼他选个大的，每次一起出去吃饭，他都把剩下的饭菜打包了，简直就像葛朗台。还有办公室的周姐，平时话特别稠，还爱多管闲事，不愧为'包打听'。再就是那个大刘，是个眼高于顶的家伙，天天捧着本书，谁都懒得搭理。"他满脸的愤愤然，眉心拧成一个结，让我一时竟不知说些什么好。

隔了几天，遇到了小王，问及近况，他爽朗地说："最近一段时间，工作比较繁忙，但同事们相处得不错，干起活来心情很好。"我婉转地说起小章对同事的看法，没想到他淡淡一笑，说："我去过老李家，他上有瘫痪在床的母亲，下有正读高中的儿子，单位分的东西他向来不舍得吃，都给家人补养身体了。周姐的爱人和儿子都在外地，家里经常冷冷清清的，所以她喜欢跟人说话，但她是位热心的大姐，促成了几对好姻缘。大刘他学识广博，对事情有真知灼见，我打心眼里敬佩他。"听了小王的话，我觉得他做人很有品，经过努力会有所作为。

果不其然，两年后，小王被提升为部门经理。他的目光明澈如初，在诗意行走中实现着自身的价值。小章却愁眉不展，唉声叹气，在世俗的裹挟下迷失了方向。其实，人生的种种烦恼，皆因一颗不肯宽恕的心，但人们恰恰忽视了一点，有时第一眼看到的未必是真相。

说到这里，我想起公交车上发生的一幕。秋日的傍晚，我从朋友家出来，坐公交车返回。到了一站，上来几个人。司机喊道："后门上车的乘客，请自觉到前面投币。"无人应答，司机生气地把车停在那里。大家怨声四起，将目光聚到一个年轻人身上，他浑然不觉，呆呆地望向窗外。有位老人走上前，怒斥道："不就一块钱嘛，不要心存侥幸，净耽误大家的时间。"年轻人这才缓过神来，愧疚地说："我妈妈前些天去世了，我最近心情不好，做事总是恍恍惚惚的。"老人愣了一下，声音软和下来，说："孩子，想开些，后面的路还长着呢。"年轻人投了币，车继续前行。一场风波就这样化解了，我的心里漾起淡淡的感动。

当我们沉浸在"小我"的世界里时，往往囿于一己的利益，只看到事情的表象。如果换一个角度思考，用别人的眼睛看世界，才能感知他人内心的悲喜，才能以宽容的心去看待一切。每个人都各有优缺点，很难用好或坏去评价一个人，我们都渴望得到别人的理解，也应该尽量地去理解他人。与其用抱怨编织一张心网，不如用善良积极的心态去面对，要知道你有怎样的生活态度，就将拥有怎样的人生风景。

沉默的老鹰才能飞得更高

张颖异

陈静与雷萍是同时进入这家公司的女员工。两人的工作能力相当,性格差别却非常大,陈静不爱说话,即使说话的时候,也很谨慎。大家觉得她性格很文静,没有人觉得她不好相处。

雷萍性格活跃,更是有名的话痨,一上班就讲头天晚上看的电视内容,中午吃饭的时候,就向大家讲述看到的一些网络新闻,或者神神秘秘地告诉大家公司内谁谁谁和某某某有情况,这个"有情况"是指没有结婚的异性同事之间的恋爱关系或者个别已婚异性同事之间的情人关系。当然,这只是她个人的判断,她不是火眼金睛,有判断失误的时候,如果人家不是情人关系而被传来传去,当事人就很恼火,就找她这个谣言的源头。结果,她就要低头哈腰地道歉,弄得挺尴尬的。

因为雷萍爱说爱讲,公司一些机密的事情泄露后,领导就怀疑是雷萍泄的密,当然,领导没有怀疑她对公司的忠诚,只是怀疑她是在无意识中泄露出去的。既然在公司里这么能侃,那么,在外面肯定更能侃啊。侃来侃去的,是不是就在无意中把公司的一些情况侃出去了?雷萍一听就急了,赶紧指天画地地发誓,就差拿祖宗八辈证明自己的清白了,但是,领导依然半信半疑。领导并不是怀疑她的发誓,而是认为她每天能说几箩筐的话,说完了自己也忘了,虽然她觉得自己委屈,其实,未必就是委屈。

于是,以后公司再有秘密的事情,例如新产品的研发、产品市场推广的营销计划等等,都避开雷萍,大家都知道她是"危险人物",领导对她不信任，弄得她在公司的地位一下子下降了很多。她自己也很郁闷，觉得自己在公司里受了歧视。

郁闷归郁闷，几天后，她这话痨的性格继续发扬，继续像小麻雀一样在公司里叽叽喳喳。有天她请了病假，大家非常不适应，觉得公司里一下子冷清了很多。

因为雷萍的话痨实在难愈，领导一般不把重要的事情交给她办，就是怕她泄密。

回头再说陈静，由于工作认真不太爱说话，把别人闲聊的时间用在认真工作上，她的工作成绩非常出色。于是，老总觉得她既有能力又稳重，进公司两年后，让她当了人力资源部经理。

在她的带领下，工作的时候，大家都很认真，人事工作做得非常好。两年后，老总提拔她当副总，主管公司的人事和行政。老总觉得她有能力，做事情又很沉稳，相信她能够担当大任。

陈静当了副总不久，行政部经理建议："把雷萍解雇吧，整天叽叽喳喳八卦来八卦去的，影响整个部门的工作，很多时候，还无意中破坏了部门同事之间的关系……"陈静一听，脑袋有些大，不管怎么说，雷萍也是来公司六年的老员工了，解雇太不近情理了。这样吧，把她调到公司仓库当管理员去……

于是，雷萍去库房当了管理员，因为部门工作性质的不同，她的工资调到管理员的标准，比以前低了一千多元。雷萍为了工资的降低唠叨了好几天，但是，没人感兴趣，同事风闻她是八卦分子加唠叨精，工作的时候，都离她远远的，省得惹上是非……

自然界中，老鹰利用大好时光练习飞行，所以越飞越高；麻雀整日叽叽喳喳，不好好练习飞行，于是根本飞不高。

沉默的老鹰比叽叽喳喳的麻雀飞得高，那是因为老鹰把时间和精力用在练习飞行技术上了。职场上，言语谨慎的人、沉默的人把精力和时间用在工作上，自然工作就出成绩；因为慎言，就很少"祸从口出"，很少得罪人，很少受领导的猜忌和提防。那种喜欢八卦的人，在无聊的侃大山中浪费了很多的时间和精力，另外，因为"言多"就会有很多次的"必失"，于是就会得罪人，人际关系就会紧张，就会受到领导的冷落。

　　沉默的老鹰才能飞得更高，这是每个职场中人特别是刚入职场的新人应该牢记的法则。

请你做好最后一天

傅友福

那一年，我力挫群雄，以绝对优势应聘到一家台资公司当人事助理。一开始，我便全身心投入到工作中去，而且自我感觉良好。可是没几天，这种新鲜的喜悦之情便荡然无存了。我不时有逃离监狱又进牢房的感觉；时间太紧，事务繁忙，没有一点自由空间，公司规矩又多。以前在港商公司懒散惯了，一下子无法适应这种环境。更要命的是，公司有三个经理，每件事都要向他们一一汇报，否则，另一个经理问起来，一定有你好受的。

就在这个节骨眼上，我犯了一个错误。台商协会通知总经理下午两点开会，当时总经理不在办公室，我便向一个经理做了汇报。也许那经理是事不关己、高高挂起的心态，没有转告总经理，结果总经理没有接到开会的通知。第二天早上，总经理对我吹胡子瞪眼睛，狠狠责备了我：这点儿小事也做不好？

我何曾受过这等窝囊气？咱惹不起还躲得起呢。我拉开抽屉，拿出了辞职书，龙飞凤舞地写，准备送给总经理。妈的，老子不干了！

总管刘生拦住了我，并拿走我的辞职书，锁进他的抽屉里。因当时他是我的顶头上司，我也不好再说什么。

刘生抽了一根烟，眯起眼睛，意味深长地对我说：傅生，我知道你是能胜任这份工作的，也许他们错怪了你，你可以走人，找工作还不容易？但你不可以现在就走，你要是现在就走的话，那不是证明了你没有工作能力，是因为做不好让别人炒了鱿鱼吗？我跟你说，失去一份工作并不可怕，可怕的是好好地又背上一个不能胜任的罪名。不如做好最后一天吧，让他们满意了你再走。那时候你走是你炒了他们，而不是他们炒了你，别人也会说你有骨气。你说呢？

我细想一下，还真是那么回事，便听从了刘生的劝告，忍住心中的愤懑，决心做好最后一天再走。

可是，第二天，我又出了个差错，把经理要批阅的文件送到总经理的案上。经理说我做事不细心，马大哈。

第三天，一份发给台北的传真打错了一个字，另一个经理说我太马虎，那个字要是款项的数字，不就惨了？重打！

第四天，经理要我通知各部门主管到办公室开会，我又把五金部的主管给通知漏了，总经理毫不客气地数落我一番。我清楚地记得，那是第十二天，我早早就做好了准备，当天的工作有条不紊地进行着。那天，总经理也好，经理也好，他们交代的事情我都一一不漏地按时完成。临下班时，一切总算平安无事了。正在这个时候，总经理把我叫到办公室，笑着对我说："做得不错嘛！年轻人就要这样，迅速改正错误，适应新的工作环境。其实呢，你很有悟性，照这样下去，前途无量啊！"无量个屁！有你这句话，我就可以脱离苦海了。

下班后，我找到了刘生，告诉他我已做好了最后一天，总经理还夸了我。刘生听完我的话，依然眯起眼睛说，你想要回那张辞职书吗？我笑着点点头。他也笑了，笑得有点儿狡猾：你能做好这一天，就不能再做好下一天，再下一天，再下下一天吗？你已经能胜任这份工作了，干吗还要辞职？有病啊……

我又听从了刘生的话，终于没有辞职，每一天都被我当成是最后一天，做得好好的。如今，我还在这家台资公司做，而且在刘生走后，升任为行政主任，工作也越来越顺心了。

后来我仔细一想，恍然大悟：我上刘生的"当"了！能做好最后一天，为什么还要走？把每一天当成你在这个单位的最后一天，并把这一天做好，你就不会觉得他们在故意刁难你了。同时要意识到自己不足的地方，而努力改进。当这一切都不复存在时，你已经是个充满自信的人，这样,你还辞职干吗?

　　朋友们,当你面对一个新的工作单位、新的工作环境,如果你因不满要走人时,请你记住:做好最后这一天再走也不迟。

小病号不要送到大病房

张颖昇

赵菲是家公司的策划部经理,作为部门经理,很多时候,她需要独当一面为老总分忧,但是,为了职场上"不犯错误",她总是事事都向老总请示汇报,请老总定夺。

今年三八妇女节那天,公司为了丰富员工的业余文化生活,组织了一场以女员工为主的联欢会。为了鼓励女员工积极踊跃地参加,公司出钱给参加联欢会的女员工每人定做一套西服,算是参加大合唱的演出服,演出结束,这些服装就送给个人当作奖励。

对于服装的颜色,女员工们的意见不统一:有的人说深灰色,有的人说黑色,说这两种颜色的人都希望西服的颜色能庄重一些,以后既能当上班的工服又能在其他重要场合下穿;但是,一些人主张选红色的,说是很喜庆,妇女节是女同志的节日,大家就应该穿喜庆些。当然,还有少数人建议的是其他的颜色。本来可以举手表决,然后少数服从多数就行了,但是,为了"稳妥",赵菲把大家的建议整理起来,然后向老总汇报,请老总定夺。老总觉得每个人的建议都有一定的道理,在那翻来覆去地琢磨,琢磨了半天,老总大手一挥:"做成深灰色的,穿起来端庄大方!"于是,赵菲就按照老总的指示定做了衣服,一些人见自己的建议没被采纳,就在单位发牢骚。赵菲说:"别发牢骚了,这颜色是老总决定的。"大家才不吭声了。

为了配合公司一款产品的上市,公司策划了一次媒体发布会,具体由策划部负责实施。

公司派了宝马和奔驰各一辆前去机场接媒体的记者。但是，在去的路上，宝马车司机违章，在抢道的时候和一辆公交车发生了碰撞，虽然没有大问题，但是，宝马车的车头瘪了一块。为了维护公司形象，这辆车显然是不能去机场接客人了，司机给赵菲打电话解释情况，并主动提供了租车公司的电话，建议赵菲租辆高档车救急。

赵菲赶紧打电话向老总汇报这个情况，老总此时正和先期到达的一些同行业公司的老总以及媒体记者愉快交流，因为大家说话的声音比较大，老总没有听到自己的手机声。赵菲反复拨打后，见老总不接电话，于是，她就给一个副总打电话，让副总通知老总接电话。见副总专门走到跟前提醒自己接电话，老总的心一沉，不知道发生了多严重的事情。后来知道是赵菲请示要不要租辆车，老总非常生气："这点事情还需要问我啊？不是很明显嘛！必须租辆车，要不然，怎么接人？"说完，老总气呼呼地挂了电话，他觉得这个赵菲什么小事都向自己汇报，简直就是"小病号往大病房推"，为的就是逃避责任！

时间久了，老总被赵菲"请示"得烦不胜烦，一气之下就撤了赵菲的职务，提拔了一个有主见、敢担当的员工当了策划部经理。

职场上，部门经理是老总手下独当一面的大将，是为老总分担工作压力的。但是，一些部门经理（主管）为了自己少犯错误或者不犯错误，再小的事情也向老总汇报，请老总决定，以逃避万一事情办砸后的责任。这样不敢担当、没有责任心的员工，老总是不会重用的。因此，职场中切忌：千万不要把"小病号送进大病房"，请老总亲自"治疗"。

你是职场垃圾桶吗

汤小小

王倩大学毕业后，进入一家公司行政部做助理，刚开始，她兢兢业业，勤奋好学，总是第一个上班，最后一个下班。很快她就发现，自己虽然遵规守纪，却很"吃不开"，同事们当面表扬她，转过身就骂她傻帽、爱表现，领导也捏住了她"听话"的弱点，老是给她额外派活儿不说，要求还特严格，一点儿不对就挨训。

难道，这就是传说中的"欺生"？痛定思痛，王倩决定赶紧脱掉"新人"的帽子，向老员工的队伍迈进。

想做老员工，说话做事的方式就要向老员工看齐。通过一段时间的观察，王倩发现，老员工有以下几个特点：

第一个就是上班不积极，下班比谁都跑得快。这个一学就会，王倩也开始姗姗来迟，总是踩着点打卡，有几次都是早会开到一半儿，她在领导不满的目光里满面通红地溜到自己的座位上去。下班后，即使手头的工作做到一半，她也立即关掉电脑，拎起包就往外走。

第二个就是斤斤计较。以前，办公室里的卫生都是王倩一个人做，其他老员工抱着杯子无动于衷，还不停地指手画脚。王倩一打听，其实在她没来之前，卫生是大家轮流做的，一人一天，谁都不会多干，谁也别想偷懒。王倩不想再做受气包，当天就打了一个值日表贴在门上，她只做一天，其他时间，就算垃圾成堆也坚决不管。

还有一个就是六亲不认。上一秒好得像闺蜜，下一秒为工作的事就可以吵得面红耳赤，顶撞领导的事也时常发生。虽然王倩一直希望和同事搞好关系，但大环境如此，她也觉得没有做好人的必要，从那以后，也常常为别人动了她的文件，别人提供的数据不准确这类小事出言不逊，得罪了很多人。有一次，领导临时给她指派个活儿，她居然想都没想就说："这个不在我的职责范围内。"领导当时就拉下了脸。

王倩越来越像个老员工了，再也没有人背后骂她傻帽，也没有人吩咐她做这做那了，工作一下子轻松了很多。她很享受现在的状态，做老员工，真的很惬意。

就在王倩为自己已经成为老员工而洋洋得意时，一纸调令摆到了她面前，理由是，她无法胜任这份工作。如果她接受新的岗位，就立即去报到，否则，就只有走人。

新岗位是做车间普工，王倩当然不愿意，她找到领导，质问自己哪里做得不好。领导毫不客气地说："迟到早退，斤斤计较，和同事闹得鸡飞狗跳，领导安排工作不服从。请问，这样的员工，是合格的吗？"

王倩不服，振振有词地辩解："那些老员工都这样啊，为什么偏偏拿我开刀？"

领导摇了摇头，说："你只学别人的缺点，怎么不学别人的特长？那些老员工都经验丰富，工作效率很高，掌握着部门里的核心技术。你告诉我，你有什么？"

王倩哑口无言，她发现自己就像个垃圾桶，不停地把别人的恶习装进去，到最后，浑身散发恶臭，人人都避而远之。

职场新人有很多要学的东西，但千万记得只学好不学坏，别把自己变成一个只装脏物的垃圾桶。如果你这只垃圾桶是金子做的，别人还可能勉强留着，如果只是个普通的塑料桶，当然会被毫不留情地一脚踢开。

好马别卖个驴价钱

张颖异

吕洁一直觉得自己在职场上不得志,常常感叹自己简直就是多灾多难。其实,吕洁这么有怨气也非常正常,大学毕业五年,先后换过三个公司,工作很敬业,业绩很优异,但是,总是得不到提拔。得不到提拔重用也就罢了,还在职场上老受人打击。既然在小人堆里混不下去,那就换地方呗,目前的工作就是她的第四份工作,但是,干得还是非常窝火。她不明白,这些同事怎么像和她有仇一般,处处与她作对?

就在昨天,吕洁就连续和两个人吵架,一个是自己的顶头上司——她所在的策划部的部门经理。部门经理喜欢搞形式主义,喜欢让自己部门的员工写工作总结,每个星期一的大早晨,都得交上个星期的工作总结。工作干多少,干的效果,都在那放着呢,还有必要写工作周报吗?累了一个星期了,何必还让下属做无用功?她一怒之下,连续三个星期交的工作总结都是一样的。部门经理提醒她:"你把工作报告交重复了。"她立刻愤怒地说:"没有交错,因为我做的是同样的工作!所以,我交的周报相同也是正常。"大家都很讨厌写周报,但是,只是心里有意见,还没有人向部门经理流露出抵触情绪,她的回答惹得部门的其他同事吃吃发笑或暗暗叫好,弄得部门经理非常尴尬,也非常恼怒。

吕洁做出了一个很好的策划方案,即将执行。昨天下午,部门一个同事在和同行公司的一个熟人电话聊天中,无意中泄露出去一部分策划方案的内容。吕洁非常愤怒,指着同事的鼻子说:"我不怕对手是狼,我害怕队友是猪。"这明显地是指责这个同事很愚蠢。本来这个同事对于无意中泄露部分策划内容很是内疚，听她这么说，逆反心理一下子上来了："你一辈子能保证自己不犯错误吗？如果你犯错误，是不是意味着你自己变成了猪？"本来吕洁还很有理，但是，她那么怒斥人，大家就觉得她说话非常过分，咄咄逼人！于是，对她报以冷眼。

吕洁觉得这些人真是愚昧，没有是非观念，明明是对方做错了事情，大家居然还从道义上支持此人。与这样的团队在一起工作，真是自己的耻辱！于是，她决定再次辞职。

当吕洁把辞职的打算告诉父亲的时候，一向宠爱她的父亲很恼火，一脸严肃地问她到底为什么又要辞职。她就气愤地把昨天发生的两起不愉快的事情告诉了父亲，并且愤怒地说："这样的事情经常在单位发生，我简直郁闷坏了，我要离开这个鬼地方！"父亲很生气，决定坚决阻止任性的女儿："你知道你犯了什么错吗？好马卖个驴价钱——坏就坏在嘴上！"见女儿一脸迷茫地看着自己，父亲叹息说："这是句老话，意思是好马如果嘴巴长得像驴，那么，就只能按照驴子的价格卖掉，因为大家辨认马和驴的区别，非常明显的特征就是马和驴的嘴巴长得不一样。这句话经常比喻人在语言交流方面有严重缺陷，得罪人多多。你在职场上虽然业绩好，虽然很优秀，却让大家很讨厌，原本该是'好马'的待遇，结果在职场上只落了个'驴'的待遇！"

"好马卖了个驴价钱"，话粗理不粗啊！自己就是因为管不好自己的嘴巴，在职场上经常顶撞这个讽刺那个的，得罪人多多，最终使得自己在职场上很不得志。

这么反省着自己，吕洁感觉脸上发烫。她决定不辞职了，从今以后，一定注意和同事的相处，一定注意说话的方式，不要再那么给人难堪了，一定争取让自己这匹好马在职场上能"卖"出好马的价钱……

都是因为职业好

厉周吉

在夏威夷一座豪华国际酒店的大厅里，几位美女帅哥悠闲地斜倚在沙发上，随意地聊着天。

一位三十多岁的中年男子说："不愧是著名的国际酒店，住在这里实在是舒服！"

一位漂亮的金发美女说："舒服不假，花钱也不少呀！这可不是一般人享受得起的！您倘若不是大款，也是大权在握的政要吧！"

中年男子爽朗地笑了起来："我既不是大款，也不是政要！"

"那你怎么消费得起？"美女疑惑地问。

"这都是因为我的职业好呀！我是豪华酒店试睡员，我试睡豪华酒店不但不用花一分钱，而且还能挣差旅费呢！这次，我来这儿试睡，是帮某酒店找差距的。"

"你这职业真是不错！不过比我的职业似乎还差了点儿呀！我不但在酒店里不用花钱，而且一路游山玩水、吃喝玩乐都不用花钱。"金发美女甩了甩漂亮的秀发说。

"想不到还有比我的职业更幸福的职业。说说看，你从事的是什么职业？"男子问。

"我是旅游规划师呀！为了完成对我国某海岛的旅游规划，这几个月我去过爱琴海、威尼斯、普吉岛等地，按计划，我还要考察好多地方呢！"美女说这话时，脸上溢满了幸福。

"真是个美差,我简直有点儿嫉妒你的职业了!"另一位金发美女说。

"别笑话我们了,你怎么会嫉妒我们呢?你那么有钱,才让人嫉妒呢!"金发美女说。

"我哪里有钱呢?"另一位美女说。

"你以为我看不出来呀!你哪次回来,不是像买菜一样带回很多时尚奢侈品?没有钱,能买得起?"金发美女一边说,一边朝周围看了看,"不过你放心,酒店里很安全,不会有小偷。"

那位美女淡淡地笑了笑说:"既然你们都在晒幸福,我也晒一下吧!我喜欢购物,每次上街,看到自己喜欢的东西,总是控制不住自己的购买欲望。以前很长一段时间,我的钱一直不够用。现在这个问题终于解决了,我一年四季都在世界各地购买奢侈品,并且我的钱永远也花不完!"

"那你一定是嫁了个超级富翁吧!"一位很少说话的黑发美女说。

"嫁个富翁,我才不喜欢呢!这都是因为我的职业好呀,我的职业是时尚买手,我的主要工作就是时刻关注着时尚信息,并随时到各地去购买。可以这样说,如果不在家,我一般在巴黎或者米兰;如果不在那里,我一般在去那里的路上。这次来这里,是为了买点儿土特产。"

这位美女说完,周围的人啧啧称奇,羡慕无比。

"有人晒,就有人伤。我们都在这儿晒幸福,没伤着你吧?"那位中年男子看了一眼黑发美女,非常有修养地说。

"哪里能伤到我呢?你们的职业固然很好,但是都必须做事才会有收入呀,再说,每天做同样的事,能不烦吗?与你们相比,我才是最幸福的。我的收入也许比你们低,可是我什么事都不用做,或者说,我每天愿意做什么就做什么。这不,我在本国待腻了,来这儿度假来了。"

"世上还有这么好的职业,你不会骗我们吧?说说看,你这是什么工作?"周围的人异口同声地说。

黑发女子朝游人如织的银色沙滩望了一眼,然后挎上爱马仕皮包,慢慢地从座位上站起来,一脸得瑟地说:"吃空饷呀!"

"吃空饷是什么工作呀?"那个男子急忙问道。

"没听说吧,这个我可不能跟你解释!"说完,黑发女子微微一笑,就迈着节奏感极强的步子朝楼上走去。

其他几个人也都从未听说"吃空饷"的事，于是充满疑惑地研究起来。可是研究了半天也没研究出个眉目。

他们正讨论间，忽然看见那个黑发女子满面愁容地从楼上跑了下来，他们几个人急忙问发生了什么事。黑发女子一把鼻涕一把泪地说："别问了，我丈夫出大事了，我得抓紧时间赶回国内，看看能不能帮点儿忙……"

职场卷

第五辑

紧闭的门儿没上闩

请对手吃一块狼肉

谢素军

托比·劳尔丹跟我说,公司已到了生死存亡的时刻,叫我这个老朋友帮忙做谈判翻译,我当然义不容辞。本以为地点会选在意大利最豪华的酒店,然后用最诱人的方式搞定对手,却没想到托比·劳尔丹,这位猎手起家的商界枭雄,竟然随意地把客人带到一家所谓的风格店。

没有宽敞的包厢,没有醉人的美女,客人从土耳其远道而来,我知道他们一定很饿,但该死的店老板半天了还没动静,要不是自己只是个陪客,我一定踢凳子走人了。什么风格?分明就是故弄玄虚!我向托比·劳尔丹使了个眼色,可他却只顾着对客人讲年轻时那些老掉牙的狩猎故事,我也只好尴尬地跟着翻译。

当店老板连声说对不起,说终于搞定时,我真的是大跌眼镜,整个圆桌上只有一口大铁锅,里面热气腾腾的竟是一只大狼腿。这菜我不知道怎么翻译,正想问托比·劳尔丹,他却摆了摆手,说先别吃,自己还有最后一个故事。

看着客人礼貌地放下刀叉,我觉得自己的脸像火烧一样,极其不安地等着托比·劳尔丹继续他的独角戏。

与托比·劳尔丹十几年的交情了,那天我竟然听到了他的一个新故事。他问:"你们知道我们公司为什么以狼为文化吗?因为我要纪念二十年前的一场战役。那个时候,"托比·劳尔丹说,"我养了两只猎狗,它们整天跟我出没在阿尔卑斯山南脉,那里有狡猾的雪狼,我发誓要猎取一只。"

听托比·劳尔丹这么一说，客人突然来了精神，问结果如何。托比·劳尔丹淡淡一笑，说："没成功，但又很成功。"

这话是什么意思？托比·劳尔丹不待我们询问，又开始说了："当我的两只猎狗发现那只雪狼的踪迹之后，我们一直紧追不舍，而且，那雪狼还被咬伤了。"

我知道，阿尔卑斯山常年积雪，如果被咬伤了，一只雪狼是很难活下去的，这么说，之后一定发生了奇怪的事情。果然，托比·劳尔丹顿了一下，说："我们在一个山坳追上了那只狼，就在我的两只猎狗准备发起进攻时，那雪狼竟然在自己前腿上咬下一块肉，血淋淋地甩向左边的猎狗。你们知道吗？左边的猎狗矫捷地咬住了那块飞来的美食，它大概是太累了，竟然舍不得放下，而就在一刹那，雪狼一跃而起，咬住了右边猎狗的脖子，它本可以吸上一点儿鲜血的，但它没有。我的猎狗一倒下，它便瘸着腿往山谷飞跑而去。"

桌面上的大铁锅传来阵阵肉香，但我们全然不为所动，只等着托比·劳尔丹讲故事的结局。

托比·劳尔丹却突然不讲了，亲自给几位客人切肉，说："今天特意请各位吃狼腿，我想，你们一定喜欢。"

后来我才知道，托比·劳尔丹给客人的狼肉的确好吃，因为那是整整一块阿拉伯市场。托比·劳尔丹很直白地说："我知道，你们还有一个伙伴，而且我也非常清楚，现在主动权在你们手里，但我相信我的公司不会倒下，因为现在，我正式把阿拉伯市场让给贵公司。"

谈判异常成功，因为阿拉伯市场是托比·劳尔丹的一块肉，太肥美了，如果对方不要，托比·劳尔丹说得很坦白，那他就会找对方的另一个伙伴，他相信对方想拒绝都拒绝不了。等客人走后，我问托比·劳尔丹："这次付出的代价太大了吧？"没想到托比·劳尔丹听后哈哈大笑，说："你忘了我讲的故事了吗？那只雪狼虽然丢了一块肉，却咬死了另外一只猎狗，而且如果不是我放了两枪，我想它是不会逃跑的。"

我点点头。没错，托比·劳尔丹就是一只狼，而他的对手后面并没有站着会放枪的猎人。

成败关键

黄 胜

一家大企业高薪招聘高管，经过苛刻的选拔，四名幸运儿进入最后的决选。

决选由公司老总亲自把关，他说：你们的才学、能力难分伯仲，但作为高层管理人员，除了要有职业能力、团队精神，还必须具备充沛的体力，才能应对公司繁重的工作。所以，今天要考的是你们的身体素质。

随后，他将候选者带到郊外一个户外运动场的专用赛道前，宣布规则：你们沿赛道前进，想方设法过关，最先到达终点的，就是胜利者。

比赛开始，四人奋力争先。

经第一关"过独木桥"和第二关"穿越树林"后，四号候选者开始领先。

第三关是攀崖。四号借助从崖顶垂下来的一根绳索，顺利登顶成功。而后，他将绳索照原样垂下去，却故意没垂到底，这样，后面的人想要拿到绳子攀崖，势必要费一番工夫。

随后，他来到最后一关前。没想到，这最后一关居然还是攀崖。不过，这是一面三米多高的垂直峭壁，不能借助其他工具，唯一的办法就是助跑到崖下，然后跃起用手抓住崖顶边沿，靠臂力将身体拉上去。显然，这需要极好的身体素质。

四号尝试几次失败后，被困在了崖下。不久，二号气喘吁吁地赶到，同样束手无策。

过了很久，一号和三号才几乎同时赶到了。

一号和三号几番尝试失败后，一号靠着崖壁蹲下身子，回头对三号说："还是像上一关一样，你踩着我的肩膀先上。"显然，上一关两人为了拿到没有垂到崖底的绳索就这样合作过。

崖高三米多点，踩着另一个人的肩膀，上崖并不是太难。可是，这是最后一关啊，他这样做，就是把机会拱手送给了三号。

三号当然不会错过机会，踩着一号的肩膀顺利上了峭壁。四号忍不住向崖顶的老总抗议："他这是违规！"

老总摇头："人不是工具，而且一号是自愿的。我问你，你能像他这样做吗？"

四号脸一红，闭上了嘴巴。

三号站在崖顶，距离老总只有一步之遥，距离成功可谓近在咫尺，他却没有急于去握老总的手，而是身子一矮，突然俯身趴在了崖顶之上，双臂尽量伸到崖下，冲一号说："你尽力跳，我会拉住你的。"

有人在上面接应，上崖自然就容易多了。一号助跑跃起后，顺利抓住三号的手，被三号拉上了峭壁。

两人一左一右，同时站在老总面前，都伸出了手——现在，老总握住谁的手，谁就是胜利者。

老总微微颔首，说："我们公司最需要的，并不是体力最好的人，而是最有协作精神的人。一个团队，无论人员多么优秀，如果没有团结互助，没有无私协作，根本就不可能成功！"

说到这里，他的脸上浮出微笑："所以，今天其实考的就是你们有没有协作精神——这才是决定你们成败的关键！"

说完，他伸出两只手，同时握住了伸过来的手掌。

生命的撞音

孙瑞林

二叔是家族里唯一参加过唐山大地震救助工作的人,他给我讲了一个他亲身经历的故事。

当年,有个年轻人叫刘靖宇,在水泥厂上班,是个不折不扣的坏种,上班吊儿郎当不说,还专门拣老实人捏。而厂里最老实的就要属王国华了,他工作勤勤恳恳,话不多说,是个闷葫芦。一开会,领导准保表扬王国华,批评刘靖宇。因此刘靖宇对王国华恨之入骨,经常想方设法地欺负他,比如给他的自行车放气啊,偷偷摸摸往他家扔砖头啊。王国华知道是刘靖宇干的,可他敢怒不敢言,像刘靖宇这种泼皮,就连领导都怵他三分,何况自己?没法子,平时只好躲着他走,尽量离他远点儿。

这天,刘靖宇又因为迟到受到领导批评,还扣发了当月奖金,王国华却拿了当月的全勤奖。下班后,刘靖宇坐在家里喝闷酒,越想越憋屈,便想到了王国华这个软柿子:对,得想法子整治他一下,出出胸中这口恶气。

当时青工住的都是单身筒子楼,王国华正好住在刘靖宇的楼上。刘靖宇瞟了一眼天花板,有了主意。他抄起地上的拖把,冲着楼顶,"咚咚咚"就是几下。刘靖宇知道,王国华有失眠的毛病,最怕响动。今天如果他下来质问,自己就是没茬,也要找个茬,跟他干一场,最好吵得他一宿不睡,让他明天上班迟到,下个月的全勤奖也黄了。

可敲打了老半天,楼上没有反应,刘靖宇铆足了劲,又"咚咚咚"狠戳了一阵子，上面还是没有动静。刘靖宇心想，我就不信你能憋得住，于是每隔一段时间，刘靖宇就"咚咚咚"地来几下，一直到十二点多，楼上还没动静。刘靖宇也累了，借着酒劲，昏沉沉地睡着了。

就在这天的凌晨3时42分53.8秒，唐山爆发了那场大地震。当刘靖宇醒来时，发现自己腰部以下，已被厚厚的楼板压住了，想动，那是万难。几十米厚的楼板下，死一样的寂静，呼救无济于事，伤口正在滴血，生命就在这一点一滴中流逝……刘靖宇本能地意识到，自己完了、没救了，对死亡的恐惧笼罩了他的整个心灵。

就在这时，突然，从刘靖宇上面的楼板上，传来了"咚咚"两声，刘靖宇赶紧用力敲着头上的楼板，"咚咚"回应着。上面又传来"咚咚、咚咚"的响动。是王国华，他还活着！他在跟自己打招呼！在这样的时刻，这一点点声音对于近乎绝望的刘靖宇来说，是多么可贵啊！

声音就这样通过楼板传递着。

敲着敲着，刘靖宇的心情渐渐平静下来，他想起了很多往事，开始反省自己一生的所作所为。刘靖宇觉得，自己最对不起的就是楼上的王国华，他是个好人，就因为他比自己好，自己就那样对他，是嫉妒蒙住了自己的双眼。在这危难的时候，唯一能给自己一点生的希望的，却是这个自己最对不住的人。

每敲一次，刘靖宇就想起自己对王国华做过的一件坏事。等他把对不住王国华的事都想完，声音还在传递着，楼上敲几下，楼下便回应几下；楼下敲几下，楼上又传来几下……

刘靖宇暗暗发誓，如果自己能活着出去，一定要对王国华说一声"对不起"，一定要改过自新。于是，刘靖宇尽量使自己的头脑保持清醒，慢慢地，在他心中只剩下了一个信念，一定要留着一口气见到王国华，只为了那声"对不起"。他默默叨念着："王国华啊王国华，你我都要挺住啊！"

三天后，楼上的声音渐渐少了，刘靖宇拼命地敲，使劲地喊："王国华，你不能死啊，我还没对你说对不起呢！"可过了不久，索性连一声回应也没了。没有了这"咚咚"声，刘靖宇感到了死亡的临近，他用尽力气猛敲了一阵后，闭上了眼睛，静静地等着死亡的来临。没有了求生信念的支持，刘靖宇很快变得意识模糊起来。

不知过了多久，救援的人终于来了，随着上面的楼板被吊起，刘靖宇昏昏沉沉地意识到，自己是在一个灯火通明的夜晚被救起的。当他再次清醒过来时，发现自己已被安排在临时医院的一个单间里，这在当时可是一种高规格的待遇。他清醒后问的第一句话就是："王国华老哥怎么样了？"护士冷冷地说："他在别处。"然后，再也不回答他的任何问题。

几天后，一个干部模样的人来到刘靖宇的病床前，他审视了刘靖宇一会儿，终于沉着脸开口了："你到底做了什么坏事，老实交代！"刘靖宇愣了一下，一一说出了自己过去的种种劣迹，干部模样的人摇摇头，沉思了片刻，单刀直入地问："你主要交代一下，你对楼上的王国华做过什么？"刘靖宇想到地震那天晚上自己干的损事，便如实说了，可干部还是不满意。刘靖宇有些不耐烦了，说："我说的都是真的，不信你们就把王国华叫来，现在我只想对王国华说声对不起，没有他的鼓励，我也许早就死了。"

干部模样的人仔细打量了刘靖宇一番，似乎相信了他的话，慢吞吞地说："王国华已经死了，他在临死前还救了你，用自己的血在楼板上写下了：下面的人还没死。救援的人看到这几个字，才连夜冒雨挖掘的。以后，你可要好好做人啊！"

二十年后，刘靖宇成了市里有名的企业家，他经常向身边的人讲述这个当年的故事。他说，是王国华让他学会了做人，没有王国华，就没有他刘靖宇的今天。

但刘靖宇不知道的是，当年那位干部保守了一个秘密。

当时，随着救援工作的持续进行，救援队的工作人员都已经极度疲倦，救援进行到第五天的时候，人们对还能在废墟中发现幸存者已不抱什么希望。清理到水泥厂职工宿舍楼的三楼时，天已经黑了，空中还飘起了细雨，大家准备清理完三楼就休息，明天再继续清理。这时，有人掀开一块楼板，大叫一声："有人！"大家过去一看，只见一个男人趴在地板上，双手都磕出了血，模糊一片，可以想见他当时的绝望心情。医生过去检查了一下，无奈地摇了摇头。

人们把这男人翻了个个，正想合力把他抬到运尸体的车上去，突然，又有人叫起来："这里有血书！"人们凑过去一看，只见那块地板上用血写下了几个大字："老天不公！下面的坏人怎么还不死！"

"下面还有人，快挖！"二楼的楼板被慢慢移开了，刘靖宇就这样得救了。上面的那个男人自然就是王国华，如果没有王国华留下的那几个字，刘靖宇起码要等到第二天才会被发现，而他能不能挺到那时候，可就很难说了。当时，人们的警惕性都很高，大家都以为刘靖宇做了多大坏事，便对他实行了就医监控。

据医生讲，其实王国华的伤还没有刘靖宇的重，他本可以活下来的，但他却死了，是绝望和怨恨让他失去了活下去的勇气；而刘靖宇，因为要说那声"对不起"，却活了下来，并因为那位干部善意地隐瞒了一个"坏"字，因为对王国华的美丽误解，始终对生活满怀感激……

温柔的陷阱

万 芊

周一上班,总经理钱坤让李琪一起去海南参加一个要紧的会议。

李琪是上面派下来的财务主管,没有任何靠山,靠自身努力一步步从一个乡下孩子坐上了这一位子。李琪自然是总公司里举足轻重的人物,然而,李琪除了工作接触,很少参与钱坤私人圈子里的活动。有段时间,钱坤常带着总公司的女会计东奔西跑出差,忙公司的生意,而钱坤从没有让李琪同行过。

这回,总经理破例让李琪去,李琪自然不能不去了。只是赶到虹桥机场一看,同行的人,根本不是总经理钱坤,而是李琪自己的部下路薇。路薇是钱坤的表妹,而李琪跟路薇有那么一点儿暧昧也是大家都知道的。路薇脸长得标致,体形又挺苗条,只是早过了三十,并不急着嫁人。也有一些知情人私下里说,路薇是结过婚的,只是婚后第二天就跟男人拜拜了,可能是男的有啥事骗了她,让她伤心至极。其实,路薇跟李琪也不算啥暧昧,就是路薇老爱跟李琪说些悄悄话,甚至还耍些小性子,而李琪呢,总是放下主管的架子,赔着些小心。对路薇,李琪总有一些异样的感觉,整日一个楼面转悠,路薇身上飘散出来的体香,总让他心旌荡漾。上下班呢,又是同路,路薇也老是不客气地每天搭李琪的顺风车,这便让同事们多了一些猜疑。

这回,一上路,李琪便觉得多了一些暧昧。一踏上旅程,两人就开始形影不离。路薇虽一人忙着玩电子游戏,人却始终随着李琪。会议设在一个能泡温泉的豪华宾馆，规模不小，只是会议方把李琪跟路薇的房间错开放在两个楼面上，这让李琪多少有点儿惆怅。

李琪心里清楚，路薇对自己并不讨厌，他为此也曾想入非非。李琪也清楚自己跟路薇的所谓暧昧其实也只是别人的揣度，他当然渴望跟路薇有更深层次的暧昧，比如一起泡泡温泉之类的。李琪心里喜欢路薇，他也清楚这是总经理给他的机会。

头天会议上，李琪没找着路薇，打了几回路薇的电话竟然没人接，这让李琪很纳闷，会场上溜出来敲路薇的房门也没人应，这让李琪坐立不安。一直到了晚餐后，李琪才打通了路薇的手机，电话里路薇的声音细如蚊吟，哎哎的，李琪心一热，路薇的撒娇他能够感觉到。李琪探问，你怎么啦，不舒服？

路薇仍"嗯"着。

我过来。李琪不由得萌生出一些怜爱之心。

路薇的房门竟然虚掩着，李琪一推门就开了。路薇正躺着，粉色的内衣裤，裸露出的肌肤光鲜粉嫩，两条精致的裸腿一屈一伸，把年轻女子娇美的身姿展示得无与伦比，纤细的腰肢朝一边夸张地弯曲着，让本来标致匀称的美臀显得很是张扬。这让李琪不由得热血涌动。

你好点儿了吗？李琪克制着自己，让自己的声音尽可能保持着坦然又不失温柔。他尽可能不让自己冲动的情绪和浅薄露馅，在年轻女下属面前保持他作为主管该有的矜持。

路薇仍轻轻地"嗯"了一声，这一声"嗯"，软软的，让李琪感到有点儿异样。

要不给你弄点儿啥吃的？李琪估计路薇一整天啥也没吃。

路薇仍"嗯嗯"，李琪觉察出一些异样来，路薇似乎陷入昏迷当中，不能自已。

李琪推了推路薇，路薇竟然没该有的反应。李琪急了，一转身，竟一眼看见一些凌乱的小药瓶，脑子顿时"轰"的一下懵了。他一边打电话向总台求救，一边拉过一条大毛巾把路薇胡乱裹了抱着向电梯口奔。下了电梯在宾馆保安的相助下，登车直奔医院。急救医生看过小药瓶，马上着手给路薇洗胃灌肠，一直到后半夜，总算抢救了过来。李琪也实在困，头一低，竟趴在路薇的身旁打了一个长长的盹。

会议开了三天，李琪只参加了一天会议，反倒在医院里陪了路薇两天。观察期过了，路薇被准许出院，只是啥话都不说，情绪很是低落。

回到总公司，有经警等等着，李琪这才知道，总公司经济上出了很严重的问题，而这些竟然是钱坤跳过他财务主管弄的。

路薇也被牵扯了进去，她那里有钱坤给的几十万现款。待事情有了定论后，李琪去探望路薇，路薇跟李琪说了真相：那回出差，其实是钱坤想拉他下水顶黑锅的一个大阴谋，只是她不想昧着良心拉他下水。

李琪惊问，为啥？

路薇说，因为从你的身上我看到了我弟弟的影子，他像你一样靠读书奋斗进了城，正一步步走向事业的辉煌，这对于一个乡下孩子来说是多么的不易。那段时间，我老做噩梦，害怕有人像我要害你一样去害他，拉他下水，毁他前途。

托时代

菊韵香

走出家门,刚踏上新开发区的商业街,玛莎便遭遇了一拨又一拨令人头疼的拦截与骚扰。

第一个冲到面前的,是个看上去二十多岁的年轻女孩。女孩拦住玛莎,举着一双红色高跟鞋兴奋地嚷:"姐,你看,最新款式,便宜得都贴地皮了。哦,就是这家店卖的。你要穿上它,肯定比天使还漂亮!"

是个鞋托。玛莎淡淡回道:"妹子,天使不穿鞋。"

女孩一听,嘎巴嘎巴嘴怔住了。趁着她欲言又止的当儿,玛莎已快步走远。可走了不过十几米远,就听一阵撕心裂肺的叫嚷在耳边炸响:"妈呀,痛死我了!哎呦——"

循声望去,玛莎顿时惊住了——不远处,有个中年男子正捂着肚子在地上打滚,满头满脸的汗。

不会是阑尾炎发作了吧?要不及时送医院抢救,会出人命的。瞅着男子龇牙咧嘴的痛苦状,玛莎张口要喊,却见路边一个卖膏药和大力丸的老头奔到跟前,伸出鸡爪般的手指扣住男子的手腕,眯眼号起脉来。眼瞅路人越围越多,老头不紧不慢地取出一副黑糊糊的膏药往男子肚皮上一贴,接着又掰开男子的嘴巴,塞进一颗黄不拉叽的药丸,捋着山羊胡说:"兄弟,我给你敷的是还魂贴,吃的是救命丹。这两样不仅包治百病,还强肾固本,生精活血,让你享尽人间艳福……"

敢情,男子是个药托!

玛莎瞧出了门道，会意地笑笑，继续向前走。这一路，走得可真不容易，时装店的衣托、妇科医院的医托、网络世界的网托……差不多每个店门口都有托儿拦截拉客。半个小时后，当玛莎走到商业街尽头，站在一片新开的楼盘前时，售楼中心的两个男子又瞄上了她。

这两个男子，一个是售楼部的经理，另一个叫童小乐，职业房托。紧盯着立在窗外的玛莎，经理说："童先生，如果我没记错，这个女子至少来过两次了。看得出，她想买房，可又拿不定主意——"

"这好办。碰上我金嘴童小乐，她不买也得买。"童小乐托托夹在鼻梁上的金丝眼镜，一脸的志在必得，"多给我一个点，我这就去搞定她。怎么样？"

眼下，政府不断出台调控政策，银行逐渐取消房贷优惠，曾异常火爆的楼市也遭遇了强冷空气。为了资金回笼，不少开发商不得不雇用房托，诱导顾客买房。经理皱眉想想，答应了。童小乐当即乐颠颠地奔出售楼中心，走向玛莎："小姐，你好。是来买房的吧？"

"你是……"听到招呼，玛莎迟疑地看过来。童小乐神秘兮兮地四下望望，压低声音说："我也是买房的。我有个朋友是这儿的主管，通过他的关系最少能打九五折，还能免一年的物业费。"

"真的？"玛莎惊喜地叫出了声。但很快，玛莎又犯了嘀咕，吞吞吐吐："我不认识你，你为啥要跟我说这些？"

"嘿嘿，与人方便，自己方便嘛。"童小乐解释得头头是道，显得万般诚恳，"我说的可都是掏心窝子的话，没准儿咱们能成邻居，相互照应是应该的。就算没住对门，同一个小区住着，抬头不见低头见，我还能坑你？"

"太好了！你真是个热心人。"一时间，玛莎高兴得脸颊绯红，"我来过几回了，这儿环境不错，地势也好，就是价格偏高。你等等，我先跟老公商量商量。"

说完，玛莎走到一旁，拨通了老公的电话。叽叽喳喳地说了一会儿，玛莎挂了手机："先生，你有时间吗？我老公让我和你谈谈。走，我请你喝杯咖啡。哦，对了，请问你贵姓？"

"免贵姓童，叫小乐。助人为乐嘛，再忙也没关系。"童小乐情不自禁地冲着售楼部的窗户打了个响指，随后跟随玛莎走进了一家咖啡厅。雅间坐定，童小乐春风满面地套磁："小姐，你还没告诉我你的芳名呢。"

玛莎轻轻叹口气，眼底不知不觉间掠过一丝忧悒："童先生，我叫玛莎。不瞒你说，我父亲姓甄，我母亲姓塔，是蒙古人，个性强，非让我随母姓。我父亲有点儿大男子主义，坚决不同意。闹到后来，只好折中，我的姓也就变成了甄塔。你别见笑，喝点儿红酒怎么样？"

玛莎？这个名字还不错，带点儿西方味道。童小乐在心里念叨了几遍，说："咱们能碰面，就是缘分。你随意，我买单。"

"谢谢。"玛莎点了个果盘和一瓶冰红，颇有些急切地问，"你买的房在几号楼？价位如何？采光好不好？"

"我朋友是主管，当然差不了。"童小乐侃侃而谈：南北朝向，采光绝对够棒；全款交纳，可打九折，放眼整座县城也找不到这个价……

说实话，童小乐没去说相声，真是屈大才了。眉飞色舞，比比划划，嘴皮子一动便半天没合上，玛莎听得眼睛直放亮，恨不得当场掏腰包，交钱领钥匙。可这是人生大事，必须跟老公好好合计合计。好不容易等到童小乐闭了嘴，玛莎忙不迭地说："童先生，麻烦你稍等几分钟。我这就叫老公来，咱们一起去见你的朋友，签协议。"

瞅着玛莎握着手机退出雅间，童小乐乐得眼镜差点儿飞上脑门：游说成功，经理答应给加一个点。别看只有一个点，那叫四千多块啊！一个小时四千多，啧啧，我这嘴巴都赶上印钞机了！

就在心下美得要死的时候，雅间的门被推开了。

"玛莎小姐，你老公来没？过了这个村，可就没这个店了。咦？"

话刚出口，童小乐不由愣了神。进来的不是玛莎，而是服务员。服务员手中的托盘上，还放着一张纸条："童先生，我改主意了，决定暂时不买房。谢谢你的招待。"

糟糕，计划有变。童小乐正想再去劝说，服务员笑盈盈地开口了："先生，请买单。果盘380，饮料120，冰红1888——"

"等等。这，这也太贵了吧？"童小乐惊得弹起来，猛地推开服务员狂奔出门:"玛莎,甄塔玛莎——"

冲出雅间奔进大堂,童小乐登时收住脚步,傻了眼。让他犯傻的,不是门口横着的那几个彪形大汉,而是琢磨透了玛莎的名字:甄塔玛莎,真他妈傻!

玛莎居然是个吧托,她耍了我这个精明老练的房托!没想到常年打雁,今儿个却被雁啄了眼!童小乐恨恨地大骂两声,重重地耷拉下了脑袋……

加不得的工资

黄 胜

张龙和赵虎同在一家公司做业务员。张龙胆子小，为人老实。如今这社会，工作不好找，能捧上个饭碗不容易，所以他平常谨小慎微，严格遵守公司的各种规定。赵虎可就不同了，都说猴儿精，他比猴儿还精。他表面上规规矩矩的，暗地里可没少占公司的便宜。最近，他又偷偷吃起了回扣。这事儿瞒得了别人，却瞒不了跟他一个办公室的张龙。张龙虽然自己没胆量干，却眼红得很，于是他背地里写了封匿名信给总经理，打了赵虎的小报告。

第二天一上班，赵虎就被阴沉着脸的总经理叫到了办公室。这小子似乎知道没有啥好事，满不在乎地说："老子不怕，大不了就是开除我，这么个破公司，每月就那么点儿工资，还不够老子塞牙缝的，老子才不稀罕呢！"

张龙一干人幸灾乐祸，都等着看好戏呢！没想到不大一会儿，赵虎却满面春风地回来了，他激动得脸上的麻子都放着红光，一步一摇地说："哥们儿，晚上我请客，总经理为我加工资了，整整翻了一倍！"

啥？张龙一听，眼珠子差点儿掉地上，他简直不相信自己的耳朵，怎么会这样呢？他还以为赵虎这次肯定要卷铺盖走人呢。看着春风得意的赵虎，张龙不由得又羡慕又嫉妒。自己任劳任怨，当牛做马，工资也不见加一分，赵虎成天吊儿郎当，凭什么拿那么高的工资？这是什么世道？真是气死老实人了！

不料，更气人的还在后头。没两天，更令人眼红的消息在公司里传开了：公司准备分一套住房给赵虎。

"妈的，这是什么破公司，怎么好赖不分？"张龙压抑不住心中的怒火，愤愤骂道。心灰意冷之下，他的脑瓜子突然也开了窍：老实人吃亏，老子以后也跟赵虎学得了。

从那以后，张龙像变了一个人，干起活儿来也知道玩心眼儿了。他有便宜就占，有油水就捞，办公室里的茶叶、信纸、信封，甚至连公司卫生间里的卫生纸也偷偷带回了家。后来，他竟也瞒着公司跟自己的客户商量起回扣的事情来了。

正当张龙胆子越干越大时，总经理突然当众宣布：鉴于赵虎违反了公司的各种规定，侵害了公司的利益，决定予以开除，希望大家引以为戒，认真工作。

决定一宣布，大家冷不丁都有些发蒙，不知道出了什么事。再看赵虎，整个儿就跟被雷劈了一样，傻愣在那儿。要知道，这些天来他以为要受公司重用，正等着领高薪住新房呢，这一下子就像是从九天云端被一脚踹回到地面，跌得那叫一个惨！高薪、房子、前途，刹那间都成了泡影，简直让他痛不欲生。

张龙见赵虎难受得死去活来的样子，低声安慰道："不就是一份工作吗？没什么大不了的。"赵虎一把鼻涕一把泪地说："你是站着说话不腰疼，你每月挣那一点儿钱自然不在乎。要是以前我也不在乎，反正也就挣那么点儿工资。可现在，我到哪里去找这么一份高薪的工作呀？好歹也让我领一个月高薪，住一天新房呀！"

总经理脸上闪过一丝狡黠而得意的笑容，他斜了一眼赵虎，讥讽道："你不是说不稀罕这个破公司吗？现在舍不得了吧？哈哈！"

众人这才恍然大悟。原来总经理只不过是用几张空头支票来吊住赵虎的胃口，让他欢喜一场后再开除他罢了。这样一来，可要比在一个月前开除他，令他难受百倍千倍啊！

杀鸡儆猴。看到赵虎的下场，张龙胆战心惊，他痛下决心，以后要好好做事，以免重蹈赵虎的覆辙。没想到仅过了一天，总经理就笑眯眯地将张龙叫到办公室,关切地说:"小张呀,这一段时间你表现得不错,你现在拿多少钱的工资呀?公司准备把你的工资往上调一调。"

张龙闻听,头上顿时冷汗直冒,双膝一软,差点儿跪倒在地,他急得双手拼命乱摇:"总经理,使不得。求您了,我上有老下有小,千……千万别加我的工资呀!"

紧闭的门儿没上闩

张道余

四海软件公司大门口贴出了一则招聘广告：本公司拟招聘总经理助理一名，要求为男性，硕士研究生毕业，年龄不超过三十岁，五官端正，身体健康，月薪一万元。

四海软件公司是高新区软件孵化园的高科技企业，能到这里工作是莘莘学子的梦想，何况还有那么高的薪水，那么好的职位！可是看到最后，有人发出了惊呼："怎么还有这么个条件？到底是招总经理助理，还是给总经理招女婿？"

招聘广告的最后还有个附加条件：如果你已经有了女朋友，就请不要来碰运气。本公司不欢迎已经在爱的海洋里畅游过的勇士。

这时，一个高个子小伙儿拉了拉西服的衣襟，正了正领带，挺胸昂首问身边的同伴："喏，看看我符不符合他们的招聘条件？"

"你要应聘？张闯，你有没有搞错？你没交过十个女朋友，也交过八个吧？谁不知道你和市模特儿队的美女刘倩确定了恋爱关系？你……"

"我就不信会有撞不开的门，你就等着我的好消息吧！"高个子说完，大步走进了四海软件公司的大门。

嚄，公司人力资源部门口已经排起了长龙，只见一个个参加完面试的应聘者，都垂头丧气地从办公室走了出来。"他们被淘汰了，正是我的希望所在！"张闯求职的信心并未动摇，毫不犹豫地排在了龙尾。

好不容易轮到张闯了，接待他的是人力资源部经理裘贤。裘经理看过张闯递来的应聘材料，提了几个专业和管理方面的问题。张闯侃侃而谈，对答如流，裘经理微微颔首表示满意。裘经理又问道："如果让你担任总经理助理一职，你将怎样进行管理？"

张闯答道："我除了坚决贯彻执行公司行之有效的规章制度外，还将融入人性化的管理。"裘经理反问："什么是人性化管理？"张闯回答："就是在管理中不忘对员工进行人文关怀。"他举例说，比如有的员工生病住了院，管理层就应派员去探望和慰问；员工生日那天，领导应亲自或派代表前去表示祝贺；公司的工作性质容易造成员工的亚健康状况，我们就应该给员工提供良好的锻炼和活动的场所，尽量为他们提供宽松的工作环境。裘经理反驳道，你不觉得占去这么多人力物力做这些繁琐的事，会影响我们公司的效益吗？张闯答道，你说差了！恰恰相反，当员工们了解到自己在领导心目中的位置，知道领导在时时关心着他们，不仅不会影响工作，还会激励他们主动地把工作搞得更好。这就叫以心换心嘛。我们管理层的责任，就在于调动员工的积极性和创造力。裘经理默许地点了点头。

裘经理突然调过话头严肃地问："你交过女朋友吗？"张闯回答得十分干脆："交过！"裘经理生气了："交过你还来？真是乱弹琴！""请原谅，咱不会说假话。我是想……"裘经理打断了张闯的话："好了，张先生，你可以走了。"张闯并不示弱："我这就走！不过，在走之前，你能让我对你们公司说几句大实话吗？"裘经理顿了一下："有话你就讲，反正你后面也没有来应聘的人了。"

张闯说："你们的招聘条件里附加了没交过女朋友这一条，请问，接近三十岁的人了都还没交过女朋友，你认为这样的人正常吗？"

裘经理一下愣住了："这……一般人会认为是不正常，可我们公司就需要这样的人。"

张闯咄咄逼人："难道你们的公司需要不正常的人来担任总经理助理吗？刚才你已经对我提出的人性化管理表示认可，请问这样不正常的人怎样进行人性化管理？难道你们希望把公司越办越糟，直至倒闭关门吗？"他慷慨激昂地说完就回头向门外走去，心中充满激愤：没被这样不正常的公司聘用，并不是一件遗憾的事！可刚走到门口，突然听到裘经理大喊一声："好！定了，总经理助理就是你！"

张闯猛然站定，缓缓地回过头来，感到不解："这是为什么呀？"

裘经理做出了解释："道理很简单，总经理助理是一个非常重要的职位，经常要接触到公司的核心技术机密和商业秘密，我们不能把它交给一个不放心的人去管理。张先生，我们看重的正是你的这种诚实和勇于承担责任的品质。"

张闯反问："难道你不计较我刚才对你的冲撞？"

裘经理悠然一笑："智慧和勇气也是我们所需要的呀！"

张闯明知故问："那你们为什么不把这些要求写进招聘启事里？"

裘经理答道："你是个聪明人，我们要是把这些要求明明白白地写进招聘启事，还能招到令我们真正满意的人吗？谁不会说自己诚实负责、勇敢智慧呀？你可知道，前面那些人可都是声称自己从没交过女朋友的啊！这样的人还称得上诚实吗？"

张闯不露声色地笑了，心里默默对自己说：紧闭的门儿没上闩，果真如此！

办公室里养狼

倪西赟

王斑是一家公司的老总,几经打拼积累了近千万的身家。他想赚更多的钱,却偏偏在事业上遇到了瓶颈,公司业务发展不顺。公司对待员工,福利不薄,薪酬不菲,员工之间也和和睦睦,可为什么生意不见起色?他苦思良久,不见有好的对策。

一天,王斑在公园散步时遇到他的一个客户李欣。李欣牵着一条高大凶猛的狼狗,狼狗把他拽得跟跟跄跄。王斑笑笑说:"你不会弄个宠物狗养养啊,养这么个东西,费劲!"李欣一本正经地说:"我就是喜欢狼狗的这股狠劲!狼狗不仅让我减肥,还时时提醒我要拉紧手中的绳子!"

王斑看着李欣跌跌撞撞的身影,脑子里灵光一闪。

野狼出马

第二天,王斑召开办公会议,他向大家介绍了一个年轻小伙子:"这是公司请来的人力资源部经理,叶浪。以后请大家多多支持!"

等王斑介绍完,叶浪开门见山地说:"我的做事风格可能大家不喜欢,不过没关系,你们可以在背后骂我,但是制度一定要落实和执行的!"

叶浪上班不到一个星期,便制定出很多新的制度:办公室屏蔽了各大网站,职员只可以上MSN;上班不能用QQ;每天下班前两个小时停电等等。制度一出,众人哗然!

"不能上网,怎么找客户?"

"不用QQ，怎么与客户联系？"

"下班提前两个小时停电，工作还没做完怎么办？"

……

大家推举老职员，也是王斑的表兄陈川去王斑那里反映问题。王斑听完后竟笑嘻嘻地一一解答："不能上网找客户，就去外面拉客户啊；不能上QQ与客户沟通，可以发邮件、打电话啊；提前两个小时停电，我觉得很环保、节能，还提高大家的做事效率啊！"对此，陈川无言以对。

大家只得赶快工作。只是，他们见了叶浪都不搭理，背后恨恨地叫他"野狼"。野狼一来，办公室里一片忙碌，没有人再上网聊天，也没有人再磨磨蹭蹭了。

王斑经常到办公室视察，可员工们都忙着做自己的事。放在以前，他每到一位员工面前，员工总要和他说说话，而现在，连抬头看他一眼的时间都没有。

王斑心里偷着乐，他明白：公司是和很多老员工一起成长的，在创业初期，团结和谐的氛围立下了汗马功劳。然而，也是这种状态，阻碍了公司的发展，办事效率低，人员拖沓散漫，就像一只只低头吃草的"羊"，知足，没有理想。放一匹"狼"进来，打破了这里的安静、和谐，提高了"羊群"的质量。

月底，报表出来后，业务量竟比上个月增加了三分之一。王斑偷笑：看来，自己的这一招，真的很有效！

"色狼"来了

但是，叶浪也遇到了烦心事，他向王斑汇报："办公室的女职员太爱美了，不穿职业装也就算了，居然穿起了吊带装、露背装，严重影响公司形象，得想办法管管。"

王斑点上一支烟，凝思片刻，说："嗯，得管管这帮'白骨精'！"

很快，公司又来了一位新人。王斑向大家介绍："这是吴德，是公司的巡视员，主要是巡视公司不良现象，并予以惩处。"大家一看，吴德瘦高个、尖下巴、眯眯眼，一副猥琐样。大家心里暗自嘀咕：这个巡视员自己就有损公司形象。

　　第二天早上，吴德早早站在办公室门口，见一个人打一声招呼。公司文秘小碧穿了一件性感的吊带衫来公司，吴德一见，眼光放亮，张开大嘴，露出发黄的牙齿，大声赞叹："哎哟，真是性感！你看看这小胳膊多嫩，你看看这皮肤多白。"小碧刚开始还很得意，可越听越感觉不对味，见吴德色眯眯的样儿，小碧赶紧穿上披肩，遮住香肩。不一会儿，公关张美人驾到，她的超短裙下，一双美腿晃得人眼晕。吴德扶扶眼镜，幽幽地说："张美人啊，你今天真是青春靓丽。"张美人听后一阵媚笑。吴德接着说："我看你的腿上好像有个包，是不是蚊子叮的？还有啊，你腿上那颗黑痣可不好看，如果能做手术点掉就漂亮了。"吴德这几句话，吓得张美人花颜失色，第二天就穿了职业装来上班。

　　"色狼"吴德对付这帮"白骨精"还真有一套，动口，动眼，不动手。没多久，办公室里的美眉们败下阵来，乖乖穿上了职业装。

头狼驾到

　　公司按照王斑的设想，逐渐走上了预定的轨道。但是，"野狼"只是把平静打乱，并没有形成一股前进的动力。如何让办公室的"羊群"彻底变成"群狼"呢？

　　不久，王斑把一位新来的副总老罗介绍给大家。罗副总是一位严肃、干劲十足的老头，干起活来，比年轻人还卖力，据说先前是某著名私企的副总。

　　罗副总总是喜欢吊大家的胃口，他有一个特别的管理方式是"领工作任务"：每个部门的管理者，每周一上午都要去他那里领取六项到二十项不等的工作任务。你领的工作任务越多，完成得越好，月底，部门就能得到更多的奖金和回报。丰厚的奖励相当诱惑人，但任务不是轻轻松松就能完成的，一刻都不能松懈。

　　罗副总也不是不近人情的人，他常常请大家到附近的火锅店吃饭，放松一下。饭桌上，他也不忘旁敲侧击，指着那些美味的羊肉说："弱者是强者的食物！如果你不想被人当成美味，就得像狼一般铆足劲头做事。"

王斑请来的这匹头狼还真是实力派。

做好狼王

王斑知道,"养狼"虽好,但更要善待"羊"。因为,"狼"的胃口太大,无拘无束,如果把握不好,会把公司搞得人心惶惶。那些跟着他打江山的老员工,个个忠心耿耿。公司需要像"狼"一样勇往直前的员工,也需要脚踏实地、温顺如"羊"的员工。

每当有跟不上公司发展的一线老员工,被"野狼"、"头狼"惩处警告后,王斑便采取不降薪不降职的措施,把他们安排到更合适的岗位上。这些老员工被王斑另委重任,更加任劳任怨,工作热情一点儿不比那些冲在一线的员工差。

前方有"狼"向前冲,后方有"羊"守着家,"养狼"计划大功告成!今后,王斑只要做好狼王就行了!

借 力

金 波

经过层层筛选，赵奇和另外一个求职者进入了总经理的视线。总经理把这两位幸运者叫到办公室，不着边际地问了一些问题，二人的回答均无懈可击。这时，总经理像忽然想起了什么似的，说道："二位，你们初来乍到，今天就别工作了。正好有一件差事，我想派你们去办一下。"

赵奇带头问："总经理，有什么事？请您吩咐。"

总经理说："是这样的。马上过中秋了，按惯例，我要给员工每人分十斤青枣。南郊枣园你们知道吗？"

赵奇笑道："往年，我没少去那里摘枣吃。"

"那就好！"总经理说，"我在南郊枣园订下了两棵枣树，你们去采摘一下，每人一棵，摘得越干净越好——不然不就吃亏了吗？行不行啊？"

赵奇说："请您放心，我们一定圆满完成您交给的光荣任务。"

赵奇在财务处领了两只编织袋，带着准同事出发了。一路上，赵奇想：一上任总经理就派我们干这个，这很可能又是一场考试。如果是考试，考我们什么呢？"每人一棵，摘得越干净越好。"这是总经理的原话，虽然说得漫不经心，但决不是随便说说的。天哪，他这是考验我们的工作态度和效率啊。"每人一棵"，是在考验我们的"专一"度，也就是坚守自己岗位的能力，如果"吃着碗里看着锅里"，岂不有"好高骛远"之嫌？"摘得越干净越好"，那是考验我们的工作能力呢，在自己的岗位上，业绩越多，自然能力越大了。这样想着，赵奇既紧张又兴奋，还有些得意。为了印证自己的悟性，赵奇问身边的准同事：

"哥们儿，总经理为什么让我们去摘枣呢？"

"我也不知道，"准同事眨眨眼睛，"大概就是一般的差遣吧。"

"如果是一般的差遣，那他为什么让我们一人摘一棵呢？"赵奇又问。

"那我们就同心协力，把树上的青枣全摘下来，然后二一添作五，分成两份不就得了？"

"那可不行！"赵奇严肃地说，"那叫弄虚作假，懂吗？总经理知道了，是不会答应的。"

赵奇想：我长得人高马大，这小子长得矮矮墩墩，每人一棵树，指定我摘得多、他摘得少。一旦合作了，吃亏的显然是我。这小子不傻，可我更不傻！

到了枣园，赵奇一下子投入摘枣活动中。赵奇捷足先登，打算找棵大枣树，但仔细一比较，又发现所有枣树大同小异，树上的青枣也一样密密麻麻的。于是，赵奇挑了最近的一棵，仗着自己个子大，围着枣树，伸手便摘。摘完了树下的，又爬上枣树，摘上面的。凡是够得着的，没有一处遗漏。结果，只有树梢顶端的一小部分被迫舍弃，其他地方全摘干净了。这中间，赵奇不止一次地偷瞥那位准同事，发现他一直望树兴叹、束手无策，一个人坐在枣树下发闷呢。显然，凭他的个头，连树下的青枣都难够上。赵奇暗暗发笑，洋洋得意，感到幸运的天平已经斜向自己了。

装满了编织袋，赵奇背在肩上，一边朝马路奔去，一边朝准同事喊："哥们儿，我可没有你的大将风度——任凭风浪起，稳坐钓鱼船。我可是要急着赶回去的，说不定总经理正盼望咱们早点儿回去呢！"

"请便吧。"准同事若无其事地说。

好小子，还真沉得住气！看总经理怎么收拾你吧。赵奇心里骂着，并迅速拦住了一辆出租车，急不可耐地回去找总经理汇报去了。

可是，直到下班前，总经理才召见了他们。这时，准同事刚从枣园里回来。

"都摘回来啦？"总经理不动声色地问。

"早回来啦！"赵奇急切地回答，"我只用一个小时就完成了自己的工作。"

"没有落下一粒吗？"总经理仍然不动声色地问。

"这个，"赵奇不好意思地笑起来，"总经理，很难一个不剩呀，毕竟我们的手只有两尺长。"

"可我做到了一粒不剩。"那位准同事微笑着说道。

"你胡说！"赵奇大声驳斥，"让总经理评评，就你这身高，你上得了树吗？真是睁着囫囵眼说瞎话，鬼都不相信！"

"总经理，我没有撒谎。"准同事争辩道，"虽然我一个人能力有限，但我可以求助于门卫。我是向枣园守护人借了一把叠梯，登在梯子上摘枣的，自然会一粒不剩。"

"总经理，你听听，他的行为怎么能算是一个人的业绩呢？他分明是投机取巧嘛。"

"我倒是十分欣赏！"总经理打断赵奇的话说，"赵奇先生，你刚才也说了，你并没有长三头六臂，既然自己的能力有限，借力办事何尝不是一个不错的选择呢？我只看重结果，不看重过程。"

"可是，借力再好，也是依靠他人的力量呀。"赵奇不服。

"那又怎么样？"总经理严肃起来，"有人会借力，有人却不会借力，借力难道不是一种能力吗？"

赵奇的脑子里"嗡"的一声，就知道大事不好了。

果然，总经理站起来说："赵奇先生，你先回去吧，歇两天再听通知！"

与对手竞争

杨永汉

最近，腾达化工公司的罗总给销售部选派了一名副经理叫肖一飞，此人是某名牌大学营销系的高材生，希望车大新多多关照。部门经理车大新点头称是，但是，等罗总离开办公室后他心里暗暗想道：销售部都是基本工资加提成，你肖一飞日后有了辉煌的业绩，那不是在抢我的饭碗吗？

他们腾达化工公司实际就是一个农药厂，专门生产杀虫剂、除草剂等类药物，因为厂子不大，面临的销售市场竞争激烈，尤其省外销售是块硬骨头，很难开发，所以车大新就想让肖一飞跑省外销售，可自己又不好直说，就让他先写一个全年销售计划报告再说。

很快，肖一飞就拿出来了一个可行性报告，重点是让公司多投入广告费增加宣传力度。车大新一看，完全是纸上谈兵，每年的广告费都是包干制，只够半年用，哪里有更多的闲余资金？他呆着一个苦瓜脸找到罗总喊穷叫苦。罗总就将肖一飞叫到了一起商议这件事情，让他们各拿出一个方案，他还在最后表示，在这一年内，广告费用就这么多，谁的业绩大，谁就是销售部的经理。最后的结果是，肖一飞提议，将省内和省外的销售分成两块，广告费用一分为二，请车大新挑选。

车大新是老销售了，知道本省的已经形成规模，而省外客户星星点点，出去联系业务、运输货物都开支很大，当然省内的事情要好做多啦。不过，在外表上他没有喜形于色，而是装作为难地说："我在公司要做好多事情，而小肖年轻有为不可多得，最适合到省外开拓市场，还是让他去吧！"

肖一飞看车大新点了自己的将,只好当着罗总的面签订了承包合同。

谁知,肖一飞年轻气盛,一上任就大手大脚,他不惜个人贷款,首先讲排场购买了一部面包车,又组建了一支浩浩荡荡的10人歌舞演出队,在周边的五个省份巡回宣传,甚至深入到一些乡镇,趁演出间隙,向农民朋友介绍有关农药的用途和效果。可是,前三个月,他的销售业绩很不理想,而且还赔了几万元,车大新得知消息心中大喜:看来这年轻人还是嫩啊!等着看他的笑话吧。

后来的事情峰回路转,在下半年的销售中,肖一飞的销售额是突飞猛进,业绩空前,使得厂里的货物供不应求,到年终一结算,肖一飞的业绩要超过车大新的七八倍还多。毫无疑问,肖一飞成了销售部的经理,而车大新只好退居副职。

车大新是个个性很强的人,他败于一个新人之手,觉得自己很没面子,便决定辞职。这天,当辞职报告递到罗总手中时,罗总说你辞职也可以,但是,在走之前,你是不是再见一下肖一飞,好好交接一下呢?车大新点了点头,他也想了解一下,与肖一飞相比,自己究竟败在了什么地方?

还没有等车大新找肖一飞,肖一飞听罗总说车大新竟然要辞职,就马上把他请到了一家酒店小酌几杯。

雅间里就他两个人,当几杯酒下肚,车大新红着脸不解地询问肖一飞:"我想知道,你到底使用了什么方法,短短几个月时间,业绩竟然超过了我七八倍?"

肖一飞想了想说:"其实也没有什么,我只是以诚信为本,逐步取得了用户的信任,在春天的时候,利用宣传演出,甚至将产品免费给当地的农民使用,并提供定期的技术咨询。这样做,虽然暂时亏赔了一部分,但我们却靠自己的诚信和实力占领了市场,取得了老百姓的信任,到了使用旺季他们会踊跃购买,当地销售点自然肯进我们的货了。"

两人正说着话,这时,雅间内突然走进来一个人,竟然是罗总。罗总招了招手说:"怎么,不欢迎?"

一时惊愕的肖一飞和车大新都忙邀请罗总入座。原来罗总是送走了一个客户之后看有点儿时间就赶过来了。他主要想再给车大新解释一下,他让肖一飞加入他们这个销售团队，目的就是想增加一点儿竞争的活力，一个公司要生存，不能是死水一潭。车大新点头称是。交谈了一阵之后，罗总问车大新知道不知道肖一飞与他是啥关系？车大新说是上下级关系呀！罗总说车大新只说对了一部分，肖一飞是他的亲外甥，如果想让他做这个销售部的经理，他完全可以直接任命，但是，他要让肖一飞去努力证明自己。说到这里，罗总郑重地问道："你现在还想辞职吗？"

车大新不好意思地向罗总要过那份辞职报告，一下子撕掉了，他手一挥说："明年我和小肖竞争。"

罗总笑了。在他的提议下，三个人站起来碰杯，然后都爽快地一饮而尽。

商业时代的爱情

黄非红

林枫和艾欣是在飞机上相识的,并很快堕入情网。但他们两人分属竞争激烈的两家公司,而且两家公司不约而同地做出了严格规定——一旦发现本公司职员和对手公司职员有个人往来后,立即开除。林枫和艾欣在各自公司的成绩都很不错,也很受重视,他们谁都不想放弃自己来之不易的工作,所以他们的关系一直保持在秘密状态下。

这天,两人又在一家宾馆幽会。艾欣告诉林枫,她怀孕了。林枫非常高兴,便恳求艾欣嫁给他。艾欣依在林枫怀里说:"我当然愿意嫁给你,可是咱们两人要有一个不得不放弃自己的工作……"

林枫毫不犹豫地说:"为了你,我可以放弃一切!"

一周后,林枫又把艾欣约了出来,告诉她说:"公司没有批准我的辞职请求……""为什么?"艾欣很意外。林枫说:"他们准备提拔我做副总经理!"

"啊,是真的吗?"艾欣喜出望外地欢叫一声,可转瞬她又皱了皱眉,"那我们的事……"林枫说:"你辞职,到我们公司来做部门主管。"

"有这么好的事?"艾欣一时不敢相信。

"当然是有条件的……"

"什么条件?"

林枫望着艾欣说:"后天你们公司要召开董事会,可能将有重大决策出台，只要你能把这个安放到会议室中……"说着，他把一个窃听器放进了艾欣手中。

"你要我做商业间谍？"艾欣终于明白了，她盯着林枫怀疑地问，"我们的相识开始就是个圈套吧？你接近我的最终目的就是为了获取商业情报吧？"

林枫红了脸，他辩解说："你别误会，总经理知道了咱们的关系后，才提出这个条件的，而且是经董事长同意的……我今天只是来和你商量，你如果不同意，我还是要辞职的！"

艾欣犹豫了好一阵，最终还是感情战胜了理智，同意了林枫他们公司的条件。看到艾欣脸上明显的歉疚不安，林枫拥住她安慰道："竞争有时是不择手段的，即使我们不这么做，他们也会找到别人替他们做的。"

艾欣说："我很害怕……"林枫说："不用怕，你只要在开始前找机会把窃听器放到会议室就可以了，很简单的！"

话虽这么说，林枫并不放心。第三天他特意在艾欣他们公司附近的大楼中找了个房间，正对着公司会议室，林枫拿着望远镜守在窗前，监视着艾欣的行动。

其实艾欣并没有怀疑错，一开始林枫确实是受公司指派，怀着获取情报的目的，施展"美男计"故意接近艾欣的。可是很快林枫就弄假成真，真的爱上了美丽而又很有气质的艾欣，虽然他没有勇气向她说出实情，但让艾欣到他们公司工作确实是林枫向公司提出的条件……

距开会还有一小时，会议室中有勤杂人员在送水搞卫生。

距开会还有四十分钟，会议室中已经空无一人，这正是放置窃听器的最佳时机。

还有半小时就要开会了，艾欣还没有出现。林枫不免焦躁起来——是艾欣一时难以抽身，还是已被公司发现了？他为艾欣担心。

董事会召开前十五分钟，艾欣终于溜进了会议室。她显得非常惊慌，关上门后就往董事长的位置跑，由于惊慌，她甚至还跌了一跤。

眼看着艾欣笨手笨脚把窃听器放到了董事长的桌子下，然后又捂着胸口跑出了会议室，林枫终于长长地松了口气。看着董事们一个个走进了会议室,林枫认定很快他就要事业爱情双丰收了。

林枫万万没料到,这次窃听到的竟然全是假情报,当公司明白过来时已经遭受到巨大的损失,而林枫也被赶出了公司。

林枫很沮丧,也觉得很对不起艾欣,她的公司肯定预先得知了她与他的关系,然后故意设下了圈套……可是一时之间他却与艾欣联系不上,这天林枫径直到了艾欣的公司。

让林枫再次万万没料到的是,艾欣已荣升公司副总,要见她需要预约。

林枫一下子什么都明白了——他这个下套人钻进了人家的套子。

林枫不顾阻拦,硬是闯进了艾欣的办公室。艾欣一脸歉疚地面对着他。

"不要跟我说对不起,我只想听你说句真话——你到底爱没爱过我?"林枫愤怒地质问。

艾欣点点头,平静地说:"我当然爱过你,否则我也不会跟你好。只是你把爱和工作混为一谈,而我没犯这个错误!"

心腹心患

羊 白

汉强早先在一家大型超市的采购部门工作。部门王经理赏识他，处处关照他，经常带着他去参加一些重要的商业谈判。对此汉强暗自庆幸，以为自己遇到了贵人，打心眼里对王经理充满了感激之情。

有一次他和王经理出差，为超市采购一批茶叶。与茶老板谈判时，王经理游刃有余，而且很有闲情，不时和其他茶叶在口味上做各种微妙的比较，却只字不提价格的事。汉强呢，有些着急，更想趁机努力表现一番，于是他找出各种理由，拼命砍价，锱铢必较。茶老板被他说得面红耳赤，有些招架不住。正当他得意之时，突然发现王经理的脸色沉了下来，谈判因此搞得很不愉快，不欢而散。汉强看王经理不高兴，心里不免委屈，他扪心自问："我这样尽力地为公司争取利益，难道有什么不妥吗？"

晚上，王经理单独找到他，递给他一个红包，平静地说："茶老板给的。"汉强恍然大悟，这不明摆着吃回扣吗？此种损公肥私的行为，公司是严厉禁止的。汉强刚参加工作不久，有些犹豫。王经理似乎看穿了他的心思，在他的肩膀上亲昵地拍拍说："不用担心，咱兄弟谁跟谁？你不说我不说，阎王神仙也甭想知道。再说了，不拿白不拿，这是潜规则，你慢慢就明白了。"

事情既然已经摊开了，汉强如果不拿，等于与王经理为敌，何况经理一直把他当兄弟照顾。除了收下红包，他似乎没有别的选择。

此后，每次同王经理出去采购，彼此都心照不宣，共同的秘密，把他们的关系拉得更近了。只是,汉强隐隐有些担心,害怕有朝一日东窗事发。

一年多过去了,汉强最担心的事情一直没有发生,却发生了另一件事,王经理高升了,调到了高层。得知这一消息,汉强兴奋得一夜没睡。他和王经理是铁哥们儿,王经理高升了,他还能原地踏步?汉强感觉到,他的春天即将来临。

不出所料,王经理上任当天,就把他手上的部分业务移交给了汉强,并拍着汉强的肩膀说:"你办事,我放心。"汉强激动得险些哭了。他不过是个才来两年多的新人,能得到如此器重,完全承蒙王经理的照顾。俗话说,士为知己者死。汉强暗下决心,以后一定要效忠王经理,大展宏图,同时也实现自己的人生价值。当然,同事里少不了有人嫉妒,说些风言风语的话,但又能怎样?谁都看得出,汉强是王经理身边的人。

没多久,传言公司人员要进行一次大换血,尤其是采购部门,问题最多,可能要砍掉一半。汉强特意跑去问王经理,传言得到证实。王经理意味深长地说:"咱俩谁跟谁?你只管安心工作,其余的事不必多想。"

超市有好几百名员工,老总不可能对每个人都了如指掌,谁去谁留,还不是王经理说了算?同事们都人心惶惶,唯独汉强镇定自若。谁叫他是王经理的心腹呢?

一个星期一的早上,汉强刚到公司,就被通知去了老总的办公室。汉强满脸红光,以为自己就要升职了。老总又是握手又是亲自倒茶,异乎寻常的热情,更坚定了他的揣测。哪承想,老总在对他一番肯定和表扬之后,最后一句话却是:"对不起,你被辞掉了。"

汉强懵了,感觉这就是个晴天霹雳。他马上去找王经理,想问个究竟,但听说出差了。他打他的手机,关机。毫无疑问,王经理早有预谋。气愤之下,汉强也想过去找老总,揭穿王经理的老底,可一想,毕竟自己也参与了那些不光彩的事,抖出来,岂不是自取其辱?

汉强的一段看似前途无量的职场生涯就这样莫名其妙地画上了句号。他垂头丧气地找到我,要和我喝酒,一脸痛苦的表情。他不断地和我干杯,一遍遍问我:"王经理为什么非要踢我出局?为什么?"

我对官场和生意场上的事知之不多，但我知道中国有句古话：伴君如伴虎。常在河边走，要想不湿鞋，就得禁得住诱惑，坚持一些基本的原则。否则，你参与了别人的阴谋，干了见不得人的事，乐观地说，你是人家的心腹之人；但悲观地说，你又何尝不是人家的心头之患？人家最终能容得了你？

最佩服的人

　　渔　火

　　肖力和刘炜最近关系有些紧张，上周五终于爆发了，两个人吵了起来，吵得脸红脖子粗的。

　　事情的起因很简单，计划管理部在组织制定公司明年的生产经营计划，这是肖力调任计划管理部主任以来主持制定的第一个全年计划，为了展示自己的工作能力和水平，经过一番思考，肖力提出了倒排生产经营计划的思路。现在，按照这一思路拟定的计划草案出炉了，亲手修改润色之后，肖力决定召开部务会进行讨论。肖力原本觉得，这个计划已经很完美了，召开部务会讨论，只不过是走走程序而已，正好也借机向下属展示一下自己的工作思路。让肖力没想到的是，讨论一开始，刘炜副主任便第一个提起了反对意见。刘炜说："这个计划看似贯彻了以市场为导向，以销定产的理念，实际上在市场预测、部门利益消除、供产销衔接等方面都存在不小的问题……"刘炜作为一名老计划，提出的意见很尖锐，直戳问题的要害，这让肖力脸上有些挂不住。没等刘炜讲完，肖力便开始解释。肖力的解释又引出了刘炜更多的质疑，慢慢地，讨论变成了争吵，而且越吵越激烈，最后不欢而散。

　　回到办公室，肖力越想越来气，自己调到计划管理部做主任，刘炜肯定觉得挡了他的道，所以时不时就跟自己过不去，经常是自己定了的事儿，他刘炜还要在一些细枝末节上抠来抠去，纯粹就是挑刺儿！肖力越来气越觉得这架吵得有必要，一定要杀杀刘炜的锐气，树树自己的威信。

周一一上班，肖力正在考虑下一步如何批驳刘炜的反对意见时，党支部来了通知，定在下午召开全体党员大会，讨论肖力预备党员转正的事儿。下午肖力早早地到了会场。不一会儿，刘炜也到了，看也没看肖力一眼，一屁股坐在了他平常开会时坐的位置上。肖力心里一沉，这家伙今天不会说些对自己不利的话吧？肖力这么想着，自然就对刘炜多了一份格外的关注。到了党员讨论环节，刘炜第一个开口了，肖力虽然捏着笔，一副认真记录的样子，耳朵可是竖得直直的。只听刘炜说："肖力来我们部的时间虽然不长，还不到一年的时间，但在我们共事的过程中，我发现肖力同志有很多常人不具备的优点，这让我很佩服。可以这么说，在为数不多的让我佩服的人中，肖力是我最佩服的一个……"

刘炜最佩服的人竟然是自己！这是肖力怎么也没想到的。刘炜的这句话像一只小手一遍遍地在肖力胸口轻轻抚过，把肖力内心抚慰得舒舒服服的。人的心理有时候就是这么奇怪，上午还一想到刘炜就来气呢，这会儿再想到刘炜，不知不觉中就多了一份亲切。再想想自己和刘炜之间的那些摩擦，纯是工作思路上的分歧，自己做事儿喜欢从全局着眼，但对细节问题关注不够，刘炜做事儿更喜欢从细节入手，而对全局规划不尽周全。这样一来，两个人有些争论也是正常的，而且也正是两个人的争论，才让工作做得更完善。

散会后，肖力找来了业务主管赵天明，指示他认真研究上周五刘主任提出的意见，对相关问题进行完善。

两周后，计划管理部提交的生产经营计划得到了公司总经理的充分肯定。王总经理在办公会上表扬说："这份生产经营计划制定得好，理念上有创新，并且思路清晰，考虑周密，比以前进步了一大截！"肖力听了这话，心里比喝了蜜还甜。

明年的生产经营计划制定工作圆满完成，计划管理部就完成了一件大活儿，肖力和刘炜一商量，决定请供、产、销、财务等部门的头头们吃个饭，以感谢他们在计划制定过程中的密切配合。答谢宴会就定在了春江大酒楼，气氛十分热烈，大家频频举杯敬酒，一番你来我往之后，刘炜舌头开始发直了。肖力正准备悄悄提醒刘炜悠着点儿的时候，刘炜端起杯，摇摇晃晃地走到供应部张主任身边说:"张,张主任,我再敬,敬你一杯,我们是老,朋友了,你,是我最佩服的人!"肖力心里一惊,这时坐在身边的赵天明悄悄地说:"刘主任喝高了,那句口头禅又出来了,你看吧,今天在座的六个主任,全都是刘主任最佩服的人。"肖力端起茶喝了一口,搞不清自己内心微微泛起的是失落还是不快。

果不其然,刘炜端着酒杯,大着舌头,依次又对王主任、李主任、常主任、徐主任一一最佩服过之后,转到肖力身边,举着杯说:"肖主任,年,年轻有为,工作,有思路,我最,佩,佩服你了。来,我敬,敬你一杯!"肖力倒上满满一杯酒,和刘炜碰碰杯,仰头一饮而尽,一股浓浓的辣味从喉咙间升起。放下杯,肖力想,什么佩服不佩服的,和刘炜像这次一样,求同存异,和谐相处,共同把工作做好,不就是最好的吗?

炒人风俗

海棠依旧

从盘里的那个鸡头对准赵鹏飞的那一刻起，赵鹏飞就食欲全无了。整个席间，大家情绪高昂，交头接耳，欢快地交谈着。可赵鹏飞没有，他一颗悬着的心始终盯着桌上的那个鸡头看，而那个鸡头，存心跟他过不去似的，也睁着一双大眼睛盯着赵鹏飞。

今天是农历十二月十六日，按照习俗，公司在这天安排了酒席请员工就餐。到南方之前，赵鹏飞就把南方的习俗了解个透，他知道，南方人把这天叫作"尾牙"，赵鹏飞早就从书上了解到，摆宴席的这一天，桌上的盘子会放一个鸡头，而鸡头对准哪个员工，就预示着那个员工要遭裁员了。一般来说，公司的老总以这样的方式，是给员工面子，但自己要有自知之明，新的一年要有新的打算。

赵鹏飞心有不甘，他到这个公司才一年时间。一年来，他工作勤勤恳恳，得到了大家的好评，经理也几次表扬了他。去年年底，受金融风暴的影响，公司的效益开始下滑，赵鹏飞深知工作的来之不易，干得更加勤快了。没想到这样的付出，换来的却是如此的结局。

饭局结束，大家打着饱嗝，涨红着脸，三三两两离开了酒店。赵鹏飞跟在别人后面，无精打采地回家。

回来啦？赵鹏飞一进家门，老婆王雅兰就笑容满面地迎了过来。王雅兰再一看赵鹏飞的脸，忙收敛了笑容，摸了摸赵鹏飞的额头，说，身体不舒服？没发烧啊！

比发烧还严重啊！赵鹏飞接过话茬，把在饭桌上的事一五一十跟王雅兰说了。边说边疲惫地靠在沙发上，一眼看到放在茶几上的春联，赵鹏飞不经意地瞟了一眼，说，天灭我也！王雅兰，你这不是咒我吗？王雅兰刚才听到赵鹏飞说了饭桌上鸡头的事，心里也如十五个吊桶打水——七上八下的，蓦然听到赵鹏飞这样说，也来气了，说，我咒你什么？就你一个打工的，有什么好咒的？

你过来看看！赵鹏飞指了指对联，大声朗读起来："招财进宝新春交鸿运，接福迎祥来年发大财。"这招财进宝，意思就是我要遭到裁员啊，还"禁饱"，被裁员了，当然连饭都吃不饱了。

听赵鹏飞这样说，王雅兰觉得不可理解，哪有这样解读对联的？这算哪门子事嘛！她刚想开口，又一想，自己本来就没工作，要是丈夫再遭裁员，时下市场又不景气，到哪里找工作还是个问题呢。想到这里，她不敢再说什么，默默地拿过对联撕得粉碎。

赵鹏飞正坐在沙发上想心事，手机响了。他一看，心跳得更厉害了。手机屏幕上显示：老总来电。赵鹏飞想，真是哪壶不开提哪壶，老总这时打电话过来，肯定是要宣布自己被裁的消息了。赵鹏飞踌躇了许久，又一想，罢罢罢，是福不是祸，是祸躲不过。于是，他鼓起勇气接了电话。原来老总是要他过去一趟，说有事情跟他说。赵鹏飞挂掉电话，对老婆王雅兰笑了笑，说，老婆大人，你就别愁这事了。凭你老公这么出色的办事能力，还怕找不到工作？我先出去下，我们回来再说这事。

赵鹏飞来到老总办公室，按道理，今天尾牙宴后不必到公司的，但老总似乎还在忙着什么事。赵鹏飞坐了下来，老总客气地拿了罐"仙草蜜"并拉开拉环，放在赵鹏飞面前。赵鹏飞看了看，苦笑了笑，说，老总，有话您就直说，没事，我撑得住。老总疑惑地看了看赵鹏飞，说，什么意思？有什么撑得住撑不住的？赵鹏飞平时也是快言快语之人，听老总这样说，心里的话一股脑全说了出来。他说，老总，今天尾牙宴，桌上的那个鸡头刚好对准我，我知道你们这里的风俗，是要告诉我，我被裁掉了。现在，您又拿了"仙草蜜"给我喝，这不明摆着吗？"仙草蜜仙草蜜"意思就是"先炒me"，我知道，公司需要裁员，没事，既然您决定裁我了，我没话说。

　　哈哈哈……赵鹏飞话没说完，老总已开怀大笑了。这老总平时对下属不错，从不摆什么架子。他看了看赵鹏飞，说，小赵啊，你对我们当地文化很有研究嘛！可是我也告诉你，现在都什么年代了，还有这些风俗吗？我叫你来，是想跟你商量个事。春节马上到了，我要安排人值班啊！我想了想，上次听你说不回老家了，而你的小家又在这边，你是值班的最佳人选啊。打电话叫你来，是想征询下你的意思呢。什么裁员不裁员的，凭我们公司雄厚的运转资金，放心，倒不了的！员工，一个也不裁！

　　赵鹏飞听了，脸上的愁容终于舒展开了，他说，老总，只要不是裁员，别说值几天班，就是值一年班，我都答应你！

职场卷

第六辑

在指甲缝里淘金

寿司店的贴心服务

尹成荣

日本东京有一家有名的寿司店，那里的寿司因新鲜美味而闻名，寿司店贴心的服务也让顾客感动不已。因此好多人都慕名而来，其中不乏一些外国客人。

这一天，寿司店刚开门不久，从外面走进两位先生，从他们谈话中得知是一对父子。

儿子对父亲说，这家寿司店在日本很有名，尤其是这里的寿司非常好吃，今天您可要好好品尝下。要是您觉得味道不错，我们可以多要一些，再打包带回家去吃。父亲听了儿子的话，高兴地答应了。

儿子要来了寿司，父亲尝了一口，竖起了大拇指，对儿子说，这寿司做得真不错，一会儿把这些吃不了的打包带回去吧。儿子顺从地点了点头。

不一会儿，父子两人便吃饱了。看着剩下的那些寿司，叫来了服务员，对他说，请把这些寿司给我们打包吧，我们带回去吃。

很抱歉，先生，这样做是不可以的，我们店不允许打包，尤其是这种新鲜的寿司，最好是当时吃掉。

可是，我们吃不下了，因为我父亲喜欢吃你们店的寿司，所以我才多要了些，就是准备打包回去吃的。

对不起，我不能给你们打包，不管您怎么说，为了我们店的声誉，请原谅这件事我无法办到。

那就请你们的经理来吧。儿子看了看服务员,脸上露出愠色。

经理很快来了。他向这对父子深施一礼,礼貌地问道,请问先生们,我能为你们做些什么?

儿子说,我们想把这些寿司打包回去吃,因为我父亲很喜欢你们店的寿司。

对不起先生,我们店不允许打包的,因为寿司新鲜时才好吃,如果打包回去吃,就失去了那种新鲜的味道,所以两位先生最好在店里把这些寿司吃完。

没关系的,我们回去就会放到冰箱里,相信味道不会改变多少的。

那也不可以,因为我们无法相信您一定会把寿司放到冰箱,万一要是吃了过期的寿司,影响了您的身体健康,我们会很愧疚的。你们来我们店用餐,我们深表荣幸,但是,我们要为您的健康着想,所以请谅解我们的做法。如果老先生喜欢我们店的寿司,那就请明天再来吃新鲜的吧。

可是,我们是远道而来的游客,对贵店也是慕名而来的,明天我们就要回国了,我父亲岂不是再也吃不到这么美味的寿司了吗?儿子有些遗憾地看了看父亲。

请问,明天你们几点走?经理问。

早上十点的飞机。

这样吧,明天我会派我们的店员在两位临走之前,专门为老先生送去最新鲜的寿司,请把您住的酒店告诉我。同时也感谢老先生对我们店的寿司的喜爱。

第二天,父子两人刚刚起床,就收到了这家寿司店专门为老先生做的寿司。父子两人非常激动,没想到这家寿司店会这么细心地为顾客着想,这种贴心的服务深深地感动了这对父子。从此,他们再来日本时,总会来到这家寿司店看一看,品尝这家店里那鲜美的寿司。

贴心的服务,也是一种经营的方法,它不但增加了收益,同时也带来更多的回头客,使商家在激烈的商业竞争中取得一席之地。

机遇从何而来

孙玉亮

1929年，美国经济危机全面爆发，工人的失业率急剧上升，数以万计的失业工人流落街头，无家可归。

在新泽西州南部的一个偏僻小镇上，一个叫汉吉斯的工人，也很不幸地被工厂裁掉了。汉吉斯家里有一个体弱多病的妻子，还有两个刚会走路的孩子。为了养家糊口，失业后的汉吉斯不得不重新寻找工作。可是，满大街都是失业人员，况且，所有工厂都在一个劲地裁员，找一份工作又谈何容易？

正当汉吉斯走投无路的时候，一个偶然的机会，他在报纸上见到一则招聘启事：一家小型面包厂要招聘一名保安。虽说招聘的是保安，可对失业在家的汉吉斯来说，已是求之不得了。况且，面包厂承诺，除按月足额发放薪水外，每天中午还免费发给员工一个面包。在严重的经济危机时期，这已经是很不错的待遇了。

汉吉斯赶到面包厂时，报名的人群已经把登记处围了个水泄不通。可值得庆幸的是，等到夜幕降临时，汉吉斯也幸运地报上了名。

竞争异常激烈，经厂方层层测试，大批的应聘者被筛选了下去，最后只剩下了汉吉斯和另外两个年轻人。可是，厂方还要在这三人中，刷下去两个。

从三人的自身条件来看，汉吉斯是最差的，因为另外两人，一人长得英俊潇洒，另一人生得身材魁梧，而汉吉斯却是身材瘦弱、矮小，且长得也不算好看。一眼看上去，汉吉斯根本不是做保安的料。

工厂的人事主管亲自接见了三个人，并告诉他们，每人试岗一天，然后再确定谁是最后的胜出者。

三个人都精心准备了一番，然后分别信心百倍地上了岗。三人试岗期间，每天中午下班时，都有一个穿着破旧且左手臂残疾的工人，除带走工厂发给他的面包外，还另外藏进口袋一个面包。结果是，这个细微的举动都没能逃过三个人的眼睛，但是，三人对此事的处理方式，却是截然不同。

第一个试岗者，毫不客气地摆手拦住残疾人，勒令他把面包从口袋里拿出来，然后把面包交给了仓库管理员，并且还把这件事上报给了工厂总管。

另一个试岗者，也是勒令残疾人拿出了面包，然后交回仓库。不过，他却没有把这件事上报给总管。之所以这样做，是怕那个可怜的残疾工人被工厂无情地开除掉。

然而，汉吉斯发现残疾工人偷了面包时，却把脸扭向一边，假装没有看到，让残疾工人轻松地走出了工厂大门。当时，他是这样想的，残疾工人家里一定是遇到了什么困难，要不，又怎么会冒着被工厂开除的危险，去偷走一个面包呢？要知道，那时候，正常人要守住一份工作都不容易，更何况是一个左臂有残疾的人！

公布招聘结果的那天，汉吉斯并没有去面包厂询问应聘情况，他知道自己不是一个合格的保安。可是，汉吉斯正准备继续外出寻找工作时，却忽然接到厂方的通知：他被录用了！

汉吉斯匆匆赶到面包厂时，另两个应聘者正在跟人事主管激烈地争执着："汉吉斯让工厂流失了面包，凭什么录用他！"汉吉斯听了，很尴尬地站在了一边。这时，隔壁的门开了，从里面走出一个人。让三个人做梦也想不到的是，此人正是那个偷面包的残疾工人，他望了大家一眼，然后义正词严地说："谁说汉吉斯让工厂流失了面包？他已把厂里发给他的那个面包，替小偷归还给了仓库管理员！"

人事主管连忙迎上来，指着残疾工人说："给你们介绍一下，这位就是工厂的老板怀特先生。"此言一出，汉吉斯愣住了。

怀特先生走近汉吉斯，说道："知道我为什么开办这家面包厂吗？"

汉吉斯听了，摇摇头。怀特说："八岁那年，饥饿难忍的我，因偷了商店一个面包，被店老板打折了左臂。"说着，他举起了那条残疾的手臂。

怀特先生的话，惊呆了汉吉斯和另两个参加应聘的年轻人……

怀特先生面色凝重地说："在经济十分不景气的情况下，面包厂不仅没裁员，还招聘员工，这并非工人不够用，其实，我们已严重超员了。继续招聘，是因为工厂非常需要像汉吉斯这样拥有爱心的员工。"

汉吉斯向前紧走几步，神情坚定地说："怀特先生，请相信我，我一定会做好保安工作的。"

怀特先生看了一眼汉吉斯，笑着说："对不起，我撒了谎，这次招聘的职位不是保安，而是营销主管！"听完怀特先生的话，汉吉斯惊愕地张大嘴巴，一句话也说不出来……

汉吉斯做了营销主管后，每天都从仓库里取出一定份额的面包，发放给困难的失业人群。那时候，面包可是炙手可热的商品，它的价格不仅十分昂贵，并且有时候即使有钱也难以买得到。因此，汉吉斯的这项措施，使面包厂每天都要赔很多钱，连工厂的资金也难以正常运转。工人们对汉吉斯的做法很不理解，于是都纷纷要求撤掉他营销主管的职务。

可是，怀特先生却是极力支持汉吉斯的做法，他力排众议，让汉吉斯继续做了下去。

后来，美国经济渐渐复苏，失业工人也都陆续找到工作，人们的生活也变得好起来。昔日那些接受过汉吉斯免费面包的人，都成了面包厂忠实的顾客。正是这些忠实顾客的极力支持，在经济危机后期，怀特先生的面包厂最先从危机的阴霾中走出来，并且在短短几年内迅速从一个名不见经传的小厂，发展壮大成为美国东部地区最大的一家食品公司。

当有人问怀特先生，经济衰退时期，你是怎样抓住商机的？怀特先生冲已经担任公司总管的汉吉斯笑了笑，说道："因为我深信，当你拥有爱心时，实际上你已经拥有了机遇！"

背水一战

霍伟华

　　外贸学院毕业后，大军成立了一家策划公司，并邀请几位同学加盟，打算一起创一番事业。但是万事开头难，第一笔生意就难住了众人。

　　公司针对的客户是家不小的企业，隶属于政府某机关。每年秋天，这家企业都要承办一届盛会。若想得到这届盛会的策划权，必须得经过该机关批准，所以每年秋天，市里几家策划公司都去巴结该机关的负责人——张主任。

　　几年下来，张主任被"喂"得脑满肠肥，而且胃口越来越大。这还不算，这件事已经发展成了行业潜规则：谁给张主任的好处多，盛会就归谁策划。否则，连门儿都没有！

　　对于此行业黑幕，入行不久的大军也有耳闻。但是为了成立公司，大军已经倾尽所有，亲朋好友也借了个遍，甚至现在连同学的工资都暂时拖欠着，哪里还有钱去喂饱那个贪得无厌的张主任呢？但是大军转念一想，如果不顺从潜规则，公司就无法顺利起步，无法在市场上立足，他们几个年轻人的事业之舟也将就此搁浅。

　　这天中午，众人正为争取策划权的事犯愁时，忽然公司门口有个人影一闪而过。众人回过神来，发现地上扔着一沓小广告。大军眉头皱了起来，气愤地说："这些烦人的小广告，怎么又来了！"大军正要清理出去，同学张林却弯腰把广告捡了起来，津津有味地翻看起来。

　　张林翻到一页广告，忽然两眼放光地问："大军，两千块钱你有没有？"大军一怔，点了点头。

这时，其他几位同学都满脸期待地盯着张林。因为他们知道，张林在学校就以鬼主意多出名，难道他已经有主意拿下这笔生意？

一个同学忍不住问了张林。张林却笑了笑，不置可否。

即便如此，大军还是把这个任务交给了张林，因为除了张林，公司其他人实在是一筹莫展。

然而，接下来的几天，张林一直都待在公司里，只打了几个电话，然后就是"哗哗"地翻看报纸。这是他在学校就养成的习惯。

大军有点儿失望，就忍不住袒露了心底："林子，你要是没把握，咱就从小生意做起吧，先赚点儿小钱给大家补发工资。哎，这几个月来，你们跟着我受的苦太多了。"

张林依依不舍地放下报纸，一脸平静地说："大军，这是哪里的话。生意会有的，工资也会有的。"说到这里，张林的脸色忽然变得严肃起来："不过，咱们这次是背水一战，会有一定风险。大军，你愿意冒这个险吗？"

大军想了想，事已至此，不如搏一把，就郑重地点点头。

见大军点头，张林递过来一页广告。大军接过来一看，上面写着：私人侦探，为您解决难言之隐，事成之后付款。大军满面疑惑地看着张林，这些烦人的小广告有什么用途？

张林解释说："大军，每年此时，市里几家同行策划公司，不都去行贿张主任吗？"大军点头，可这跟私人侦探有什么关系？

张林接着说："我用那两千块钱请了一个私家侦探，把所有的行贿证据都暗中拍摄了下来。今天上午，我已经托人把那些证据送给那个张主任，并署上了我们公司的名字。"

什么？大军顿时出了一身冷汗，这可真是一招险棋，一招不慎，满盘皆输啊！那个主任就这样甘愿被人胁迫吗？

张林却不置可否，继续看报纸。

以后的几天，公司上下都忐忑不安，都在等待策划权归属的结果出来。大军更是紧张得有点儿神经质，因为他深知，那个张主任人脉甚广，整垮一个成立不久的小公司，就跟捏死一只蚂蚁一样。"

几天后，结果终于出来了：大军的策划公司拔得头筹！

大军松了一口气，看来张主任被迫妥协了。众人十分兴奋：公司成立不到三个月，就在业内树立了威名。要知道以往，只有市里的老牌策划公司才能接下这笔大单。

但是在别人庆祝时，大军仍旧是愁眉不展，因为除了张林，公司里只有他知道拿下这笔生意的实情。大军认为，那个主任肯定不会善罢甘休，秋后算账是不可避免的。别看公司现在势头正旺，很可能在转瞬之间，就招致灭顶之灾。

张林得知大军的忧虑后，也叹了口气："其实，我也担心会这样，因为咱们这次是谋取私利，而且是背地里做的。"大军点点头。

这时，张林压低声音说："不过，我还有招更险的棋，如果顺利的话，一个月内可能就会有结果了。"大军死死地盯着张林，不知道他又做了什么，而自己能做的，只有紧紧地握住他的手，信任他。

两个月后的一天，如坐针毡的大军忽然听到张主任被双规的消息。还没等他庆祝，紧接着，其他几家策划公司就纷纷来祝贺，这让大军十分意外，他们怎么知道这件事跟自己有关？

几家策划公司的老总说："我们这几年被这个姓张的家伙害得不轻，正常的行业规则都被他搅得变了形，我们是苦不堪言啊！这下子好了，你们公司总算是替大家出了一口恶气。"说完，就拿出一张报纸，上面详细记录了张主任落马的经过，而在报纸一角，举报者正是大军的策划公司。

大军不由得松了一口气，送走了同行，自言自语道："看来张林把那些证据复制一份，送给纪检部门真是明智之举！"但是每当想起此事，大军还是十分后怕，一封举报信能不能击倒一个深藏不露的蛀虫？如不能击倒，再遭到那个蛀虫的报复，就不止整垮一个公司了，还有他们几个年轻人的未来……

毕竟，这些深水区的内幕不是他们年轻人该关心的。

得知蛀虫被捉的好消息后，张林也松了一口气，终于露出了久违的笑容。在庆祝会上，他总结似的说："咱们第一次背水一战是为公司谋取私利，担心遭到打击报复很正常的，但是，第二次背水一战可是为了公众和集体的利益，是正大光明的。一句话，是正义给了我们背水一战的勇气。当然，还有大军对我的信任！"

说到这里，张林掏出一个信封，笑着说："我原本还担心纪检部门的办事效率，看来是我多虑了，而且还给了我一个惊喜——

说到这里，张林打开信封，开心地说："纪检部门为了表扬咱们的正义之举，特地给咱们发工资啦！"众人纷纷凑上去一看，信封上面有个纸条，上面写着：奖励个人举报专项奖金，五万元。

大军一拍脑袋，猛地想了起来：这不是上个月刚出台的一项举报奖励制度吗？报纸上曾有报道，自己怎么就没注意呢？嗨，这下好了，连第一个月的工资都省了！

黑暗餐厅

睿 雪

为了吸引食客,不少餐厅除了准备美味佳肴,还挖空心思地把餐厅装扮得金碧辉煌。然而,北京有一家叫"巨鲸肚"的餐厅却反其道而行:顾客从进门开始,就进入了一个黑漆漆的世界,完全看不到一丝光亮。因此,这家餐厅被人们称为"黑暗餐厅"。

人们不禁要问,这样的餐厅,会有人去光顾吗?事实证明,不仅有,而且还很多。

餐厅老板叫陈龙,他无意中知道"黑暗餐厅"这个词后就对其产生了兴趣。通过了解,他知道黑暗餐厅最早由一位盲人牧师在瑞士苏黎世创办,目的是为盲人提供就业机会,同时让健康人体验到盲人的世界,此后,黑暗餐厅名声大振,遍布欧洲。

开餐厅竟然还有这样的经营模式?陈龙觉得太不可思议了,决定也开一家。经过多方努力,他在北京开设了中国第一家黑暗餐厅,起名"巨鲸肚"。

由于盲人服务员不好找,餐厅招聘的服务员都是健康人。陈龙让他们佩戴一种可以把光源放大一千五百倍的夜视仪,这样,他们就可以在黑暗中看清周围的一切了。

每当有顾客光临,总台都会要求他们把身上一切发光的东西收好,以免光线刺伤服务员的眼睛。进入餐厅之前,领路服务员会让顾客将双手搭在自己的肩头上,后面的人一个跟着一个如法炮制,大家像一列火车般走到餐桌前。然后，服务员帮顾客系上餐巾，指示他们找到自己的椅子、筷子和勺子等。顾客唯一能看到的光源就是服务员佩戴的夜视仪上的一个红点，只要喊一声，这些红点就会飘过来。

在黑暗中吃东西虽然很刺激，但也特别费劲，顾客常常找不到筷子和勺子。陈龙索性给他们戴上一次性塑料手套，让他们用手抓着吃。这样的吃法，让许多顾客直呼过瘾。

初时，由于看不到餐厅的真实面貌，顾客都带着强烈的好奇心蜂拥而至，但体验过一两次后，他们就失去了新鲜感。用什么留住回头客呢？陈龙决定以菜品取胜。他经常叫厨师们弄些特别的菜，取名"猜猜看"，让顾客猜测它们的制作材料，猜对有奖。越是看不见，顾客越是好奇，连摸带猜，为用餐过程增添了不少乐趣，他们常常一边吃一边捧腹大笑。

这些层出不穷的点子让餐厅的生意蒸蒸日上，但餐厅的功能可不仅限于吃饭。

一天，一男一女两名顾客从黑暗餐厅里出来以后，径直走到陈龙面前，连声道谢："谢谢您，您的黑暗餐厅挽救了我们的婚姻！"原来，他们是一对夫妻，原本打算在黑暗餐厅吃完"散伙饭"之后，第二天就去办理离婚手续。然而，餐厅里的黑暗环境让他们在吃饭时感到很自在，交流起来也很坦然。等互相数落完之后，他们才发现，自己都还深爱着对方，这婚离不得。所以，饭一吃完，他们就向餐厅老板表示感谢。

这件事让陈龙豁然开朗，他开始用另一种眼光看待黑暗。

他想，有些顾客可以在餐厅里感受新奇体验，有些顾客可以在餐厅里敞开心扉交流，这说明顾客有不同的需求，既然如此，餐厅为什么不能提供更多的个性化服务呢？想到这里，他给黑暗餐厅拟定了一个宣传主题——没有距离的世界，并据此开拓了"黑暗求婚"、"黑暗聚会"等一系列用餐新项目，大受欢迎。

为了让餐厅更加独树一帜，陈龙没有就此满足，而是不断挖掘新的创意。一天，他和女友去看美国老电影《人鬼情未了》，剧中男女主角相拥制作陶艺的浪漫场景让他眼前一亮：何不在餐厅也设置这样的陶艺制作坊，让顾客DIY自己喜欢的工艺品？

很快，黑暗餐厅推出了"黑暗陶艺"项目，获得巨大成功。此后，陈龙又相继推出了"都市黑暗沙龙"、"黑暗话剧"等体验项目，这些项目很快成为年轻人的时尚。

开业仅一年，陈龙的黑暗餐厅就在北京、上海、长沙等城市开设了六家分店。

可以说，"黑暗餐厅"是一项非常成功的创意。一般人不会想到在黑暗的环境中也能吃饭，可陈龙打破了人们的惯性思维，逆向而行，创造出一种绝无仅有的体验。正是他的大胆探索和不断创新，让黑暗变成人们喜爱的奇妙世界，也为他赢得了成功与财富。

在指甲缝里淘金

菊韵香

傍晚时分，三十二岁的萨米尔刚脱下连着水靴的皮衣，手机便"嗡嗡"响起来。看一眼来电显示，萨米尔禁不住笑了，忙不迭地按下了接听键："你好，我是萨米尔。"

打来电话的是他雇用的"眼线"摩尼，一个年轻的小伙子。摩尼兴奋地说，他已遵从他的吩咐，跟踪并查到了那几个家伙的住址。不过，要想得到情报，必须先支付每人五十卢比的消息费。

"成交，我马上过去。"萨米尔爽快地答应了，接着带上皮衣，钻进私家车赶往摩尼所在的地方。一见面，萨米尔便掏出一沓钱，在摩尼眼前晃了晃，"这是二百五十卢比。快告诉我，那五个家伙住在哪儿？"

摩尼微一皱眉，说："萨米尔先生，请先付钱。你放心，消息千真万确，我不会骗你的。"

萨米尔相信了摩尼，将钱递过去。不料，摩尼接过钱转身就跑，边跑边指着一栋庭院说："就是那儿。他们住在一起。我们事先说好是每人五十卢比，而不是每个住处五十卢比。所以，萨米尔先生，我理应收你二百五十卢比——"

转眼间，摩尼已跑得无影无踪。其实，那五个家伙同住，对萨米尔来说是个再好不过的消息。如果摩尼先告诉他这些，没准儿会多得到一笔消息费！

绕着庭院转一圈，萨米尔站在了下水道前。当房内洗澡间的窗帘被拉上、"哗哗"的流水声传来时，萨米尔匆忙穿上皮衣，跳进了下水道。

请别误会，萨米尔不是盗贼，也不是清道夫，而是个名副其实的淘金客。这一天，在孟买黄金珠宝市场周边的下水道里，他已进进出出不下六回了。

作为全球最大的金银饰品消费国，印度每年要进口大约三百吨黄金，一千二百吨白银。而这些金银原材，绝大多数要在孟买进行深加工。此外，印度还是世界上最早发现和出产钻石的国家，历史上许多著名钻石如"光明之山"、"奥尔洛夫"和"大莫卧儿"都产自印度。因此，孟买与比利时安特卫普、以色列特拉维夫和美国纽约并称为世界四大钻石加工中心。但一个不争的事实是，孟买切磨钻石的技术不高，相当一部分数量的原材被白白浪费掉。萨米尔是个聪明人，几年前他便从金匠银匠的指缝里瞄到了发财的商机。

昨天，一向细心的他发现一家珠宝店新请来了几名工匠，而自己又忙着四处"淘金"，无暇寻找工匠的住处，便雇用了摩尼去查。如果那几个人单住，他很有可能要放弃打捞，而利好的消息是，他们竟然住在一起！这一次，萨米尔在下水道里蹲了整整两个小时，装了满满一袋污泥后，兴高采烈地拉回了家。

在下水道淤泥里寻找金砂，在许多人看来，甚至比大海捞针都难，但萨米尔并不这么认为。当金匠回家淋浴时，沾在他们手上、身上，藏在他们指缝里的金末、银末和钻石末就顺着水流冲到了下水道里。他把淤泥收集起来，然后进行筛选、沉淀、分离、提取。令人不可思议的是，每周劳作下来，萨米尔至少都会提取到两克黄金，轻轻松松就能赚到七十多美元。至于钻石粉末，每个月也都会攒上几百克，转手卖给制造研磨粉的商人，同样是一笔非常可观的收入。

也许不会有人相信，自做下水道"淘金人"三年来，原本并不富裕的萨米尔已购买了一套宽敞的房子，并开上了私家车。正是在他的带动下，孟买黄金市场的周边，越来越多的人开始将目光投向下水道。如今，正打算组建"淘金队"的萨米尔在电视台播出的招工广告中笑着说："想让生活过得更好一些吗？那就跟我去亲吻下水道里的污水吧！"

没错，财富无处不在。只是许多时候，我们少了一双像萨米尔那样的善于寻找、善于发现的慧眼。

财富是爱心生花

陈亦权

二十世纪五十年代中期，韩朝战争结束后，韩国百废待兴，全国大搞建设，对于运输行业的需求也日益增高，一时间，大大小小的运输公司如雨后春笋般冒了出来。

在韩国西北部的一个小镇上，有个名叫赵重熏的小伙子也打算从中分一杯羹，他买了一辆大货车帮人拉货，算是创建了一家小小的运输公司，自己既是老板也是司机。在这个小镇上，和他一样经营这种小公司的人有不少，每天，赵重熏都会和伙伴们一起从乡下跑到附近的仁川市去找生意，可是因为他们的运输能力太有限，所以只能接到一些零星的小业务。如何才能扩大规模接到大生意，成了他们每天都思考的问题。

有一天，赵重熏和他的伙伴们一起，像往常一样开着车子去仁川。半路上，他突然发现路边停着一辆抛锚的红色轿车，一位美国女士正焦头烂额地站在一边发愁。赵重熏心想，这里离城里还很远，而一般的故障自己也都能维修，如果举手之劳就能帮助别人解决问题，又何乐而不为呢？更何况，就算是无法帮她修好车子，顺便把她送回家也还是可以的，于是连忙停车，询问女士是否遇到了困难。

他的伙伴们都继续往前面去了，不仅如此，他们还嘲笑赵重熏多管闲事。赵重熏认真仔细地检查了一番之后，终于找到了车子的故障所在，用了半个多小时，总算帮女士把车子修好了。美国女士非常感激，不断地向赵重熏道谢，还问赵重熏要了一张名片。赵重熏给了她一张名片后就离开了。

几天后，赵重熏从外面拉货回来，无意中发现家门口的邮箱里居然有一封信，打开一看，他惊呆了，这封信是一位驻韩美军的高级将领寄来的，他让赵重熏去协助美国军队对韩援助物资的运输。这绝对是一项长期的大业务！原来，他前几天在路上遇见的那位女士，正是这位高级将领的妻子，那位女士在回到家后，对丈夫说起了这件事情，这位将领也非常感激这个乐于助人的小伙子，就给他写了这封信。

当赵重熏开着车子来到美军驻地时，那位高级将领觉得他只有一辆车子实在太少了，就主动帮他申请贷款，购置了十二辆大型货车，在规模得到扩大的同时，赵重熏的公司也成了美军的"御用运输公司"。赵重熏很快开始日进斗金，迅速地成长起来。

短短几年时间，他就从中赚到了一亿三千万美元，后来赵重熏趁热打铁，开始向更多的运输领域发展，最终成立了如今韩国最大的海陆空全面运输集团——韩航运输！

当初那些与赵重熏一起开车外出找业务的伙伴们，每次见到他都会夸他聪明能干，把公司发展得这么好，赵重熏却这样告诉他们："我其实并不是比你们聪明，只是比你们多了一点爱心，只要能帮上别人我都会伸出援手。如果我在见到那位美国女士有困难的时候，也和你们一样视而不见地离开，我也不会拥有今天这样的成就。"

是的，爱心的力量不可估量，只要一个人充满爱心，就会被别人的爱心包围，一个被爱心包围的人，离成功与财富也就不远了，因为这一切，从来都是爱心开出来的一朵花！

伊特纳火灾的商机

李良旭

1835年,伊特纳火灾保险公司在美国纽约成立。为了打开市场,这家保险公司在组建时,不要求入股的人马上缴纳现金,只需在名册上签上自己的名字便能成为股东。这真是天大的好事,一时间,人们纷至沓来,签上自己的名字,就等着发财了。

一个名叫摩根的人很穷,正为没有条件获得收益而发愁,这家保险公司正符合他的需要,于是,他马上赶了过来,签上自己的名字,也当上了股东。

就在人们翘首以待分红时,没想到,没过多久,在伊特纳火灾保险公司投保的一家客户不幸遭遇大火。这场火灾很严重,烧毁了客户大部分的财产。保险公司如果按规定全部付清这家客户的赔偿金,那就意味着破产;如果拒绝赔付,那就会失去信誉,甚至会被客户告上法庭。

消息传出,股东们非常悲观失望。他们纷纷赶了过来,强烈要求保险公司老板退还股金,不再入股了。他们还怕老板逃跑,派人一天二十四小时把他严密看管起来。老板哭丧着脸,一筹莫展。人们纷纷议论,保险公司这下肯定要破产倒闭了。

看到人们情绪激动的样子,摩根坚信自己的选择,没有动摇。他冷静、客观地分析了保险公司在运作中存在的弊病和陋习后,心中升腾起了熊熊燃烧的希望之火。他仿佛看到黑暗中前方那束忽隐忽现的光明。那光明,是那么妖娆、那么诱人。他笑了,笑得很舒心。

于是，他做出了一个令家人和朋友都十分惊讶的决定：他想方设法到处筹措款项，最后，还将自己的住房卖掉。拿着这些钱，他把要求退股的股东的股份全部低价收购，终于使遭受火灾的投保客户得到了全部的赔偿金。

保险公司老板如释重负，他终于得以将这块烫手的山芋扔给摩根。他暗自笑道，这个叫摩根的人真是一个大傻子，竟接下了这个烂摊子，马上他连哭都来不及了。

摩根当上了伊特纳火灾保险公司的老板，可是他已经两手空空、身无分文了。手下的员工看到这个老板的穷酸相，纷纷另攀高枝。摩根成了一个名副其实的光杆司令。

摩根对公司的发展依然充满了希望。为了拯救公司，他在报纸上做广告，广泛宣传保险在人们生活中的重要性，举办保险知识竞赛，挨家挨户地发放保险知识宣传册。他还规定，凡客户到伊特纳火灾保险公司投保，一律要收取保险金。

经过摩根这一系列的操作，形势发生了出人意料的变化，前来投保的客户络绎不绝。人们的保险意识越来越强，也看到了参加保险的种种好处：花小钱，买平安。

伊特纳火灾保险公司发展势头越来越好，在市场上赢得了良好的信誉，原伊特纳火灾保险公司的老板和员工又纷纷投奔到摩根手下，为他打工。伊特纳火灾保险公司后来一跃成为美国最强盛的顶级保险公司，并在几十个国家开了分公司，历经近两个世纪，一直长盛不衰。

摩根在保险公司遭受灭顶之灾，在别人悲观失望之时，依然能看到蕴藏在火光中的巨大商机，这不能不令人啧啧称奇和钦佩。早已成为超级大富豪的摩根先生在接受记者采访时说，商机无处不在。永远别说不可能，永远别说没希望，永远别说没商机。火光冲天中，依然能看到潜伏着的巨大商机，这不仅是一种聪明，更是一种智慧。抓住了那火光，也就抓住了商机。

不一样的砝码

立 夏

他把合同递给她,她看都没看就龙飞凤舞地签上了自己的名字。

她没看,是出于对他的信任。这份合同从头到尾都是他一手办理的,考察时她没空,谈判的时候她又正好有急事。当然,他随时都会向她汇报进展情况,她对整个过程了若指掌。

她是一个精明的商人,他是她最得力的助手,他做的事,从未出过大的差错。

偏偏这次就出了差错。合同上有个致命的缺陷,让她的公司一夜之间损失了一大笔钱。与其说这是一次弱智的失误,更像是一个刻意挖下的陷阱。公司上下都议论纷纷,认为这是他跟对方串通的结果,只有她绝不相信。

不过她已经没法向别人证实她的判断正确与否了,因为在她遭受巨创的同时,他也人间蒸发了。她仍然坚持他不是故意的,只是因为愧疚,才无奈离开。因此她不肯报案,也不愿请律师。

都说这个女人如此轻信,真是昏了头。本来这笔损失也算不上什么,但恰逢经济危机迅疾来临,她怕是很难东山再起了。

可她命中注定有贵人相助。就在她的公司岌岌可危的时候,有个人伸出了援手。他也是商界名人,青年才俊,圈子里少有的侠肝义胆,手里又正好有一笔游资。

因为合作,他们有机会经常坐在一起,一人一杯"蓝山",谈政策导向、谈经济指数、谈地域差异、谈人才培养，总有说不完的话。她不得不承认，男人在抽象思维上确实比自己更胜一筹，在他身上，她学到了很多东西。

只有一次，说到用人机制，他拿她的那次滑铁卢来举例，指出她在决策机制上的漏洞。她装作心悦诚服地听着，不时点一下头，其实她心里明白，那只是一次例外，跟公司的制度完全无关。

她的公司渐渐恢复了元气，他和她也成了一对恋人。

她的婚礼高朋满座，热闹豪华。她穿着婚纱，脸上全是幸福满足的笑容，是的，她现在什么都不缺了。她的事业，因为这次联姻如虎添翼，温暖的家有了，优秀的丈夫也有了，可爱的孩子也会有的。作为一个女人，她已经没有任何缺憾了。

出现第一张汇款单的时候，她正好为儿子过完五周岁生日。汇款的金额对她来说绝不算大，陌生的汇款地，陌生的汇款人，那会是谁呢？她想了好久，没有答案。

等到第五张汇款单飘然而至的时候，她突然想到了那个人，那个已经被她遗忘了好久的人。

她完美的生活被这些薄薄的纸片切出了一个个缺口，她害怕看到它们，她一张也没去取。那些退回去的金额又会加入下一张汇款单锲而不舍地飞到她手上。积在手上的汇款单越来越多，她的笑容却越来越少。

她得了抑郁症。心理医生说解铃还须系铃人，建议她找到那个汇款人。她跟丈夫像以前一样，面对面坐着，一人一杯蓝山。尽管她觉得很难开口，但再不说，那些汇款单就会变成一座山，把她压垮。

合同上的陷阱是她自己挖的，对方公司被一笔钱诱惑，成了她的配角，帮她演了一出戏。而她，只是为了把他从身边赶跑。虽然他曾经是她最信任的助手，却犯了一个致命的错误，他不该那么执著地爱上她，爱得覆水难收。她是一个精明的商人，她有自己的天平，她绝不允许这架天平倾斜。

她成功了。他认为自己犯了大错，再也无颜面对她，黯然离去。她没料到的是，经济危机呼啸而至，她差点儿为了这次任性的计划意外翻船。

但冒险下的赌注让她意外地赢了大奖,眼前如此优秀的丈夫,本来就是她理想的人生目标之一。

其实,她完美的计划也有一处落空,让她心里一直不安,像硌了一块石头。他坚决拒绝了对方公司给他的一大笔钱,这是她特别交代的,却因为他的不配合,而无法完成。

"我以为,给他一笔钱,我就不欠他了。没想到,他却一直觉得,是他欠了我。"她哽咽着说。

"你当然无法理解,因为你们俩的天平上,用的是不一样的砝码。"她的丈夫沉吟了许久,这么评论道。

世上没有冤枉路

夏艳平

郑精明大学毕业后,埋头写了几年诗,诗集出了好几本,可诗集带给他的是几万元的债务。为了摆脱困境,他跑到省城开了一家灯具店。

经商并不比写诗容易,郑精明灯具店的生意一直不见起色,眼看就要关门大吉了。郑精明不服气,难道我这颗写诗的头脑还不如那些普通人的头脑好使吗?他像写诗一样动起了脑筋。

一天,郑精明外出取经归来,店里帮忙的小刘高兴地告诉他,今天售出了一套大彩灯,买主是西河县的城建办主任。

售出一套大彩灯,利润不过二百元,对于一个灯具店来说,解决不了多大问题。郑精明当时没太在意,可晚上躺在床上,他像写诗时突然来了灵感一样,高兴得拍起了脑门:"有了,我的灯具店有救了!"

第二天一大早,郑精明将一套大彩灯搬到了送货车上,对小刘说:"锁上门,跟我到西河县走一趟。"

小刘一头雾水地问:"怎么?生意不做了?"

郑精明笑笑说:"别问这么多,你跟我走就是了。"

西河是一个边远小县,离省城二百多公里,送货车一路颠簸,午饭后才赶到西河县城。当时,城建办正在组织人员安装彩灯,郑精明赶忙上前叫他们暂停安装。安装人员不知何故,就找来了城建办主任。

城建办主任问郑精明:"怎么回事?"

郑精明解释说:"实在对不起,昨天你们买的那套彩灯质量有点儿问题。"

"质量有问题？你们是咋做生意的？"城建办主任的脸一下子板了起来。

郑精明忙赔着笑脸说："实在对不起，我们小刘不知道情况。好灯我给您送来了。"说罢，和小刘一起把车上那套彩灯搬了下来。

看到跟原来那套一模一样的彩灯，城建办主任很感动，当即把他们带到一家高级酒店，尽了地主之谊。几次推杯换盏之后，两人都有点儿相见恨晚了。临别时，两双大手紧紧地握在一起，久久不愿松开。

回到省城，郑精明脸上露出了久违的笑容，嘴里还哼起了小曲。小刘见了直摇头，售出的彩灯本来没有问题，你却说有问题，损坏了店里的声誉不说，光运输费就花了五百多元，你还高兴个啥？

面对小刘的疑问，郑精明笑了笑，说："你等着，我们的生意来了。"

果然如郑精明所说，没过几天，店里的生意真的好了起来。这下小刘更加疑惑了，郑精明到底使了什么魔法？

一日，小刘在电视上看到一则消息，说县市文明城创建工作，给灯具店带来了商机——因为文明城创建把城市亮化当作了一项硬指标，这样，就使彩灯的需求量陡增。

看完这则消息，小刘似乎有些明白了，原来是文明城帮了他。难怪购买彩灯的多是下面县市来的人。

当小刘跟郑精明说出自己的想法时，郑精明摇着头笑了，他说："你这是只知其一，不知其二啊。"小刘疑惑地说："有什么其二的，你尽说玄乎的。"

郑精明看了一眼小刘，说："因为创建文明城，彩灯的需求量是大了，可销售彩灯的商家也不少啊，怎么别的店没有我们店的生意好？"

小刘有些不服气地说："别的店没像你那样跑冤枉路呗。"郑精明上前重重地拍了一下小刘的肩膀："伙计，还真的让你说对了，做事情有时就得跑点儿冤枉路。"

小刘被郑精明一下子拍醒了，心里说，其实，这世上没有冤枉路啊。

把木梳卖给和尚

贺清华

周初五是个走南闯北卖老鼠药的。他的老鼠药是祖传的，唯有老鼠吃了才死，而且死了没有异味。靠卖老鼠药周初五也能混个一日三餐，还有余钱买烟抽，买酒喝，只是想盖房娶老婆就不行了。

这天傍晚，周初五乘车来到了湘江边的一个小城。晚上在旅社洗了个澡，他就独自上街溜达。转到一条巷子里，忽听到前面传来一阵哗啦啦的响声，循声一看，天哪，原来是一大串老鼠正在穿巷而过。

看到这么多的老鼠，周初五有些兴奋，他知道明天自己在这儿的生意准行。回到旅社睡下不久，他又被一阵"吱吱"的响声惊醒，开灯一看，只见几只老鼠正在桌子下打架，看到他，一点儿都不害怕，有只老鼠还把他的臭袜子叼跑了。周初五弯下腰拾起自己的皮鞋猛地砸过去，老鼠这才"吱吱"叫着四处逃窜……

第二天一大早，周初五在菜市场挑了一个好位置摆开了摊子，然后放开喉咙开始吆喝："老鼠药啊，老鼠药。'无敌'牌老鼠药真神奇，老鼠吃了就断气。快来买呀，快来买'无敌'牌老鼠药啊……"

周初五边喊边手舞足蹈，逗引了一大群买菜的男女老少。可这些人也怪，都只笑嘻嘻地看热闹，谁也不掏钱买。周初五趁机大叫道："各位叔伯父老，大哥大嫂，要除老鼠，请用无敌，一包在手，灭鼠上百，若是不灵，咱不收钱……"

"留给你自己吃吧！"一个老头高声叫了一句。人群"轰"的笑了，紧接着就散了一大半。

周初五有些纳闷，这些人怎么啦？明明老鼠成灾，可就没人买老鼠药。他不甘心，又大声喊起来："老鼠药，老鼠药……"

叫了一上午，一包老鼠药也没卖出去，眼看该吃中午饭了，周初五看旁边有个烧饼铺，就走了进去。卖烧饼的是个慈眉善目的小老头。小老头说："小伙子，我看你卖了一上午，一包老鼠药都没卖出去，是刚来的吧？"

周初五说："是呀，大爷！昨天擦黑的时候到的。这小城人也怪，这么多老鼠，怎么就没人买老鼠药呢？"

小老头笑着说："小伙子，到哪儿你就得了解哪儿才行呀！知道这个小城的绰号吗？"

周初五茫然地摇了摇头。

小老头说："我是北方人，到这里也有些年头了。我告诉你吧，这个小城绰号叫鼠城。相传当年有个大官遭奸臣追杀，逃到湘江边，无路可走，无船可渡，只得跳江自杀，是一只大鼠把他驮过江。从此，这个大官就隐姓埋名在岸边开荒垦地，生儿育女，渐渐成了现在的小城。所以，从古至今，小城人极敬老鼠，从不灭鼠。"

周初五听了，目瞪口呆，这是他做梦也没想到的事。

小老头最后说："小伙子，赶快走吧！你在这里卖老鼠药，还不等于是把木梳卖给和尚吗？早晚得饿死。再说，你卖老鼠药可是对鼠城的不恭呀，快走吧！免得惹祸……"

果然，接下来的几天，周初五不但没卖出一包老鼠药，还无缘无故被人掀了摊子，遭到几个小青年的辱骂和殴打。

到了第五天，周初五身上的钱已经不多了，看看口袋里的钱只出不进，他只得收拾摊子走了。

过了一个月，周初五又来到了小城，径直来到卖烧饼的小老头铺位前。小老头一见他，笑着问："小伙子，你是不是决意要把木梳推销给和尚？呵呵呵……"

周初五也笑着说："大爷，我改行了，不卖老鼠药了。这次来是和您打个招呼，我要在这里卖羊肉串。想在您的烧饼铺前摆个摊子，您看行吗？当然，我每月都会付租金给您。"

小老头说："行，只要你不跟我抢生意，你摆啥都行。"

就这样，周初五在小老头的烧饼摊位前摆下了烤羊肉的摊子。从此，周初五就开始卖起了羊肉串，他充分发挥自己善于吆喝的长处，一开张，就高声叫卖："烤羊肉串，烤羊肉串……又香又酥又脆的新疆羊肉串哟……"

叫声和香味在菜市场的人流中飘荡，许多人不住地吸鼻子，终于挡不住诱惑，纷纷朝羊肉串摊子奔去。周初五一边麻利地烤着羊肉串一边飞快地收钱、递串，双手变戏法似的神速。

第一天下来，周初五一结算，居然赢利一百多块钱。周初五乐得嘴巴都合不拢了，硬拉着小老头在烧饼铺里干掉了一斤白酒。小老头说："小伙子，这可比你卖老鼠药强多了。所以说，人到哪儿就得熟悉哪儿……"

周初五醉眼蒙眬地说："对，大爷，我以后再也不卖老鼠药了。我就在这里卖羊、羊肉串……"

过了三个月，周初五就在菜市场租了间门面房，挂起了"正宗羊肉串"的招牌，又从老家带来两个亲戚做帮手，正儿八经地做起了老板。想想自己从前摆地摊卖老鼠药，现在开铺做老板，周初五真的是百感交集呀！

两年过去，周初五靠卖羊肉串发了大财。这年冬天，周初五退掉了菜市场的门面，准备回家了。临走的时候，他来到烧饼铺向小老头道别。两人就着几个烧饼喝起了酒。

小老头说："小伙子，以后还来吗？"

周初五摇了摇头，说："以后不来了。我也不会再卖羊肉串了，我还是回去干我的老本行，去卖老鼠药。"

"什么？"小老头不解地说，"卖羊肉串你可是发了大财，比你卖老鼠药强多了。"

周初五再次摇摇头，说："我的良心过不去呀！"

"什么意思？"小老头更迷惑了。

周初五叹口气，说："我做的是无本买卖。我卖的哪里是羊肉串？我卖的就是老鼠肉呀！每天晚上我都在我租住的房子里用无敌老鼠药药死一大堆老鼠，然后剥皮切肉……你说我能不发吗？现在有钱了，可我心里堵得慌呀！"

小老头不由目瞪口呆，他怎么也没想到周初五卖的羊肉串居然是鼠肉串。

周初五喝了口酒，继续说："本来我想把这个秘密带走，可我知道我真的对不起鼠城人。当年我来卖老鼠药，不但没赚一分钱，还有人掀我的摊子，殴打我。现在我来卖老鼠肉，却发了大财。您不是本地人，我就把这个秘密告诉您。明天我走了，可我会给鼠城人留下一万包无敌牌老鼠药，尽尽我的心吧！"

小老头无言地摇了摇头，说："你当真敢把木梳卖给和尚呀！"

第二天，"正宗羊肉串"大门紧闭。门板上贴着一张告示："各位顾客，你们好！我是卖羊肉串的周老板，我走了，以后永远不会来了。我在这里卖了三年羊肉串，赚的钱比我卖三十年老鼠药还多。可我还是想走，想去卖老鼠药。因为无敌牌老鼠药是我家祖传秘方加工成的，只有老鼠吃了才会死，别的任何动物都不会受伤害。老鼠四处乱窜，会带来各种病菌，害人不浅。现在我留下一万包无敌牌老鼠药，请各位顾客无偿领用。"

告示前面摆着一个巨大的装电冰箱的纸盒，盒子里堆满了一包包无敌牌老鼠药。

围观的人越来越多，大家默默地盯着那张告示，面孔越来越严峻，可谁也没动那些老鼠药。

夜幕降临的时候，有些人不声不响地出现在菜市场。过了十天，纸盒里老鼠药一包也没有了。又过了两个月，鼠城的老鼠竟然奇迹般地绝迹了。

最合算的协议

徐树建

江律师是全市赫赫有名的大律师，其头脑之敏捷、语言之犀利、分析之精当，令人叹服，一时无两。如今上了点儿年纪，风头不仅不减，些许华发反更添睿智博学之魅力，真可谓德高望重。

这天有人轻轻敲响了他的门，那人自我介绍说姓陶，准备在市里最繁华的街道上开一家上档次上规模的西点房，目前门面、手续等万事皆备，只缺少十万元流动资金，所以想跟江大律师借用一下。

江律师自入道以来登门求助者无数，三教九流更是不可胜数，可上门借钱的倒还是头一遭。当即不动声色地问道："陶老板，我有点儿诧异，你为什么不跟银行贷款？"

那姓陶的认真答道："银行贷款手续太繁琐周期太长，我实在没那个时间等，也没那个精力，再说了，银行贷款向来是晴天借伞，雨天收回，我不想跟他们打交道。"

江律师呷口茶，又问："我跟你素昧平生，你为什么单单跟我借？"

那人从容作答："因为您有钱，更因为您敢借，您的身份注定没有人敢在您面前耍诡计，即使有人图谋不轨，也翻不出您的手掌心去，而且据我所知，您的儿子也将成为律师行内跟您一样出色的大律师，我还坚信，假以时日，他一定会超过您的。您说，这样的家庭有谁敢欺骗？"

这话是事实，更受用，江律师颔首而笑，抛出最后一个疑惑："那么，我为什么要借钱给你？换句话说，我借钱给你又有什么好处呢？"

那陶老板诚恳地竖起一根手指来，说："我当然不会白借钱的，一，我知道您全家每天早上都爱吃点心，所以借钱后的每天早上，您及您的家人将及时收到我们送上门的才烘烤出来的各色点心，其价值三十元，这样一年累计下来一万多一点儿，掐去零头，连续十年就可以还清借您的钱；另外，您及您的直系亲属在每年的生日那天，将会免费得到一个精美的大蛋糕。"

江律师微笑起来，说："乖乖，十年才还清借款，万一我活不到十年呢？再说了，我借你十万，你分十年还，如此而已，我还是找不到非借钱给你的理由啊。"

陶老板还是一脸的诚恳，更多的是执着，又竖起第二根手指，说："这就是我要说的第二个条件：十年后您及您的家人还将一如既往地收到点心和蛋糕，也就是说，我和您签订的协议没有期限！"

江律师顿时吃了一惊，挺直了身子说："你的意思是……"

陶老板一脸的斩钉截铁，说："是的，您的子子孙孙都将在每个清晨得到我们的点心、在每个生日收到我们的蛋糕，直到永远！"

江律师沉吟起来，双眼直盯着姓陶的看，他的目光一向可以直刺进人心里，看出最隐秘的一角来，可是，从面前此人的眸子里看到的，只有坦荡而已。

江律师想起一件事，说："万一你的点心店中途开不下去呢？那样的话，我岂不是空欢喜一场？对不起，请原谅我这样打比方。"

陶老板用力点点头，赞叹道："果然名不虚传！"又竖起第三根手指，说："我还有第三个约定——我的店无论在任何时候关门破产，都将在第一时间加倍归还您的十万元钱，而您根本用不着担心我会携款而逃，或者还不起钱，因为我将把房产抵押给您。江大律师，我开店赚到钱是有十成把握的，只差您的帮助。"

江律师瞑目想了一会儿，觉得这三个约定无懈可击，自个是三个指头拿田螺，十拿九稳，当即痛快地签了协议。

时间过得飞快，一晃过去了好几个年头，江律师身体越发健朗，名头也越发响亮了，而且正如陶老板所说，江律师的儿子最近声誉鹊起，江氏一家在全市声名显赫无人不晓。那么，陶氏点心店又怎样了呢？

每天的凌晨，从陶氏点心店内便会准时开出一辆车子，那车子并不直奔江家，而是在全市的大街小巷慢腾腾转悠着，一边播放着大伙耳熟能详的悦耳的音乐，然后准时停在江大律师的大门前。一听到音乐声大伙全知道：这是专门给江律师一家送点心来了。

而大伙还时不时听到另一种固定的悦耳的音乐声：《祝你生日快乐》，不用说，那是江律师家里有人过生日，陶老板送大蛋糕来了。

有人说这姓陶的真是傻帽，要知道是永远送下去啊，亏大了；可还有人说这陶氏当初开店时兜里并不缺钱，他跟江大律师借钱只是个幌子，项庄舞剑，意在沛公，他看中的是江家在市里巨大的名声，然后用极其微小的代价做了个长期的活广告。

那么陶氏到底傻不傻呢？没有人知道，不过有一点是清楚的，短短几年，像耍了出惊人的魔术，陶氏点心店把分店开遍了全市各个角落，在业内一枝独秀、无人不知。